中国官僚政治研究

王亚南 著

A STUDY
OF THE BUREAUCRATIC
POLITICS OF CHINA

齊魯書社
·济南·

图书在版编目（CIP）数据

中国官僚政治研究 / 王亚南著. -- 济南：齐鲁书社, 2025. 5. -- ISBN 978-7-5333-5225-7

Ⅰ. D69

中国国家版本馆CIP数据核字第202566VA92号

策划出品　远涉文化
责任编辑　赵自环　孙本民
策划编辑　袁艺　罗婷婷　庄本婷
封面设计　南北

中国官僚政治研究
ZHONGGUO GUANLIAOZHENGZHI YANJIU
王亚南　著

主管单位	山东出版传媒股份有限公司
出版发行	齊魯書社
社　　址	济南市市中区舜耕路517号
邮　　编	250003
网　　址	www.qlss.cn
电子邮箱	qilupress@126.com
营销中心	（0531）82098521　82098519　82098517
印　　刷	济南新先锋彩印有限公司
开　　本	880mm × 1230mm　1/32
印　　张	9.5
插　　页	2
字　　数	174千
版　　次	2025年5月第1版
印　　次	2025年5月第1次印刷
标准书号	ISBN 978-7-5333-5225-7
定　　价	69.00元

出版说明

王亚南先生的《中国官僚政治研究》是20世纪中国马克思主义社会科学研究的里程碑式著作。作为我国第一部以马克思主义唯物史观系统剖析传统官僚政治形态的学术经典，本书以深邃的历史洞察力与科学方法论，揭示了官僚政治在中国封建社会长期存续的内在逻辑，及其对社会经济文化发展的复杂影响。其学术价值不仅在于开创性地构建了中国官僚政治研究的理论框架，更在于为理解传统社会结构与现代转型提供了关键性视角，至今仍对政治学、历史学、经济学研究具有重要启发意义。

本次出版的《中国官僚政治研究》以学术严谨性与文献完整性为宗旨，在版本校勘与内容呈现上力求臻善。本书主体部分以作者连载于《时与文》杂志的17篇原稿为基础，参校了上海时代文化出版社1948年版、商务印书馆2010年版《中国官僚政治研究》，上海生活书店的《中国经济原论》，厦门大学出版社《王亚南全集》等权威版本。编辑对原文中个别讹误字词、引文及外文人名（如“亚当·斯密”“黑格尔”等）以页下注的形式进行了说明，并附上“编者注”以区别于作者注释，同时完整保留了作者的语言风格与用词习惯（如“身分”“藉此”“纪载”“决择”“人材”“耽心”等均未作改动），以存原貌。

为深化读者对王亚南官僚政治理论体系的理解，本版独家增补了5篇重要研究文章作为附录，包括《地主经济与中央集权官僚政治》《中国官僚资本之理论的分析》《中国官僚资本与国家资本》等。这些文章原散见于作者的其他论著，本次系统整理后首次与主体文本合刊，逾两万字的增补内容进一步拓展了官僚政治与经济基础、意识形态的关联性研究，形成了更完整的理论框架。

王亚南先生将马克思主义政治经济学原理与中国历史实践相结合，其研究既具世界视野，又扎根本土经验。本书不仅是学术史的重要坐标，更为当代读者审视传统政治文化、思考制度变迁提供了不可替代的思想资源。齐鲁书社谨以此精装典藏版致敬经典，愿这一凝聚着中国学者独立精神与批判智慧的思想结晶，能在新时代焕发新的生命力。

齐鲁书社编辑 赵自环

2025年5月

序言

现在拿来问世的这本书——《中国官僚政治研究》，内容共分十七篇，曾分篇连载于上海出版的《时与文》杂志上。在登载第一篇《论所谓官僚政治》时，作者曾在前面附上一个引言式的楔子，说明从事这种研究的动机、态度，并附带列举出全书内容的预定篇目。动机是已定的，不必说；在将近半年的写作过程中，虽然现实的官僚政治的毒害，在国内外引起了更普遍的责难或咒诅，而我却幸能勉强避免激动的情绪，一贯的维持住客观的科学的研究态度；至于内容方面，与原来预定篇目虽略有更改，那无非是为了说明的便利。因此，除了篇目一项，由目录一见明白，无须琐赘外，我在这里，只想把楔子中关于研究动机和研究态度的自白，移植过来，而最后更简单解说我在研究中及研究后所接触或感触到的一些情节。

先言研究动机。1933年[①]，英国 Prof. Needham[②] 因为某种文化使命，曾到那时尚在粤北坪石一带的国立中山大学。我在坪石一个旅馆中同他作过两度长谈。临到分手的时候，他突然提出“中国官僚政治”这个话题，要我从历史与社会方面作一扼要解释。他是一个自然科学者，但他对一般经济史，特别是中国社会经济史，饶有研究兴趣。他提出这样一个话题来，究是由他研究中国社会经济史对此发生疑难，抑是由于他当时旅游中国各地临时引起的感触，我不曾问个明白，我实在已被这个平素未大留意的问题窘住了。当时虽然以“没有研究，容后研究有得，再来奉告”的话敷衍过去，但此后却随时像有这么一个难题在逼着我去解答。我从此即注意搜集有关这方面的研究资料了。加之，近年以来，官僚资本问题已被一般论坛所热烈讨论着。官僚资本与官僚政治的密切关系是非常明白的。有关官僚资本的研究（一部分已在《文汇报》“新经济”及《时与文》上发表），处处都要求我进一步对中国官僚政治作一科学的说明。此外，我在大学里，有时担任中国经济史的课程。中国社会经济之历史演变过程，在我的理解和研究上，认为有许多是不能由硬套刻板公式去解明的；但提出任何特殊经济发展规律固然很

① 应为1943年。——编者注

② 即李约瑟。——编者注

难，应用那种作为社会基础看的规律，去解说历史上的一切突出的社会文化事象，更属不易。中国官僚政治形态，是属于那些社会文化事象之一，它将和中国社会突出的宗法组织、伦理传统、儒家思想等等，同样成为我们所提论到的中国社会经济特殊发展规律是否正确的考验。在这种意义上，中国官僚政治的研究，又必然要成为我关于中国经济史研究的副产物。而我也希望藉此减轻我对于非所专习的政治制度加以研究的僭越。

次言研究态度。官僚政治或官僚制度，它在历史上是已经引起了不少的流弊和祸害的，而就中国说，且还在继续发生反时代的破坏作用。而况国人皆曰可咒的官僚资本，正在猖獗的横行着。我们在这种场合来研究官僚政治，就似乎格外需要抑止住感情上的冲动。过分渲染一种急待除去的东西的丑恶和过分渲染一种急待实现的东西的美好，也许在宣传上是非常必要的，但同样会妨碍科学上的认识。当作一种社会制度来看，官僚政治究是如何存在，究竟是如何取得存在，最后，它将如何始能丧失其存在，那才是我们研究的真正目标。一切存在的东西，在它其所以取得存在的一般社会条件还在发生作用的限内，我们是无法凭着一己的好恶，使它从历史上消失去的。而且，在我们今日看来，官僚政治一般已成了过了时的落后的东西，但在以往，它确曾在历史上伴随着其他社会体制扮演过进步的角色；而中国官僚体制的比较一般的提早出现，甚至无妨看为是中国社会早前比较进步的一个表现在政治方面的特征。曾是进步的东西，现在成为退步的象征；曾是比较出现较早的东西，现在居然当着其他各国典型官僚政治已分别交代其历史命运的时候，还在中国社会极明显的存在着、极有力的作用着，那决不是偶然的。那都需要比较缜密的科学研究，始能抉出它的实在关键来。

再次，要讲到我在研究过程中及研究后的接触和感触了。我从来的写作，没有像这次“研究”这样受到普遍的注意；第一篇发表以后不久，相识的朋友，不相识的青年研究者，连续来信提到或讨论到其中触及的论点；有时，因为我暂时间周转不过来，或处理题材发生滞碍，致脱期未续刊出来，随即就接到探问我、敦促我、鼓励我的函件。大家这样关心这个研究，显然除了这在社会科学的研究上是一个新的课题而外，它——官僚政治，在中国当前社会改造的实践上，也是一个非常重要的课题。俨然和中国政治史同其悠久的官僚政治，像斩除了随即又新生起来的九头蛇似的怪物，它许久许久就在以不绝的“复活”，而在人们心目中，特别在官僚意像中，保证其“永生”。这对于“望治颇殷”“除恶务尽”的志士仁人，有时也难免引起一些迷惑。我这种研究，无论如何，总是希望能把这长久笼罩在观念尘雾中的政治暗影或社会幽灵，在某种限度，让其“原形”显现出来的。我那种希望，究在何种程度实现了，那要诉之于读过本书以后的读者诸君的客观评价。而在我自己，却显然因此加深并加广了对于一般政治经济，特别是中国政治经济的基本认识。经过这次研究以后，我像把以往中国社会史上想得不够透彻、讲得不够明白的许多问题豁然贯通了；而我一向强调的所谓中国社会的特殊发展，这才实实在在的有了一个着落。中国社会长期停滞问题，地主经济封建形态问题，官僚主义、专制主义、封建主义的混一问题，官民对立问题，旧士大夫的阶级性问题，封建剥削性问题，儒家学说长期作为代表意识形问题，商工市民阶级不易抬头问题，新旧官僚政治的差异问题，中国民主政治与土地改造的必然关联问题……所有这些问题，在经济的、历史的或唯物史观的系统说明中，都直接间接关联到了中国社会的特殊发展的命题上，并由是明确规定了中国今后历史的发展道路。自然，我的解说，没有任何理由叫一切人都同意的，那不过是表示我个人在研究中乃至研究后在主观上感到的一种"收获"罢了。事实上，在这样一部小著作中，处理这样多的一些大问题，其不够周延、不够详密，是非常明白的；就是在表现的方式上，有的朋友曾表示，要再博引旁征一点；另一些朋友则希望更泼辣、更通俗一点，但是，当作中国社会政治之基本原则的科学的研究，它是用不着过于学究化，同时也不必是一种宣传品。它对于中国这种既古旧又现实的社会政治形态，只不过是挈领提纲的作了一个研究导言。设用我原来在前述“楔子”中的表现，就是“由于我个人的学力及研究范围的限制，我对于这个新鲜的大题目，自不敢期待有了不起的贡献，但因为这是中国研究社会科学者应当踏入的新境界，至少也希望能由我的错误而引出真理”。

最后，我得回过头来对于《时与文》杂志负责诸先生表示谢意了。《时与文》有限的篇幅，令我长期得到发表的便利，已够心感了，而他们在我写作过程中所给予的鞭策和鼓励，更属永远难忘。假如《时与文》不发刊，也许这著作还只是潜在我的想像中。由《时与文》分期发表到集印，没有经过多大的增补，而其中字句欠妥或命意欠明确地方的修改，全系劳生活书店编者史枚先生提出，而经我同意改正了的。对于史先生的精细与认真精神，异常感佩。原稿全部由国立厦门大学经济学系高材生孙越生君抄校过，为我分担了不少烦累，特志盛意。本书后面，原来打算把有关官僚资本的两篇论文（《中国官僚资本之理论分析》和《中国官僚资本与国家资本》）作为附录，但因为那两篇论文，已经载在该店出版的《中国经济原论》中，读者容易找到参考，所以从略了。

著者

一九四八年五月于厦门海畔野马轩

目录

第一篇　论所谓官僚政治

一

在有关政治理论或政治史的载籍中，我们经常容易见到关于贵族政治、专制政治、民主政治的论著。但把官僚政治（Bureacracy）当作一个特定的形态或体制加以论述的，却比较稀罕。那往往只是在讨论其他政治形态时附带的说到。对于这种政治现象形态少所论及的理由何在，以后还有谈到的机会。这里我只要表明：官僚政治确曾在不同的程度上，存在并作用于一切国家的某一历史阶段。也许就因此故，英国权威政治学者拉斯基教授（Prof. Laski）曾在塞利格曼教授（Prof. Seligman）主编的《社会科学大辞书》中，就官僚政治作过这样的概括说明：

官僚政治一语，通常是应用在政府权力全把握于官僚手中，官僚有权侵夺普通公民自由的那种政治制度上。那种政治制度的性质，惯把行政当作例行故事处理，谈不到机动；遇事拖延不决，不重实验。在极端场合，官僚且会变成世袭阶级，把一切政治措施，作为自己图谋利益的勾当。

——《社会科学大辞书》第三卷，第70页

这说明大体是妥当的，但我认为需要加以补充和分释，否则不但对于拉斯基教授自己在那段话后面引述的例解，有些不易讲得明白，而我们也似乎可以依据经验，说官僚政治在任何历史时代都能存在。比如说，讲形式、打官腔、遇事但求公式上能交代、一味被动的刻板的应付、一味把责任向上或向下推诿……诸如此类，都是所谓官僚主义的作风。这作风，确实在任何设官而治的社会，差不多都可以见到；即在民主政治下，对于任用官吏，如采行所谓分赃制（Spoils System——美国以前官吏进退，随政党为转移，故称此种官制为分赃制），则因交代频繁，造成互不负责的脱节现象；如采行专家制，重视官吏专门经验，则又因他们长期或世守其职，造成特殊积习，造成相伴而生的种种官场流弊。特所有这些作风和流弊，通是属于技术方面的，惟其是属于技术方面的，故英美诸国都先后实行一种政务与事务分开的文官制，从技术上予以改进，并设法使那些流弊减缩到最低限度。然而，我们把官僚政治当作一种社会体制来讨论，虽然也注意它的技术面，但同时却更注意它的社会面，从社会的意义上来理解官僚政治，就是说，在此种政治下，“政府权力，全把握于官僚手中，官僚有权侵夺普通公民的自由”，官僚把政府措施看为为自己图谋利益的勾当。像这种社会性的官僚主义政治，是依存于诸般社会条件，而又为那些社会条件所范围着的，它可能增大前述技术性的官僚作风，但却不可能单在技术上去讲求根治。

由以上的释明，我们就知道：

（一）官僚政治得从技术的、社会的两方面去说明，而我们当作一种社会体制来研究的官僚政治，宁是重视它的社会的那一面，虽然我们同时没有理由不注意到它的技术的那方面。

（二）大约官僚政治在社会方面有了存在依据，它在技术上的官僚作风，是会更加厉害的，反之，如官僚不可能把政府权力全掌握在自己手中，由自己按照自己的利益而摆布，则属于事务的、技术的官场流弊，自然是可能逐渐设法纠正的。

（三）技术性的官僚作风，不但可能在一切设官而治的社会存在，在政府机关存在，且可能如拉斯基教授所说，在一切大规模机构，如教会、公司，乃至学校中存在。可是，真正的官僚政治，当作一个社会体制看的典型的官僚政治，却只允许在任何社会的某一历史阶段存在，而就欧洲说，却只允许在16世纪到18世纪末乃至19世纪初那一个历史阶段存在。

二

那是一个什么历史阶段呢？

就政治史上说，那是由封建贵族政治转向资产者的民主政治的过渡阶段。在那个过渡阶段上，一般的政治支配形态不是贵族的，亦不是民主的，却是在大小贵族与商工资产者彼此相互争权夺利场面下成立的专制政体，而所谓官僚政治，就是当作这种专制政体的配合物或补充物而必然产生的。为了容易理解起见，我们且从以前不能产生官僚政治的社会或国家说起罢。

在欧洲，最初出现的国家是希腊的奴隶国家。如在雅典，那是由十个部落所选出的五百议员所组成的协议会来统治，它服从那每一个公民都有出席权与投票权的民会的决议。担任官职的权利，扩充到无产劳动者以外的一切国民。罗马由它开始建国到以后扩大领土的千余年的长期岁月中，其政治生命史，几乎一半是受共和政府统治。罗马共和国的官吏，任期只有一年，且向不连任。[①] 后来临到帝政时代，

① 见 A. L Lowell：《公共意见与平民政治》，范译本，第183页。

虽然如许多历史家所说，因着东方专制政治的影响，使罗马皇帝们扮演起东方专制君主的角色，颁布法律，征收赋税和任命一切官吏，但也许不尽是西欧人人气质上不适宜于这种统治（J. E. Swain 在他的《世界文化史》中，就不时强调此点，说专制主义是东方的产物，西方人气质与此不合），而也许由于野蛮的日耳曼人已经侵扰进来了，致使那种统治形态一时并不曾形成与它配适的官僚政治。

中世纪的封建王国，是由僧侣、贵族行使统治的。不管实行到什么程度，整个中世纪，似乎总存在着一个理想，想把文明世界统一于一个政府、一个基督教共和国，它同时是教会，又是国家。在形式上，封建的阶级组织，由最高级的教皇、皇帝、国王或君主，到公爵、伯爵、主教、僧院长、子爵、男爵和小领主，以至最下级的骑士或侍从，俨然是一个颇有层序的金字塔。但因为特许（Immunity）及其他的惯例，这每一个单位，差不多都成形为一个准独立的政治体，它的属地或地产，不受国王管辖。大小贵族或僧侣却分别担任着治理的工作。在这种情形下，一个特殊的官僚阶层，自然是无法产生的。

可是到了中世纪末期，上述的封建基地上逐渐成长起了民族国家。每个民族国家在开始都是采取专制主义的政治形态。那原因，把最基本的经济上的理由暂且抛开不讲，主要是由于那每个民族国家，起先都是由于较有力的、较大的封建贵族，努力统一其各别属领内的政治权力；在这种企图上，他必得同僧侣斗争，必得同其他贵族斗争。此外，他还会依据民族的或其他的理由，不绝努力扩大其领地，而与那些非其属领内的僧侣、贵族斗争。斗争胜利的国王把以前分别把持在贵族、僧侣手中的赋税、战争、公益、裁判等权都集中到自己手中了。可是对于这些方面的政务，他不能样样自己去做，特别在领土扩大的场合，他就更非委托或命令一批人去做不可了。由是，“君主专制政体就是在一方面国王只把有关行政事务的立法权集中在自己手中，同时由他发给官吏的命令变为行政法或公法的来源”①。在这种情势下，官僚或官吏就不是对国家或人民负责，而只是对国王负责。国王的语言，变为他们的法律，国王的好恶，决定了他们的命运（官运和生命），结局，他们只要把对国王的关系弄好了，或者就下级官吏而论，只要把他们对上级官吏的关系弄好了，他们就可以为所欲为的不顾国家、人民的利益，而一味图所以自利了。所以，在专制政治出现的瞬间，就必然会把政治权力把握在官僚手中，也就必然会相伴而赍来官僚政治。官僚政治是专制政治的副产物和补充物。

---

① 见 Krabbe：《近代国家观念》，王译本，英译者序，第9页。

三

然则在君主专制政体下的大批官僚究是从何突然产生的呢？而他们这种表现在官僚政治下的官僚性格，到了民主政治支配之下又是如何变质了的呢？

关于前一点，我有点不能同意拉斯基教授的说法，他认为“官僚政治是贵族政治的副产物”。我则只承认官僚政治下的官僚是贵族的转型物，封建的贵族政治是不能把官僚政治作为它的副产物的。

我们已讲到，专制主义政体是一个过渡的政治形态。在它下面，被看作资产阶级代表的所谓民主政治，还不曾当作它的对立物而成长起来，同时，被看作僧侣、贵族利益代表的封建政治，亦并不曾随着专制政体出现而根本受到否定。无论那个国家，它如其尚是专制的，要伸张王权，虽然不能不限制并打击贵族，但为了使统治稳定，仍得利用贵族，迁就贵族，如是所谓官僚，就至少在开始的时候，大抵是由贵族转化过来的。

比如就英国来说罢，英国在长期专制的过程中，固不必说，就是直到资产阶级已经很得势的19世纪初，“资产阶级还深深为它自己的社会地位的卑贱之情感所支配，所以它以自己的及国家的经费，豢养一个怠惰的寄生阶级”[①]。“资产阶级在1832年得到了选举改革运动的胜利，差不多还是让贵族独占了一切高级的政府机关”，因为“当时英国的资产阶级，普通都是一些没有教养的暴发户，不管是好是坏，也只好把一切较好的地位让给贵族”[②]。

再看法国，法国的封建势力，是经过1789年的大革命才予以彻底廓清的。大革命前的那个专制主义统治阶段，“有人计算贵族和教士共有27万人，依照一种可靠的统计，革命爆发前，贵族人数有14万，约分3万家”[③]。“当时贵族计分三类，即宫廷贵族（Hofadel）、职官贵族（Amtsadel）和乡村贵族（Landadel）。”[④] 除最后第三者乡村贵族已贫困式微而农民化了以外，朝政大体是由宫廷贵族治理，中下级官吏是由职官贵族充当。就在革命后，延至“1830年到1848年路易·斐力普（Louis Philippe）统治的时候，只有小部分的资产阶级统治法国，其余大部分则为很高的标准夺去了选举权。在第二共和国底下，资产阶级才施行完全统治，但只有三年，它的政治上的无能，开拓了第二帝国的道路”[⑤]。

由上面的例证就知道，不仅在专制主义政体下是主要由

---

① 见恩格斯：《费尔巴哈论》，彭译本，附录三，第175页。

② 同上，第176~177页。

③ 见Welhelm Blos：《法国革命史》第1卷，李译本，第11页。

④ 同上，第12页。

⑤ 恩格斯：《费尔巴哈论》，彭译本，附录三，第178页。

贵族充任官吏，就在市民阶级所理想的民主政治形态下，许许多多的上级官吏还是贵族出身。可是，同是贵族，他们的性质是因所处的社会不同、因经济发展的条件不同而大异其趣的。在典型的封建政治下，大大小小的贵族是自己在那里为自己行使统治，在名分上，尽管小贵族对较大贵族维持着一定的依属关系、隶从关系，但实质上，他是所在属地的绝对支配者；到了过渡的专制政体下，充当官吏的贵族，已不是以贵族的身分行使治理，而是以国王的仆役的资格行使治理，再进一步到了典型的民主政治形态下，他们又不是国王或专制君主的仆役，而是通过宪法、通过选举、通过国会，变为人民，至少是变为商工市民阶级的公仆或政治的雇佣者了。这种政治权力的推移与变化，在它后面，存在着一种社会经济实质的转变。在封建贵族政治末期逐渐成长起来的流通经济或商业资本，原要求伸张王权，统一币制、税权，打破前此各自为政、各求自给的分立局面。所以，对应着专制政治的经济形态，就是商业资本，就是重商政策；而一般在专制统一局面与重商政策下得到了成育和成长的商工业经济，到了一定限度，就感到专制主义对于它的束缚与妨碍的影响，而其逐渐伸展起来的实力，也慢慢表现了促使专制主义者向它就范、向它寻求妥协途径的足够力量。到了这种场合，知趣点与它讲求妥协的，就出现了像英国型的“光荣革命”，不知趣不肯与它讲求妥协的，就出现了法国型的大革命。但不论革命的方式如何，其结果大体总不外伸张民权或市民权而剥夺王权，使国会成为法律的主权者，使人民或选举团体成为政治的主权者。这一来，官僚或一般行政人员，就要完全改变他们的政治性能，他们不复对国王负责，不复把国王的言语看作命令，他们要对国会、对人民负责了。“国会逐渐达到节制行政官吏的要求。法律不成为行政官吏权能的限制，而成为他们权能的基础了。”①

这种经济的政治的变化一经形成，国家的政治权力就不是全把握在官僚手里，官僚也不可能任意侵夺普通公民的权利；在这场合，即使官吏在个别的场合，还不难找到机会，作一些不负责任、不讲效率，甚至假公济私的勾当，但当作一个社会体制看的官僚政治，却是要随着专制主义政治的没落而丧失其存在的。

不过，以上大体是就典型官僚政治立论，至若像在晚近德意诸国独裁统治下所出的所谓新官僚政治，那将在以次的论题（“官僚政治在世界各国”）中顺便谈到。

① 见前述 Krabbe：《近代国家观念》，王译本，英译者序，第 13 页。

第二篇　官僚政治在世界各国

一

被看作一种社会体制的官僚政治，既如我们在前篇证明了的，是为任何社会特定历史阶段——由封建制到资本制的历史过渡阶段——的必然产物，那么，一切现代化了的国家，显然都曾经历过这种政治形态；一切尚逗留在现代化过程中，或尚未现代化的国家，显然还不免在为这种政治支配形态所苦恼；而那些立在资本主义转型阶段和社会主义形成阶段的国家，是不是也会有官僚政治出现呢？关于这几点，是我们紧接着前面的论点，而必须分别予以解明的。但为了说明体系上的便利，本篇只打算就现代各先进国家曾经经历过来的官僚政治的史实，扼要加以解述；对于晚近法西斯蒂诸国统治形态下新官僚主义，只想顺便提及，因为我们的目的，仅在藉此显示官僚政治在中国过去和现在，该分别具有那些不同于一般的特质。

二

先就英法两国来说。

英国从1500年起就已确实变为一个民族的君主国家。它的旧时封建体制已经在开始崩溃，君权在开始扩张，过渡性的专制政体在开始形成。“英国政府的发展比欧洲大陆早一个世纪，但两者通是遵循着同一的发展道路。亨利八世（Henry Ⅷ）与依利萨伯（Elizabeth）的事业，实际上是和路易十四（Louis XIV）、威廉一世（Frederich William Ⅰ）的事业相似的。它是一种联合和统一国家的事业。倘使各省不曾联合而成为各王国，各地方团体不曾结合而为各民族，和一切封建的权利、特权、豁免和权力冲突的混合物，不曾变为一个统一的政治制度，后来的民主立宪政治的发展将不遵循它所采的途径。这是专制君主政体的事业。”[①] 在完成这种事业当中，国王“在国内就力图达到能够替他的全体臣民立法，和由他自己的官吏直接对臣民施行法律的地位”[②]。这就是说，立法权是国王的，行政权却全落到官僚手中了，官僚政治就这样配合起了专制政体的要求。

① 见Krabbe：《现代国家观念》，王译本，英译者序，第7页。

② 同上，第8页。

自是直延至“18世纪末年，官吏的任用，完全操在当权者私人手中；鬻官卖爵的事，也是层出不穷。政府的职位，甚至可以预约。例如格兰味（Grenville）把玉玺保管处（Privy Seal Office）的书记，预约给他四岁的亲戚；英国第一个内阁总理滑浦尔（Walpole）叫他的公子霍莱士（Horace）在政府中挂个名，拿公家的钱到巴黎去享受沙龙的生活。这都是历史上很著名的事实”①。特别在依利萨伯时代，英国官吏贿赂公行，为人所共知。法官对于释放罪犯有固定的价格。即在17世纪，联合王国的行政仍是极端腐败；关于英国舰队状况，诺列斯（Norreys）曾写信给科克（Sir. John Coke）说：“全体都十分腐败……上级人员须下级人员供奉，并强迫他们为着自己和他们的司令而实行盗取。”②

可是，与我们待述及的其他欧洲各国比较，英国的专制政体，从而英国的官僚政治，毕竟是表现得最为平淡无奇的。英国的国会在16世纪以至17世纪中，大体上虽然是纯粹形式上的、供国王咨询或玩弄的东西，但在昌言“国王出自上帝，法律出自国王”的詹姆士一世（James Ⅰ）时代（1603—1625），议会对于这位放肆无度的君主的财政上的需索（如依关税收入、专卖权让渡、贵族爵位出卖以及强迫借

---

① 陈乐桥：《英美文官制度》，第5页。

② Sombart：《现代资本主义》一卷第二分册，李译本，第531～532页。

债来维持其浪费生活）就已提出虽然是无效的抗议。等到詹姆士的儿子查理一世（Charles I，1625—1649）继位，议会更利用查理所遭遇的财政困境，一方面给予他以支援，同时却由他取得以次几种允许：即不得议会同意，不课捐税，不在私人住宅中驻扎军队，不在和平时期宣布戒严令，不得任意下令拘捕人民。这几种基本的立法权取得了，英国议会政治就把它的专制政体和官僚政治冲淡了。

从表面上看，仿佛英国比较修明的政治，是由于它自13世纪以来的传统的议会制度使然，其实还有更基本的因素在作用着。“……从亨利七世（Henry Ⅶ）以来，英国的‘贵族’不但没有妨害工业生产的发展，反想从中得到利益。同样的因为经济的或政治的动机，大地主的一部分都时常准备来与财政的及产业的资产阶级之领袖合作。这样，1689年的妥协因而容易的成功了。政治掠夺品——地位、官职、大的薪俸——都还在乡村贵族的手里，只要他们顾虑到财政的产业的及商业的中等阶级的经济利益。而这个经济的利益，在当时已经充分的强大，它终于决定了国家的一般政治。”①

这样，“新的土地贵族和新的财阀，新孵化的高等财政家以及由当时保护税支持着的大制造家，就是这样自然的盟

① 恩格斯：《费尔巴哈论》，彭译本，附录三，第164~165页。

友”，他们自于1689年成就了“光荣革命”这一政治买卖以后，就在国家的任何一个经济部门，确立起他们的支配权，对于国有地，对于对外贸易公司，对于信用机关，通能“协作的”从事掠夺和僭有。“英国资产阶级对于为自己利益的行动，丝毫没有弄错。”[1] 英国的专制政体与其配合物的官僚政治，是由它的国民经济顺利成长和它的资产阶级的指导原则被明快发现出来之后就逐渐收场的。英国的自由哲学、政治学、经济学是它的顺应社会经济状况下的产物，但却反过来给予了那种社会经济以有利的指导；赖有此，英国的专制君主乃知道他的利益不在保持传统王权，英国大大小小的贵族和官吏，乃知道他们的利益，不在个别的控制或把持政府。

如其说英国资产阶级对于阶级利益的打算丝毫没有弄错，法国在这方面的表演，就似乎弄得太不成样了。

法国的专制政体和官僚政治，与英国比较，是会给人以更强烈得多的印象的。在整个17世纪中，一列专制君主都分别配上了一列专擅的总理大臣。亨利四世（Henry Ⅳ）时代的绪利（Sully），路易十三（Louis ⅩⅢ）时代的立殊理（Cardinal Richelieu），路易十四（Louis ⅩⅣ）前期的马萨林（Mazarin），后期的柯贝尔（Colbert），都像虔诚的维护路易

---

① 马克思：《资本论》第一卷，郭、王合译本，第671页。

十四所谓“朕即国家”的王权，但他们在维护王权之余，却一致的在这样期许自己：“余即国王。”他们分别把持朝政，为了集中权力，如像立殊理，曾把全国分划为若干监察使区，委派监察使监督各区内国家赋税的征收、地方警察或宪兵的组织、命令的实行，以及裁判所的处理等。这些监察使只要对立殊理负责，他们因为具有赋税、警察以及裁判的无限权力，所以后来法国有名的所谓“三十个暴君”，一大部分就是由他们变成的。立殊理为了监视他们，又利用侦探与诡术，把他的官僚政治特务化。他的后继者马萨林大体承继了他的作法。而著名的柯贝尔，则是由马萨林一手栽培的。我们看到法国这种大权独揽的官僚系统，再回顾一下英国查理一世的权臣巴金汗公爵（Duke of Buckingham）屡被国会攻击的史实，就恰好是一个对照。

法国官僚系统为了剪除旧来贵族给予他们的政治阻碍，在路易十四时代，就设计出了一个让贵族自行糜烂、自行腐化的奢侈豪华的凡尔赛宫，可是，贵族阶级的政治阻力虽由此减弱了，法国整个国民经济却由于此种浪费受到了致命的打击，而贵族资产阶级化的可能性也相应被堵截了，资产阶级对于王权、对于官僚政治的斗争，自然就颇不够劲。“一直到革命以前，贵族、地主在自己手中，仍保有法庭及一切与之相关联的警察职能。法官的职权，是领主赋予的。法官自己是依靠捐税、贿赂和罚款来维持生活。”[①] 而且“12 世纪至 18 世纪间，在法国与世袭贵族并存的，还有一种法官贵族即官僚贵族，他们之所以获得这种称呼是用金钱买来的。当时曾被称为‘议会’的法庭最终审判，是这种贵族的垄断权。议会议员的称呼是当作遗产来让渡的。由于革命前的法国法律只有在巴黎议会备案以后才能发生效力，所以法官贵族热心的拥护统治阶级的特权，并且总是公开反对任何改革”[②]。

英国议会除了极少的场合，自始至终都采取限制王权的步骤。法国贵族可以用金钱购买，议员也可以用金钱购买，他们把贵族、议员的头衔一购买到手，就想以拥护统治特权、反对任何改革来一本万利的收回其所支付了的代价。极有启迪警觉性的伟大启蒙运动，不足以唤醒这般贵族官僚的昏顽，到头只有让大革命去作着无情的清算了。

三

在欧洲，专制政体——官僚政治出现较早的国家是英法，而出现较迟的国家则是德俄。

直至法国发生划时期大革命的 1789 年，日耳曼的两个

---

① 见苏联科学院历史学部编：《近代新历史》，杜译本，第 63 页。

② 同上，第 66 页。

民族国家，始在国际政治上起着重大作用。当时属于哈布斯堡王朝的，除奥大利[①]而外，还有匈牙利和斯拉夫国家；而属于霍享佐伦王朝的，在普鲁士王国中部有包括柏林在内的勃兰登堡侯国，在西部有萨克森的一部分和威士特发利亚的一部分，在东部有西里西亚、东普鲁士及“西普鲁士”，在北部有帕麦拉尼亚的一部分。就把属于哈布斯堡王朝的奥国抛开不讲，德国内部统一联合事业的迟滞是不难想见的。

可是领土范围的狭小，并不曾限制德国君主们采行专制政体的雄心。在同世纪的上半期，被誉称为现代德国最初建立者斐特烈大帝（Friedrich der Grosse）父子，就已经在从多方面进行那种统一联合的事业。如其说斐特烈大帝的业绩偏重在武功方面，而对于文治、对于官制，就是由他的父亲斐特烈·威廉一世（Friedrich Wilhelm Ⅰ）开始创建的。行政的集中管理，由中央到地方的行政机构的建立，官吏服务条件（如为避免因缘舞弊，不许在本市、本省做官等等）的确立，特别是公私财政的明确划分，差不多成为此后将近一个世纪中德国行政上的规范[②]。

德国的专制君主，虽不像英国国王那样，说“国王出自上帝”，也不像法国国王那样说“朕即国家”，而只是较谦

① 奥大利即奥地利。——编者注

② 以上参见 Henderson：《德国简史》，第三、四章。

抑的说："皇帝不是专制的主人，但只是国家的第一个臣仆"（斐特烈大帝语），然而，语言的表现，并不能改变事物的本质。落后而被四周强邻所宰割胁制的德国，为了对付外侮，终不能不在国内各邦领间、在社会阶级间采行较妥协的姿态；而资产阶级力量之不易培成，更促使那种妥协受着一种绝对主义的领导。因此，直至19世纪中叶以后，德国还是被支配"在专制主义的、官僚主义的、封建主义的混合行政之下"①。

至若在这种政体下，照一个自诩非常爱国的德国学者桑巴特（Sombart）所说："官吏不正当的行为，表现为一种普遍的现象。这现象在它的普遍之中，只须由几个特例，特别是普鲁士的就可以证实。无论如何，这是早前一切时代的常规……斐特烈三世（Friedrich Ⅲ）治下的政府人员，为一种无赖汉，殊令人讨厌。他们像一群饥饿的猎犬，总是利用每种机会作蝇营狗苟的勾当。"②就是在德国人夸称为圣洁、严格训练的普鲁士军队中，军需亦公认为是发财致富的肥缺③。

本来，在19世纪70年代前后，德国在俾斯马克（Bismark）主政当中，已因几次对外战争的意外收获和资本主义

① 马克思：《资本论》第一卷，郭、王合译本，第625页。

② Sombart：《现代资本主义》一卷第二分册，李译本，第530~531页。

③ 同上，第533页。

经济的突跃成长，采行了一些立宪的步骤。但历史学家把德国那种政府，看作是“稍加掩饰的专制政体”。尽管宪法把德国境内二十五个邦合成一个联邦，有点像北美合众国一样，各邦都有相当权力。但是帝国政府控制工业团体、铁路、法典、社会福利和外交事务。皇帝可以统制普鲁士在联邦会议（Bundsrat）里的票数。他利用这个方法可以统制宪法的修正，可以召集和解散国会，可以任命、罢免内阁总理。下议院（Reichstag）的立法权是有限的，法律的通过可以不经过它的同意①。惟其如此，前述专制主义、封建主义、官僚主义的混合行政体制，只是在韦玛宪法所由实现的社会民主党政权之下才被暂时铲除过，但为时不久，第三帝国的英雄们，又在各种矫造与增饰之下，变相的复活了德国的政治传统，那是我们要在下面补说到的。

俄国直到彼得大帝（Peter the Great，1682—1725）同卡萨林（Catherine the Great，1762—1796）才把专制统治奠立起来。全国带有原始性的自治政府都分别予以铲除，而任用与皇帝有亲近关系的人管理全国的行政。俄皇在名义上虽掌握全国立法、行政的大权，但他的全部工作，除游戏、狩猎以外，无非是签名与接见宾客。一切对内的重要问题，皆由贵族院解决。贵族院经过各部官署，指挥全国行政；其中，

---

① 参见 Swain：《世界文化史》第二卷，沈译本，第 169 页。

内政官署同时又是贵族院的办公处，而各官署的秘书，则是各种重要事务的报告人与执行者。其在地方，有两个执行系统，一为行政，一为财政。地方督军指挥各地驻军，监督地方政权及法庭警察。地方行政的秘书官则专理赋税收入。督军直隶于贵族院，秘书官则由各官署委派。为了监察各地方官吏，更为钦差大臣一类监察官的设置。

这看是层次分明的官制，实行起来，照俄国自己描述的，却是下面这样：

“无论如何小的官吏，甚至一个管理沙皇的鞋子的官吏，可以为了自己利益任意破坏政府的命令。”

“官僚主义在本质上就是忽视现实，专讲形式。在政府下级机关可以解决的问题，而又不需要详细规定的事，却要提交上级机关以延长时日。很小的一个问题，故意咬文嚼字终久得不到最后解决。机关虽多，办事迟缓……视人民如牛马，因而发生强夺、利诱、贿赂、藐视国法、狡猾、欺诈的现象。”

“监察机关用各种方法掩饰行政官的污点，他们有时也更换行政人员，但那是为了在人民心目中造成一种印象，以为政府也是反对官僚主义的，其实，那是政府惧怕人民骚动，故以监督官的名义来监督人民……不论监察机关的形式如何……在中央政府有‘秘密官署’，在各地方也必有很多秘密组织。”①

帝俄官僚政治的上述弊病，显然是直延到十月大革命才根本铲除了的。俄国式的专制政体——官僚政治，对于英法两国固不必说，就是对于德国，亦表示了莫大的差异性。德国在几次对外战争胜利后，封建的军国主义虽受到鼓舞，资产阶级势力亦因以昂扬，所以德国的专制政体到了 19 世纪后期，就必须以不彻底的立宪来予以遮掩。俄国每经对外战争失败以后，就藉改革内政，特别是解放农奴来平抑全国人民对于它那种腐败、暴虐统治的责难与怨愤。但农村传统生产关系没有根本改变，国民经济或民族资产阶级势力无法抬起头来，它所施行的立宪步骤，就比之德国还要不彻底得多。等到外国资本进来了，新型的金融寡头支配因素，使参组在尚待蜕脱的传统社会生产关系或政治支配形态中。也许就因此故，我们一见到前述帝俄后期的官僚政治及其弊害，就仿佛格外感到是“吾家故事”。所以，尽管不少的历史家，从俄国是一个西方国家兼东方国家来解释它的专制政体——官僚政治的特异性，而我却宁愿就社会史的立场来说明它。

① 以上参见库斯聂：《社会形式发展史大纲》第二册，高译本，第 500~512 页。

四

由上面的例解，我们不仅明了：官僚政治是由封建社会转向资本社会之过渡历史阶段的产物；同时还知道：某一个国家的传统封建关系愈强固，它的自由经济发展愈困难，它在此过渡阶段的官僚主义政治，就愈加要混合着专制主义、封建主义，而表现得更持续、更露骨。反之，一切当然是另一个形相。我们最好在这种推论下，简论到美国的官僚政治。

在美国尚未出现以前的美洲，“北方和南方一样，盗取为一切时期的官吏的本来职务。十七八世纪半官的大营业社为营利、欺诈的园地；恰和殖民地区域的行政一样，辽远省份的行政，不常委诸最切实和最忠诚的人，总督大都对自己的僚属树起先例来，藉欺诈和压制聚敛财富”①。

有人根据此点，说美国后来的官制，其所以采取所谓大家都有机会参政的短期轮换的分赃制，就是鉴于殖民地时代的英国官吏过于腐败、过于专擅，想藉此来限制官吏的不法活动。② 我不反对这种说法，但美国官吏不法活动的受到限制，或者，当作一种社会体制看的官僚政治在美国的不易出

① 见前述 Sombart：《现代资本主义》一卷第二分册，李译本，第 532 页。

② 见陈乐桥：《英美文官制度》，第 5 页。

现，却有他根本的原因，那就是市民的民主政治在美国比较能实行得彻底。即“资产阶级长期的统治，现在只有像在美国这种国家才有可能，因为美国本来就没有封建制度存在，而社会开始就是建立在资产阶级的基础之上”①。

不错，我们已承认就是在市民的民主政权之下，官吏不负责任、讲形式、讲应付，乃至假公济私的事，还有发生可能，并且在美国确也发生过，但如英国拉斯基教授所说，像在欧洲的那种官僚政治，是难得见之于美国的②，如我前面的推论，那只是属于技术性质方面的。

然则美国是否永不会发生官僚把持政府权力的那种官僚政治呢？近来美国国内有识人士已经抱有一种隐忧，表示着不曾在资本初期发生这种政治形态，却可能在资本末期发生这种政治形态。如 Louis M. Hacker 在最近出版的《美国资本主义之胜利》中就说：“在极权国家里面，国家已将全（社会经济）领域控制在手，无论企业经营或私人行动，都变成官僚政治的关切对象。至于美国方面，虽则官僚政治在羽毛未丰时代，尚能响应民主主义的过程，然而国家资本主义的势力，亦在日趋雄厚。”③ 这就是说，美国如其一步一步走上国家资本主义或独占资本垄断之路，它的政治将不可避免

---

① 见恩格斯：《费尔巴哈论》，彭译本，附录三，第 176 页。
② 见 Seligman 主编：《社会科学大辞书》第三卷，第 72 页。
③ 见陈译本，第 18 页。

的要极权化、官僚主义化。这逼得我们要把德意型的独裁的官僚政治作一交代。

人们对于同一名称所代表的不同性质的东西，往往总容易把它们搞在一起。前述那位《美国资本主义之胜利》的作者曾这样告诉我们："英法两国的新宫廷贵族，不啻是专制官僚政治的柱石，他们操纵教会，左右司法，统率海陆军，享受最有利的独营权，并（就法国而论）以税收承办人的地位，向人民横施敲诈。这种现象，跟现代的法西斯主义极相类似，盖16、17世纪的英法专制政治和现代德意的法西斯政治，都想扶植私人亲信所组织的集团，由这些集团去作实际的政治控制者。"①

其实，这两个不同时代分别发生的专制政体与独裁统治，就是在形式上的相似点也是极其有限的。然而，假使把配合后者的官僚政治称之为新官僚政治，那也只是名词上的相同罢了。在资本主义末期或帝国主义阶段出现的独裁统治，乃因前此的议会政治、选举方式，以及其他有关民主、自由的社会秩序，已不适于或不利于金融寡头独占局面，于是各国就照应其各别的历史条件，采取新的行政形式和方法，那在意大利称为法西斯政权，而在德国则称为纳粹政权。因为这种统治或宰制的对象，是几世纪来在自由、民主

① 同前陈译本，第31页。

号召乃至实际活动中觉醒过来了的、已经部分的取得了政治权力的生产劳动大众和有识的中等阶级，还有是资产阶级内部除了金融寡头或独占集团以外的其他有产份子，于是这种统治就特别需要制造一套等级主义、全体主义的哲学，一个无所不在、无所不为、无孔不入的秘密警察组织，把全国人民特别是全国劳动大众，任意编组在他们所设计出来便于宰制、驱使的社会政治框架中；于是，这种统治的执行者，法西斯党徒、国社党徒，就比之专制时代的官僚集团，还要采取更横暴、更无顾忌的姿态。贪污、欺骗、敲诈、结党营私、舞弊，那是太寻常了。公开的劫掠、对于人身自由的任意蹂躏、集中营、集体屠杀，已成为这种统治的必要手段了。

当然，今日美国的政治，距离这种法西斯统治还远，但它的独占集团在战后通过其所包庇豢养的政党，所施行的一些反民主、反自由的措置，已使世界有识人士耽心美国正在向着法西斯统治前进中。

临到末了，我还得关于苏联讲几句话。前述那位《美国资本主义之胜利》的著者，不但把晚近独裁统治与初期专制混做一团，且把苏联的无产阶级专政也一视同仁的处理。他说："在德意等极权国家里面，它并且有消灭私产权，将国家社会主义代替国家资本主义的倾向。俄国方面，这个步骤甚至已经完成。不论个别的环境如何，国家资本主义与国家社会主义的显著征象，总跟重商主义时代一样，建立强有力的官僚政治，官僚政治中的人员，即是新制度的主要推动者。”[①] 为了证示苏联也有官僚主义，国内外论坛上，已经有人把苏联近年自我检讨分别指出集体农场和工厂中一部分人营私舞弊的情形作为宣传资料。苏联社会经济还不曾达到理想的境地，属于技术性的官僚作风是可能不曾祛除净尽的。但我相信，一个私有财产制不存在的社会，一般生产大众皆有政治发言权的社会，任何一种当作社会体制看的官僚政治形态是决计无法生根的。

① 同前书，第 17～18 页。

第三篇　中国官僚政治的诸特殊表象

一

对官僚政治的概念有了一般的说明，对世界各国的官僚政治分别作了一个轮廓的介绍，现在再来讨论中国官僚政治本身，那无疑是有许多方便的。但方便的地方是就一般范畴立论，即就中国官僚体制与一般典型官僚体制的共同点立论，然而把中国官僚政治当作一个对象来研究，我们所当特别重视的，毋宁是在它的特殊方面，即它对一般表示差别的方面。

中国官僚政治，也正如同世界其他各国的官僚政治一样，是一个历史的现象。由它的发生形态到形成为一个完整的体制，以致在现代的变形，其间经过了种种变化，我们要指出它的特点，至少应就过去官僚政治与现代官僚政治两方面来说。但如我们要在后面指明的，中国现代官僚政治，虽然大体照应着中国社会经济各方面的形质上的改变，从国外到晚近，更从德美诸国新官僚体制中吸入了一些新的成分，把原来的传统形态复化了，但原来的传统形态并不曾因此被否定或代置，反之，我们甚且可以说，那是原来官僚政治形态在现代的变本加厉或强化。因此，在研究的程序上，我们须得从中国古典官僚政治形态的诸特殊表象讲起。那些特殊表象，分别体现在它的以次三种性格中：

（一）延续性——那是指着中国官僚政治延续期间的悠久。它几乎悠久到同中国文化史相始终。

（二）包容性——那是指着中国官僚政治所包摄范围的广阔，即官僚政治的活动，同中国各种社会文化现象如伦理、宗教、法律、财产、艺术……等等方面，发生了异常密切而协调的关系。

（三）贯彻性——那是指着中国官僚政治的支配的深入的影响；中国人的思想活动乃至他们的整个人生观，都拘囚锢蔽在官僚政治所设定的樊笼中。

这是我们要分别在下面予以详细说明的。

二

关于中国古典官僚政治的延续性问题，最先需要论究到它发生或形成过程的起点。

我们在前面已经讲到，官僚政治是当作专制政体的一种配合物或补充物而产生的，专制政体不存在，当作一种社会体制看的官僚政治也无法存在。在这点上，中国官僚政治并非例外。因此，我们要探究中国官僚政治形成的起点，似乎就只要问到中国专制政体是何时才开始的就行。新旧历史学家、社会史学家已公认秦代是中国专制政体发轫的朝代。而由秦以后，直到现代化开始的清代，其间经历二千余年的长期岁月，除了极少的场合外，中国的政治形态并没有了不起的变更，换言之，即一直是受着专制政体——官僚政治的支配。谭复生所谓“二千年之政，秦政也，皆大盗也”。二千年之政，如何皆是“大盗”，这里且不忙分释，“二千年之政”皆沿袭秦代专制政治而来，却是一个事实。而晚近在苏联以“中国通”见称的社会经济史学家 Wittfogel①，论到中国中古历史阶段时，特别强调“二千年官吏与农民的国家”② 这句话，那也不外表示，那个历史阶段是由官吏支配农民，是施行官僚政治。而在这以前，虽然设官而治的事实早经存在着，但那时的政治支配者主要是贵族，即在春秋之世，国君“为天子之同姓者十之六，天子之勋戚者十之三，前代之遗留者十之一。国中之卿大夫皆公族也，皆世官也”③。他们享有世禄，由是为他们所支配的生产人民，就

① 即卡尔·魏特夫，代表作为《东方专制主义》。——编者注

② 参见氏著：《中国经济研究》，横川次郎编译本，第 54 页。

③ 见夏曾佑：《中国古代史》，第 183 页。

不得为形式上的自由农民，而只是农奴。不过到了战国之世，一切改观了；在诸侯相互长期战争过程中，封建贵族的政治支配权，逐渐转移到封建官僚手中了。中国历史载籍是用“政逮于大夫”“陪官执国命”“布衣为卿相”一类笼统文句来描述此种转变，我们从社会史的见地却应当说：战国诸侯为着争霸权、争统治而进行的战争，培养了封建官僚。封建官僚起初不过是封建贵族技术上的助手，帮助封建贵族剥削农奴式的农民，组织封建榨取农民血汗的机关，并使这机关巩固和成为合法的形式。但封建的混战，使各种“专门人材”成为急切的需要，而且直接动摇了整个社会制度，削弱了和抹杀了旧有的阶级划分，并在新的调子上来重新划分阶级。封建上层阶级社会地位之一般的不稳固，是愈来愈加厉害，常使封建诸侯依靠官僚。这培养起来的封建官僚，不但成了专制政体实行的准备条件，且还在某种程度，成了专制政体实现的推动力，如史载“缪公求士……并国二十，遂霸西戎；孝公用商鞅之法……民以殷盛，国以富强……惠王用张仪之计……散六国之从……蚕食诸侯，使秦成帝业”（《史记·李斯列传》）。

秦得“策士”“处士”或封建官僚之助而成就一统大业，而实现专制的官僚的政治局面以后，其他继起各朝代的开基创业，虽同样要取得它前一朝代末期的士大夫或失意的政客和策士们的匡助，但其间有一根本不同之点，即秦代的官僚政客是在封建贵族政治崩溃过程中养成的，而秦后各朝代的官僚政客，则都是在官僚政治局面下养成的。二千年的历史，一方面表现为同一形式的不同王朝的更迭，同时又表现为各王朝专制君主，通过他们各别文武官吏对农民施行剥削榨取的支配权力的转移。王朝的不绝再生产，再配合以官僚统治的不绝再生产；同式政治形态的重复，在有些人看来是“循环”（如日本秋泽修二之流的中国历史循环说），而在其他较深刻的历史学家看来则是“没有时间”，“没有历史”（如 Hegel[①] 称中国为“空间的国家”）。但中国官僚政治延续了二千年却是一个事实。它的这种延续性，或者它之所以能延续得这么长久的道理，我们将在后面讲出它的更基本的原因来，而下面紧接着要说到的它的其他两种特性——包容性和贯彻性，也许可以看为是一部分的说明，虽然它们那两种特性的形成，同时也可说是由于它延续得比较长久的原故。

三

中国官僚政治的包容性，那当然也是把它和世界其他国家的类同政治形态相比较而表现出来的。每一个社会，同时存在有各种各色的社会文化事象和制度。而在任何阶级社会

① 即德国著名哲学家黑格尔。——编者注

里面，政治事象或其体制，往往总容易而且必然会变得突出，这是旧历史家们惯把政治史来代表人类文化史的一大原因，但政治现象或政治体制虽然比较突出而显得重要，它并不能无视其他社会事象和制度的作用；大约一种政治制度如其对于环绕着它的其他社会体制不能适应、不能协调，它就会立即显出孤立无助的窄狭性来，反之，如其他能适应、能运用同时并存的其他社会文化事象，并且在各方面造出与它相配合的社会体制来，它的作用和影响就将视其包容性而相应增大。与外国官僚政治相较量，中国官僚政治其所以能显出包容的特性，就因中国官僚政治在较长期的发展过程上，渐逐发现了并在某种限度创出了配合它的其他社会事象和体制。我们没有充分篇幅把这点在这里详细解述，姑从以次几方面予以较论：

首先，中国以父家长为中心的家族制和宗法组织，虽然是在专制的——官僚的政体实现以后更加强化了，但在这以前，却显然存在着这样一个可供官僚政治利用的传统。国与家是相通的，君权与父权是相互为用的。而在欧洲，特别是在早前的罗马社会，个人在家族中的地位是早经相当确定了的。欧美历史学者认定东方的专制统治不适于西方人的气质，也许这是一部分理由，这就至少要使官僚政治在这一方面的作用和影响受到限制。

其次，法律和政治是非常密切关联着的。人民对于法的认识、法的习惯有了素养；对于权利义务的相对关系有了一些明确概念，那对于任意蹂躏人权、任意剥削榨取人民的专制官僚政体就将成为一个阻碍。“西方社会的特点，是常常有为种种目的而存在的许多团体，有时经国家明白承认，有时则否，但是它们全体构成个人间的许多社会关系。就大小说，这种种关系常比现代国家的公民权所含有的关系，在个人生活内，占有大得多的地位。”① 因此，就在专制时代，国王对于被看为地方习惯法的私法，“实际上只不过行使极少的立法权”②。而在中国，一般的社会秩序，不是靠法来维持，而是靠宗法、靠纲常、靠下层对上层的绝对服从；于是，“人治”与“礼治”便被宣扬来代替“法治”。这显然是专制—官僚政治实行的结果，但同时却又成为官僚政治得扩大其作用、加强其活动范围的原因。

又其次，我们得讲到比较狭义上的诸文化事象，如学术、思想、教育等等方面。欧洲在专制官僚政治的历史阶段，曾经发生过两大运动，其一是启蒙运动，又其一是加尔文主义运动；这两种运动，就它们反封建的立场说，虽然有某些场合是站在专制官僚统治方面，但它们在大体上，却是主张自由、强调人权、反对专制主义、反对官僚政治的。换

---

① Krabbe:《现代国家概念》，王译本，英译者序，第 29 页。

② 同上，第 9 页。

言之，即欧洲专制时代的学术、思想与教育并不像它们以前在所谓政教统治（Hierarchy）时代那样与政治结合在一起。反之，在中国整个长期专制时代却不同，中国文化中的这每一个因素，好像是专门为了专制官僚统治“特制”的一样，在几千年中，仿佛都与专制官僚政治达到了水乳交融的调和程度。所谓“二千年之政，秦政也，二千年之学，荀学也”(谭复生语)，无非谓学术与政治的统一。“是道也，是学也，是治也，则一而已。”（龚定盦语）学术、思想，乃至教育本身，完全变为政治的工具，政治的作用和渗透力就会达到政治本身活动所不能达到的一切领域了。

要之，中国的家族制度、社会风习与教育思想活动等等，在某种限度内，虽为官僚政治施行的结果，但却又成为官僚政治的推动力，它们不但从外部给予官僚政治以有利的影响，甚且变为官僚制度内部的一种机能、一种配合物。

四

惟其中国专制的官僚的政治，自始就动员了或利用了各种社会文化的因素，以扩大其影响，故官僚政治的支配的、贯彻的作用，就逐渐把它自己造成为一种思想生活上的天罗地网，使全体生息在这种政治局面下的官吏与人民、支配者与被支配者，都不知不觉的把这种政治形态看为最自然、最合理的。在一般无知无识的人民固不必说，就是自认为穷则“寓治于教”，达到“寓教于治”的士大夫阶层，历来就很少有人想到这种政治形态以外去。他们像从来没有什么政治理想，如其说有，那也不是属于本来的，而是属于过去的。“克明竣德，以亲九族，九族既睦，平章百姓”，以致“协和万邦”的空洞词句，被翻译增饰为“修”“齐”“治”“平”的大道理；唐虞三代的“无中生有”的“盛世”，变为“祖述尧舜，宪章文武”的大口实，而由“明君、贤臣、顺民”结合成的政治理想图案，始终在被宣扬着、漠然的憧憬着，但又似乎从未好好实现过。所以，我们现代很自负的历史学家如钱穆一流人物，就说：“因为中国在先秦时候，孔子他们这一般圣贤，都已经将那些人生理想讲得很高深，以后实在很难超越。问题并不在再讲这些问题，而如何在去做这些问题。汉唐人能够依着先秦这个理想逐渐做去，实在是了不得。中国的理想本来已很高、很完美，直到今天，依然未能超过他，这不能因此反骂中国人不长进……在那里，我可以大胆说一句，今后中国的政治社会，恐怕还依然会逃不掉汉唐的大规模，政治的一统，社会的平等，此下仍不能超过。这就是说，我们固有的崇高的理想，到现在还未十分达到，将来还要这样做去。”[①] 我不想在这里批评这种高

① 见钱穆：《中国文化传统之演进》一文。

论，但我得指出：（一）这是典型的中国士大夫阶层的政治思想的结晶；（二）这是中国官僚政治支配下的必然产物；（三）这说明中国士大夫辈对于专制的官僚的统治（注意：钱穆根本就不承认中国秦汉以后的政治是专制政治，以后还有讲到的机会）中毒之深，所以“陷溺”于其中而不能自拔。

显然的，这样好的政治理想或政治形态，应当只有站在统治地位或站在帮忙统治阶级的人，才特别欣赏，而处在被统治地位的一般人民，该是如何想法呢？我们固有的文化理想、政治理想，由圣贤讲得那样“高深”，下民如何体会得到；那样“崇高”，下民且无体会必要。所以，“民可使由之，不可使知之”的孔子立教，又成为那种政治理想实现的补充物。俄皇卡萨林（Catherine the Great）是中国武则天一流的人物，她颇懂得孔子的那种教义，一次对莫斯科的总督说：“当我们的农民要教育的日子到来时，你我的地位就保不住了。”[①] 中国士大夫阶层过去也许有不少的人能理解到这个道理，但他们却总不大肯把这秘密揭露出来。一般人民，特别是一般农民没有受教育，或者又受到统治者为他们编制配合好了的一套有利于统治的教育，他们的政治期待就是沿着“贤人政治”或西人所谓“圣贤统治”（Herrschaft

① 参见 Swain：《世界文化史》下卷，沈译本，第46~47页。

der Besten——德国崇拜中国政治理想的学者 Leibniz[①] 曾这样称谓）的线索，希望出现“真命天子”“太平宰相”“青天太爷”；如其现实往往总是给他们那种期待以无情的反拨，那除了严刑峻法会教他们恭顺外，还有纲常教化以及其他与“治道”攸关的各种社会制度、习惯，乃至命运哲学，都可以缓和他们的反抗情绪。结果，“明君贤臣”的政治场面，固然要“顺民”维持，而“暴君污吏”的政治场面，尤须“顺民”忍耐。中国政治自来就不许让人民具有何等基本权利观念，所以，任何基本权利被剥夺、被蹂躏，他们很少在法的范围内去考虑是非，至多只在伦理的范围去分别善恶；事实上，即使是在伦理认识内，他们也并不能把善恶辨得明白，因为读书有权利做官，做官有权利发财，做官、发财都由命定这一类想法，是不许他们有彻底的道德评判的。

不仅如此，社会心理的科学告诉我们，同一社会事象的反复，会使我们的反应牢固的变成我们的第二天性。在专制官僚政治下，统治阶级的优越感和一般贫苦大众的低贱感，是分别由一大些社会条件在把它们支持着、强化着。“布衣可以为卿相”，卿相亦可以变为布衣的事例，并不曾把官吏与农民间的社会鸿沟移去。而长期的“从古如斯”的政治

---

① 即德国哲学家、逻辑学家、数学家莱布尼茨。——编者注

场面，使统治者、被统治者不期然而然的把既成社会事象（不论它是如何不平，如何不合理，如何为稍有现代政治意识与人类同情心的人所不忍闻、不忍见）视为当然，并看得非常自然。

懂得了这些道理，才会明白欧洲人的气质，为什么像是不适宜于专制主义政治，而我们中国人的气质，又为什么像是特别适宜于专制主义政治。

然而，对专制主义、官僚主义中毒最深的，毕竟还是一般立在封建专制统治地位或为那种统治帮忙帮闲的官僚士大夫阶层。因为成见与利害关系结合起来，才能变成最强固、最不易改变。当中国农民大众不止一次的表示他们不能再忍受横暴压迫而奋起自救并引起全国骚动的时候，士大夫阶层往往总是利用机会，帮助野心家向民众提出许多诺言，收拾残局，重整山河；尽管新的专制王朝出现，新的官僚系统登场，而旧的政治形态却又复活了。

政治上的实利主义与历史惰性，锢蔽了他们，使他们不能相信在固有的社会政治形态以外，还有什么理想。

五

可是，中国官僚政治所表现的上述诸般特殊性格，并不能从它们之间的相互影响得到说明。长期的专制官僚统治，无疑大有造于那种政治的支配者，使他们有时间、有机会把社会一切可资利用的力量动员或收编起来；把一切“有碍治化”的因素逐渐设法排除出去。“道一风同”的局面一经造成，治化上显出的贯彻作用也就既深且大了。反过来讲，这些又是官僚统治得以长久维持的原因。

一切因果循环论是会失之表象的，我们需要进一步探究到中国官僚政治的社会经济基础。

第四篇　中国官僚政治的社会经济基础

一

前篇所论述的中国官僚政治的诸般特异性，在我们一般旧历史学家的眼中，都是中国固有文化的精华，而在他们的笔下，且都被涂描上了中看的玫瑰颜色。一切与此“精华”、与此“玫瑰颜色”不大调和的称谓，就被断然拒绝。“官僚政治”是从外国输入的名称，固不必说，就是一向公认为“吾家宝物”的“专制政体”，亦不被接受了。比如，历史家钱穆曾这样告诉我们：“秦汉隋唐几个朝代，政治武功，社会经济，都有很好的设施。秦朝统一天下，造成一个国家、一个民族的局面，这便近于现世所谓民族国家的理论。秦以后，两汉隋唐最有成就的事业是政治与社会。一统的政治和平等的社会。"[1] 惟其社会是"平等"的，所以政治上的一统并不是专制。然则社会何以见得是平等的呢？他举出汉朝官制如何平等之后，接着说："人民任官，都有一律规定，皇帝也不能任意修改他。清朝的考试，法律上规定的时间，三百几十年来都未曾更改过。至于考试的方法，皇帝亦不理会，做官高低，全由吏部掌管，所以中国的政治，实在不能算是君主专制政治。"究竟那是什么政治？他没有明白说出是"君主的民主政治"，也未拿出"君主立宪"这个名称，只含糊说是"一统的政治"。

一个历史家这样歪曲历史，实在令人纳罕。专制政体被他所提出的"平等"事实解消了，官僚政治自然要因此失去存在的依据。也许钱先生立论的主旨不在用以"变"古，而在求所以"饰"今，因为在他发表那篇大作的抗战后期，"汉唐盛世"正被一般论坛上宣扬得天花乱坠哩！设把诛心之论丢开不讲，我们只有一点可以原谅如此这般的高论，即，一般旧史家原本就不大肯留意任何政治形态的社会经济基础问题，那个问题不弄清楚，他们理论上的支离矛盾就是非常自然的了。但困难的问题是，中国专制官僚政治之社会经济基础的探究，又不能刻板的硬套一般社会史的发展公式，这就不但叫旧历史家摸不着头脑，且使中外新历史学

---

① 见钱穆：《中国文化传统之演进》一文。

家、社会史学家莫衷一是的聚讼纷纭了。

这里需要提出来讲个明白的，有以次有关的几点：

（一）专制的官僚的政治，作为一个社会体制来看，一般是产生在由封建社会移向资本社会的过渡历史阶段，我们如其不能把秦汉及其以后的中国社会理解为那种性质的过渡社会，则中国专制的官僚的政治究是如何产生的呢？

（二）如其秦汉及其以后的社会仍是封建的，那种封建社会基础上，为什么也能产生专制的官僚的政治？它与一般封建制的基本不同点何在？

（三）由中国封建制的特殊社会经济条件所限制的中国专制官僚政体，直到秦代始当作一个社会体制实现出来，其实现的历程如何？在秦及其以后诸王朝的封建制是否完全是地主经济的？如其不然，将作何解释？

我将在下面分别解答这些问题。

二

说官僚政治是专制政体的配合物，说专制的官僚的政治是产生于近代初期，由封建社会移向资本社会的过渡历史阶段，那是近代国家观和近代政治史所提供我们的一种认识。但正如一个有了自然科学知识的人，对于自然现象的理解就不免受到许多拘束一样，有了政治科学知识的人，他对于这里有关的问题的想法就不能太过“自由”了。

认定中国秦汉以来直至现代以前的政治支配形态是专制的、是官僚的，如其同时又不承认这个历史阶段是过渡性的，于是，比照一般的讲法，就得对中国专制政体官僚制度的产生，提出一些异乎一般的说明来。那些说明，值得在这里提论到的，约有以次三点：

第一，以水来说明。把治水或讲求水利与中国专制官僚政治关联起来，在黑格尔的《历史哲学》中，在卡尔的《资本论》中，已可发现一些片断的提示。但晚近注意中国社会问题的苏联学者，如 Vargo，Madjar[①]，Wittfogel 等，差不多都特别强调此种说法，以为灌溉对东方、对中国经济有决定的重要意义，因为要讲求水利，要有集中的组织，要有特殊技术人材，于是才产生专制国家，产生有学问的治水工程师——官僚。把原有的事实强调得太过火，这就是错误。这些“水的理论家”之所以犯了错误，大约有两件事实“鼓励”他们：其一是西方人一向比较多知道一点的世界，如埃及，如巴比伦，如印度，都有关于治水方面的记载，特别是埃及，尼罗河早被视为它的生命线，它的政治经济组织，与集体人工灌溉有极密切的关系；而其二，中国夸大宣扬的大禹治水业绩，早成为国外接近中国历史的人最感兴趣

① 即马札亚尔（Ludwig Madjar，1891—1937），下文译作“马扎尔”，出生于匈牙利，曾任职于汉口和上海的苏联领事馆。——编者注

的故事，所以，研究中国问题的权威学者 Wittfogel 也就不自觉的发生这样的联想了："黄河与扬子江……自古即促成河道工程官僚政治……支配中国的自然力，是大河巨川，所以，随着农业的发达，河道工程官吏的势力不能不增加起来。名声啧啧的禹，其最大功绩，即在于调制河流，整顿山川。"[①] 然而中国"政治的一统"，是在大禹以后很久很久的秦代才开始实现，秦代专制官僚政治，据历史所载，与水并无"渊源"。水的理论的系统说明者马扎尔（Madjar）又相并提到另一个"外敌"的因素了。

第二，以"外敌"来说明。"拉狄克（Radek）否认水的作用和意义……否认韦伯（M. Weber）关于中国国家的起源是由于治水的必要的解说。代替这个理论，拉狄克提出自己的理论，说中国是在和游牧人的争斗中产生。可是，聪明免不了错误，中国的官僚制度，不仅是和游牧人的争斗上产生，而且也在和水斗争。并且也不仅在和水（洪水）争斗，如拉狄克之了解韦伯，也是为着水的取得。"[②] "这个官僚制度，是因为实行密度灌溉经济的必要，指导这经济的必要，和一方面组织抵抗游牧人的侵人，一方面化游牧人为农夫的必要而产生的。"[③] 秦代在统一过程中，曾有过"用注填阏

---

① 转引自钱亦石：《中国政治史讲话》，第 98 页。

② Madjar：《中国农村经济研究》，陈、彭合译本，第 69 页。

③ 同上，第 70 页。

之水，灌溉泽卤之地”“四万余顷”的郑国渠；而在灭亡六国以后，又“使将军蒙恬发兵三十万人，北击胡，筑长城”以及其他对外战争，仿佛用治水再加上对外敌斗争来说明专制官僚政治的产生，算是“言之有据”了；而且，秦以后的任一朝代，皆有水患，也皆有外患，自然也都需要专制官僚型的统治。然而，有一件史实，被作这种主张的学者看漏了，即中国历代专制王朝及与其相配合的官僚系统的建立，治水要求与对外战争要求，都不会变为怎样重要的敦促因素，而往往只是到了那种政治支配形态已经成立起来以后，才有余力讲求水利，讲求“四征弗庭”；而且，在另一方面，专制官僚的统治，到了每一王朝后期，差不多都成了招致水患与招致外患的直接诱因。那将如何解释呢？

第三，以士的创造力量来说明。现在先看吴景超先生所特别推奖的吴保安君的意见。那是说，“君主集权的工作，不是一个人可以完成的，必定需要一些人来帮助他，这些人便是士”。这是不错的。“这种新的人物，或为沦落的贵族，或为不得志于本国的贵族，或为自耕农的子弟，总名为士。”这也是不错的。但往后他就想得有些飘飘然了，以为士想做官，又看不惯贵族的骄横，于是就“想抑制贵族，故主尊君，由尊君而联想到一统，由一统而想到政权不应该由某阶级独占，应依照机会平等的原则，交给有才有知的人去掌理。他们这种理想，正合当时集权君主的需要，所以士在政治社会上逐渐取得领导的地位”。接着举了“战国时的七雄，没有不用士的”许多例子，仿佛集权政治是依照士的理想，而又为士所实现出来的。吴先生在这样介绍过了吴保安君那篇《士与古代封建制度之解体》以后，就提出他附和的大见解：“士对于创造君主集权国家及打破封建社会的贡献，由作者所举的例证看来，是无可怀疑的。因为打破中国封建社会的人物，与欧美打破封建社会的人物不同，所以中外历史的演变也异其趣向。作者说：在西欧国家统一运动历史里，我们但见许多城市商人派代表，开国会，加重君主之权，以裁抑贵族的封建势力。可是在中国统一运动历史里，却出现这许多称为士的人来，既不做买卖，也不甘于做地主，终日的哄嚷着要改革社会，要从贵族手里取得政权，为未来历史创一崭新的局面。”① 然则由士创造的崭新局面，究是称为什么局面呢？两位吴先生都没有说得明白，只含糊的表示：“在西洋史上，封建社会以后，是工商阶级所开辟的资本主义社会，中国史上的封建社会以后，则未尝有此。”②

总之，水利也好，外敌也好，士的创造力也好，也许分别在某种限度对促成中国专制的官僚的政治有所帮助，但中

① 以上参见《新经济》（半月刊）第九期。

② 同上。

国初期封建的解体，或官僚政治的实现，不但不能由这任一动因解释，且也不能由它们三方面连同得到解释。它们极其限，不过是在更基本的动因上演着副次作用罢了。

三

我同意上述两位吴先生所说的，“中国历史演变，也异其趣向”的说法，但其趣向之异，不在西欧封建社会以后出现了资本主义社会，中国封建社会以后“则未尝有此”，而在中国古代或初期封建社会以后，又出现了中古的或集权的、官僚的封建社会。

这里存在着对于封建制本身的认识问题。

单纯从形式上、从政治观点上考察，说中国封建社会在周末解体了，那是不无理由的，即作者在中国社会史论战开始时，亦是如此主张①，但后来对封建制作更深一层的论究，始觉得错了。

说封建制度是把自然经济作为它的基础，那比之过去的纯粹政治观，无疑是进步了。但“自然经济”云云，毕竟是太有相对性的名称，就是以“小农经营”来范围它，亦还不曾把握住问题的核心。对封建制有全面决定作用的因素，乃是主要由农业劳动力与土地这种自然力相结合的生产

① 见《读书杂志》之《论战》第一辑拙作《中国封建制度论》。

方式。当土地这种自然力，这种在当时的基本生产手段，以任何方式被把握在另一部分人手中的时候，需要利用土地来从事劳动的农奴或农民，就得依照其对土地要求的程度，与土地所有者——领主或地主——结成一种隶属的关系，把他们全部的剩余劳动，乃至一部分必要劳动，或其劳动生产物，用贡纳、用租、用赋税或用其他名义提供于土地占有者；并且，为了保障这种财产关系的安稳与榨取的顺利推行，在这种社会经济基础允许或要求的范围内，相率成立了各种与其相适应的政治、法律、道德的关系。因此，封建制度并不像我们过去乃至晚近尚为许多历史、社会学家所想像的那样狭义的东西。如果在自然经济形式上的封建制度，以政权的非集中化为特征，但只要生产关系仍旧是封建的，这个特征虽有了重要的变化，或甚至消失了，封建制度的本质仍没有变更。例如，欧洲在封建时代的个别期中形成了集中化的国家，然在基本上，绝对没有变更农民与站在农民之上的私有者或土地使用者间的生产关系，就是没有变更存在于封建制度里的生产关系。

从这里，我们知道，中国古代的或初期的封建形态，即完全建立在自然经济形式上的那种非集中化的封建政治关系，虽然经过春秋战国时代的商业资本与高利贷资本活动、军事的交通、带有拓殖性的战争，逐渐把那种非集中化的特点消除了，以致出现了秦代的一统。但那种变化，至多不过是在政治上说，把非集中的贵族统治的封建形态，转变为集中的专制官僚统治的封建形态；在经济上说，把分田制禄的领主经济（Landlord Economy）封建形态，转变为“履亩而税”、佃田而租的地主经济（Landowner Economy）封建形态。封建的形态是改变了，其本质还存在着。这就是说，中国周代封建天子，把他治下的领土与领民，除自己直接支配者外，其余都分归其子弟或功臣，其子弟或功臣，又按照其阶位，把它由封建得来的领土与领民，除了自己直接支配者外，再分封其属下。就是自天子以至于卿大夫，即所有属于支配阶层的人，都依着土地的占有形式，而寄生于农奴的劳动生产剩余上面。秦代的土地制度不同，从而它对于领土、领民的支配方式也不一样；秦始皇及其以后的许多专制王朝，不把领土、领民交于其诸子功臣治理（汉代在初期亦曾分封诸子功臣，但不但所行范围甚狭，且在景武之世已逐渐消除了），而大权独揽，对诸子功臣仅“以公赋税重赏赐之”，此似与周代大有区别。但问题不在领土、领民以何种方式支配，而在支配领土、领民的所谓支配阶级究是寄生于那种形态的生产上面。周代对其领内可以榨取的农奴劳动剩余，直接让诸子功臣分别自己处理，而秦代及其以后王朝的帝王，则把那些形式上较自由的农奴或农民的劳动剩余，全部以赋税形式收归己有。然后再由俸给的形式，“以公赋税重赏赐之”。可见秦及其以后的官僚主义的专制机构，与周代的封建机构，同是寄生于农奴生产形态上面[①]。

可是，同为封建制，为什么一由领主型转向地主型，离心的非集中的局面就要转移到向心的集中的局面，而成为专制的官僚的统治形态呢？这是不难说明的。在“封土而治”“分地而食”的条件下，每个封建贵族都能把他支配下的领民、领土看为自给自足单位，这虽与初期较不发达的自然经济形态相关联，但每个自给体，都不免带有离心的、独立的倾向。一旦这类大小自给体，由逐渐发达起来的交换与交通所分解，以及由与此相伴发生的争城争地的战争所破坏，它们要就是被消灭，否则就是扩大，就是化此前的大小独立自给体，为一包容的通有于无的整体。前述“士的创进力”云云，不过是在这种客观变动情形下，“因利乘便”的尽了一点促进作用；等到统一局面完成，大规模的官僚政治机构以及与其相应的扩大消费，需要增大税收，需要讲求水利。而统一专制局面，也使在某种限制内需要破除割据政治境界的治水事业便于推行。治水事业的推行，确能在某些场合，加强专制的官僚的统治，但决不是专制官僚统治由治水要求而产生，而是它的反面。大规模的讲求水利，只有在专制统一局面下，才特别有可能与必要。

要之，中国的专制官僚政体，是随中国的封建的地主经

① 以上参见拙编：《中国社会经济史纲》，第107—108页。

济的产生而出现的，它主要是建立在那种经济基础上的，而我们也是容易由秦代专制官僚政治实现的过程来明确予以证实的。

四

史载“秦则用商鞅之法，改帝王之制”。“废井田，开阡陌，任其所耕，不限多寡”（《通典》）。仿佛旧来的社会经济体制，即基本的对贵族颁田制禄，对农奴分等配田，因而，田地不许买卖（所谓“田里不粥”——《礼记》），农奴不许转业（所谓“农之子恒为农”——《管子》），不许迁移（所谓“农不移”——《左昭》）的世卿、世禄、世业的固定化的领主经济制度，是由秦孝公用商鞅来破坏的。其实，像上述的这种用土地束缚农奴，而实际也连带束缚贵族的所谓“帝王之制”，就在周代极盛时，它究在其领内推行到了多大的范围，并且实施到了什么程度，迄今还成为尚待研究的问题；而一临到比较有信史可征的春秋战国之世，特别是在战国，因为铁器的普遍应用，社会生产力一般的增加，包括商业活动与高利贷活动的交换经济的发达，以致旧来在某些地域、某种程度确实施行了的领主经济封建制，一般都无法继续维持。

在连续“兼弱攻昧，取乱侮亡”的战乱过程中，一切有固定性的制度都将相率解体，而成为领主封建制之基石的

“世禄”，在战国时代孟轲的口中，已表示由“暴君污吏漫其经界”，而在小国寡民的滕国，亦不复能保持。世禄是世官、世卿的存在基础，同时又是农民世守其业的依据。故秦代商鞅变法与此有关的几点是：

（一）“宗室非有功论，不得为属籍。”即无功不及爵秩。

（二）“有军功者各以率受上爵。”“秦爵二十等，起于孝公之时，商鞅立此法以赏战功。”（《文献通考》）

（三）“耕织致粟帛多者复其身。”又“秦孝公用商鞅，以三晋地狭人贫，秦地广人寡，故草不尽垦，地利不尽出，于是诱三晋之人，利其田宅”。（《通典》）

（四）“訾粟而税，上一而民平。”

所有这几项改革措施，都在破坏世禄、世官、世业秩序：凡有功者可以获得爵位与土地；凡耕作努力者可以获得私有土地或更多土地；土地收入以赋税方式归于上。均在为私有土地的地主经济奠立根基。可是，所有这诸般作为，并非由秦国君臣所独创，那在当时已经成为一般的变动趋势，秦孝公同商鞅不过确认此趋势，用政策、用法令来因势利导、贯彻推行罢了。比如，就赋税一项而论，史载“秦孝公十二年初为赋”，其实，那无非是鲁宣公“初税亩”，“履亩而税”，乃至“郑子产作丘赋”（《左昭》）的继续。

然而，包括全面的变革，毕竟是由秦代完成的。秦与六国并立，而独能成就此种创举，亦并非偶然。秦僻在西陲，与西戎、犬戎并处，直至领主封建制开始崩溃的周平王之世，始建国家，其所受古代封建束缚，当较其他国家为浅；加之，秦当周室衰微之际，以“僻处雍州，不与中国诸侯之盟会”；阻山带河，比较少受列国相互争城争地之战祸。因之，一旦发愤图强，就可能畅所欲为，而不必遇事拘执成规，遇事顾虑环境。秦之列王，强半皆用客卿为相，用人惟能惟贤，已经是对于贵族政治的打击而又开官僚政治的先声了；用人作风改变，行政措施自无须迁就传统既成势力。所以，商鞅的彻底变革方案，并不曾遇到何等阻碍。

孝公商鞅变法的结果，是“田租口赋盐铁之利，二十倍于古”；是人民“勇于公战，怯于私斗”；总之，是“国用富强”，是为后来吞并六国立下了坚实的社会经济基础。

秦国的版图每有一度扩展，它显然会把这致富图强的方法，以地主经济代替领主经济，以官僚政治代替贵族政治的新社会秩序，一度予以推广。迨始皇吞灭六国，统一宇内，统治时期虽极短促，于“古人之遗法，无不革除；后世之治术，悉已创导。甚至专制政体之流弊，秦亦于此匆匆之十五年间，尽演出之”。历史家夏曾佑氏在如此指述之后，更提出秦人革古创今十大端：（一）并天下；（二）号皇帝；（三）自称曰朕；（四）命为制，令为诏；（五）尊父为太上皇；（六）天下皆为郡县，子弟无尺土之封；（七）夷三族之刑；（八）相国、丞相、太尉、御史大夫……郡守、郡尉、县令皆秦官；（九）朝仪；（十）律。[1] 这十项“创作”，殆无一莫非专制官僚政体的支柱。然其中最基本的措施，则是“天下皆为郡县，子弟无尺土之封”。因为有了这一项根本决定，任何贵族就没有“食土子民”的权能。经济、政治大权集中了一身，他就有无上的富、无上的贵、无上的尊严，“朕即国家”，他的命令就成为制、成为诏了，而分受其治权的大小官僚，就得仰承鼻息，用命受上赏，不用命受显戮了。——一切都说明专制的官僚的政体，必须建立在地主经济封建制基础之上。

然而，秦到始皇统一之后，虽把孝公制定的爵秩（“秦爵二十等为彻侯……以赏有功，功大者食县，小者食乡亭，得臣其所食吏民。”——《后汉书·官志》）废除了，“不立子弟为王，功臣为诸侯”；汉初诸子功臣裂土受封，其后亦逐渐剥削其政治权和经济权，而变为“就食长安而不至国”的遥领领主，变为名义上的侯国。但东汉及其以后的其他历代王朝，例皆多少赐予其诸子功臣以爵赏和土地。特这种点缀在地主经济封建制下的领主经济成分，因其比重过小，其性质亦不同（中国贵族领地不输不纳，迄未经法律明文规定），其所及于政治的作用，自然是极其有限的。

---

① 见夏曾佑：《中国古代史》，第 232 页。

要之，中国二千余年的专制官僚政治局面其所以是由秦国开其端绪，乃因中国二千余年的地主经济制度是由秦国立下基础。这种政治经济形态的配合，不但改变了中国封建性质，改变了中国官僚政治形态，且也改变了中国专制君主与官僚间，乃至官僚相互间的社会阶级利害关系。

第五篇　官僚、官僚阶层内部利害关系及一般官制的精神

一

一般的讲，欧洲的专制官僚政治，是产生于封建主义与资本主义或封建贵族与资产阶级斗争的过程中。这种斗争在开始时，专制君主及其官僚们，在极力扶植并利用商工市民新兴的势力，以削弱剪除封建贵族，到后来，资产阶级势力愈来愈膨大到威胁其生存了，他们有的人又企图动员一切传统的封建力量，以维持其前此因利乘便取得的各种政治权力。由是，站在社会立场上讲，那些君主及其官僚们，究是封建的呢？抑是资产者的呢？就有些使人在辨别上感到眩惑。其实，他们这种二重的性格，不但我们今日辨认起来困难，当时的封建贵族或资产者市民，都曾在他们相互斗争过程中，吃了君主及其官僚们的骑墙态度和玩弄并出卖他们的

苦头。我们诚然有理由用过渡社会阶段来解释他们的二重社会性格，但有两点是非常明白的：其一是，在贵族与资产者斗争白热化的阶段，他们自会分别权衡个人利害关系，或者是更保守的站在贵族方面，否则就是更积极的站在资产者方面；其二是，他们即不站在任何方面，那亦不会妨碍他们对于被支配者的社会统治地位。

反观到中国的专制官僚统治形态，我们那些专制君主与官僚们的社会性格或其阶级关系，愈研究，仿佛就愈像不可捉摸。

贵族政治是建立在领主经济基础上，中国领主经济在周末乃至秦代解体了，贵族阶级失掉了社会的存在基础。

资产阶级政权是建立在资本主义的经济基础上，这种经济形态的重心在商工业，但要以农奴解放、地主经济成立为前提条件；中国地主经济虽然在形式上成立了，那种地主经济所允许并要求的商业与高利贷业，虽然在相当范围内活动着，但农业的生产不必说，就是工业亦始终没有脱却手工业的范畴，于是，资产阶级又不能在中国取得社会的存在基础。

结局，成立在商业、高利贷与非现代性地主经济（此点以后还有从长述及的机会）基础上的中国专制官僚政体的社会属性，便发生问题。相应着，中国专制君主及官僚们的社会阶级属性也成为问题了。

“除了帝王的尊严之外，中国臣民可说没有身分，没有贵族。惟有皇室诸子和公卿儿孙享有一种非由于门阀而宁是由于地位关系的特权。其余则人人一律平等，而惟有才能胜任者得为行政官吏。……”①

“中国国家政体，因为由于调节水道，防止水患及灌溉田亩需要等而发生，完全带有和平性质，于是，在中国组织了一种特殊形式的传统阶级。这种特殊形式的阶级在欧洲是没有见过的，叫做士大夫阶级。”②

“在中国本有超阶级的社会群，这便是过去的士大夫阶级”；“士大夫是超阶级的，超出年产组织各阶级之外，自有其特殊利益。”③

这种种高见的发生，根本是如我们在前面第四篇所说，把封建制的本质看漏，拘泥于政治的表象，以为中国古代领主贵族政治解体了，封建制度即随着消灭；而不知道封建制度的存废，最基本的要看社会的统治阶层，是否还是寄生在对于农奴或形式上自由农民的剩余劳动或剩余劳动生产物的剥削上。这基本的剥削事实没有改变，单把剥削的方式改变了，即把分封诸子功臣，直接食于其封国、封邑的方式，改作“以公赋税重赏赐之”，“以俸禄给养之”的方式，那并

① Hegel：《历史哲学》，王、谢译本，第201~202页。

② Vargo的高见，转引自Radeck：《中国历史之理论的分析》。

③ 陶希圣：《中国社会之史的分析》，第77页。

不曾消除封建的本质。虽然从社会史的意义上说，后一种封建形态是比较进步的，是比较给予了农奴更多一点自由，并且还比较能容许乃至要求相当范围与程度的商业、高利贷业的发展。然而，这一切的“好处”，不但没有使封建本质改变，且如我们将在后面说明的，还使中国中古以来的典型封建体制，具有更残酷剥削的可能。

因此，正如同资本社会可以容许共和政治体制，也同样可以容许君主立宪政体一样，封建社会可以由贵族支配，亦可以由官僚支配。在官僚支配的政治场面下，贵族及贵族的身分，诚然变为不重要了，但代替贵族行使支配的官僚，并不曾因此就“特殊到”成为“超阶级”的东西；把他们来同欧洲专制时代的官僚比较，也诚然像 Vargo 所说，为“一种特殊形式的统治阶级”，但借 Wittvogel 批判 Hegel 的话来说：“中国官僚阶层对于所谓‘自由’农民，对于农民重要生产手段的土地，乃至对于土地的收益，不是握有明白的权力么？被拔擢进官僚阶层的机缘，在客观上，不是单由那些立在官僚候补地位的学者，富裕地主商人的子弟们，当作特权而预定了的么？”[1]

一句话，中国的官僚阶层，或者换一个表现方式，中国的士大夫阶层，不是为了或代表贵族阶级利益，也不可能是

---

① 横川次郎编译：《中国经济史研究》，第 157 页。

为了或代表资产者阶级的利益，而用陶希圣讲“对了”的那一句话：“自有特殊利益。”因为他们自己就是支配者阶级，自己就是一直同所谓“自由”农民处在对立者的地位。

二

特依据我们前面的说明，一切官僚政治，都是当作专制政体的配合物而产生的。中国官僚阶层头上顶戴着至高无上的帝王，一方面使他们在某些场合表现为被支配者，而所谓在帝王的神圣权威之前，臣庶一律平等，那又不但表示他们对帝王间存在有极大的距离，并还显得他们与一般人民变成了无差别权力的一体，上述的黑格尔的错误认识，就是从这里发生的。

其实，中国的专制政体，其所以是官僚的，同时又是封建的，其关键就在于此。设把政治修辞上的插话和实际政治运用上的圈套扔在一旁，而去透视中国政治的实质，我们就会发现：中国帝王的政治经济权力，一方面使他扮演为地主的大头目，另一方面又扮演为官僚的大头目，而他以下的各种各色的官僚、士大夫，则又无异是一些分别利用政治权势侵渔人民的小皇帝。官僚士大夫们假托圣人之言，创立朝仪，制作律令，帮同把大皇帝的绝对支配权力建树起来，他们就好像围绕在鲨鱼周围的小鱼，靠着鲨鱼的分泌物而生活一样，这绝对支配权力愈神圣、愈牢固，他们托庇它、依傍它而保持的小皇帝的地位，也就愈不可侵犯和动摇了。当作一个社会的支配阶级来看，中国官僚士大夫阶层是在充分运用或分有皇帝的绝对支配权，这情形，固然最基本的要从他们对整个被剥削阶级的关系来解释，但同时也可由他们大小皇帝或大小官僚地主间分配既得权力的利害冲突关系来说明。

中国专制官僚政治上的帝王绝对支配权，归根结底，是建立在全社会基本生产手段——土地的全面控制上，是建立在由那种基本生产手段的控制所勒取的农业剩余劳动或其劳动生产物的占有上。他以那种控制和占有表现其经济权力；他以如何去成就那种控制和占有的实现表现其政治权力。但无论是经济权力或政治权力，离开了他的官僚机构和官僚系统，都将变成空无所有的抽象。于是，整个政治权力，结局也即是整个经济权力，如何分配于全体官僚之间，始得保持全官僚阶层内部的稳定，就成为官僚头目或最大地主们所苦心焦虑的问题了。每一个历史王朝的开始，差不多都特别把这问题提出来认真予以商酌考虑；《治安策》一类建议，是应时的产物，而《深虑论》一类文章，则曝露出了官僚阶层内部钩心斗角的矛盾。略举数例，以见一斑：

秦始皇统一六国后，即考虑到政治经济权力的分配问题，他接纳了李斯“置诸侯不便”的建议。除客观条件外，至少也因为李斯的措辞，特别迎合他的心事：“诸子功臣，以公赋税重赏赐之甚足，易制，天下无异意，则安宁之术也！”

汉高祖惩秦以孤立而亡，封诸子为王，对于异姓功臣，另眼相觑，昌言：“非刘氏而王者，天下共击之！”然对同姓子弟，亦不放心。其侄吴王濞受封之日，“召濞相之，谓曰：‘若状有反相。’……因拊其背，告曰：‘后汉五十年，东南有乱者岂若耶？然天下同姓为一家也，慎无反！’濞顿首曰：‘不敢。’”（《史记·吴王濞列传》）

东汉光武中兴，一方面鉴于西汉分封诸子引起之祸乱，“未尝有尽王子弟以镇服天下之意。盖是时封建之实已亡，尺土一民，皆自上制之”（《文献通考·封建考九》）。然而诸子靠不住，公卿亦不见得忠实，所以“光武愠数世之失权，忿疆臣之窃令，矫枉过直，政不任下，虽置三公，事归台阁（尚书），自此以来，三公之职备员而已”（《后汉书·仲长统列传》）。

秦汉以后，历代开国君主殆莫不深虑到分配权力如何才好的问题，但讲得最露骨、最情见乎辞的，要算宋太祖与其功臣在“杯酒释兵权”的悲喜剧中所留下的一段对话了。太祖鉴于唐代藩镇之祸，对当时握有兵马大权的亲友兼功臣石守信，颇具戒心。他一天与守信等痛饮之余，觉得有对“故人”“一吐肺腑”之必要。他说：“我非尔曹不及此。然吾为天子，殊不若为节度使之乐，吾终夕未尝安枕而卧！”

守信等听了佯为咋异："今天下已定，谁复敢有异心？陛下何出此言耶？"太祖当反诘他们："人孰不欲富贵？一旦有以黄袍加汝之身，汝虽不为，其可得乎？"守信等就请太祖开导他们，太祖表示："人生驹过隙耳！不如多积金帛田宅，以遗子孙；歌儿舞女，以终天年。君臣之间，无所猜嫌，不亦善乎？"守信等就拜谢他指点的盛意说："陛下念及此，所谓生死而骨肉也！"这一席话讲过的第二天，史载："守信等皆称病，乞解兵柄，帝从之，皆以散官就第，赏赉甚厚。"（《宋史·石守信传》）

为人君的对于他的臣下这样放心不下，睡不着觉，表面上好像只是显示君臣间的利害矛盾，其实，如像宋太祖表演出的上述一出剧，完全是由赵普一干文职官僚在幕后导演出来的。武官的权势太大，文官总不免有些眼红。诸子与功臣间的猜忌，宗室与外戚间猜忌，官中与府中间的猜忌，京官与各地州牧、郡守间的猜忌，六朝特别是两宋以后异族当朝，统治民族与汉人官吏间的摩擦与暗算，以及这每一对垒势力各别阵营中的内讧，真是说不尽的宦海风波，或官僚阶层内部的利害冲突。

所以，一个帝王，如其他不是阿斗一流的昏庸人物，一切听任宵小摆布，他要把底下的大大小小的官僚，甚至正待加入官僚阵营的士子，都统治安排得对他服服贴贴，而相互之间又能保持相当的"和谐"，那也就够他头痛了。所谓寝食不安，所谓宵旰图治，在天下已定或“大定”之后，主要还不是为了对付下民，而是为了对付臣属哩！

我们由此已不难多少领悟到一般官僚政治赖以推行的官制的精神了。

三

中国的专制官僚政治，虽开始于秦国，由秦首创了许多官制，但秦仅传及二世而亡，其致亡的原因当然很多，至少有一部分理由，要归之于创制不够周密，或缺乏弹性，以致实行起来，格外显得“苛”“暴”。

原来任何一种制度，就其积极作用一方面言，都有待于时间经验之积累，而为“尝试错误”的结果。纵观中国官僚制度，由秦代以至于清之中叶，每经一个朝代，表面上看，好像是多一次重复，多一次“再生产”，但仔细观察起来，其内容是代有变更，或者说，每个王朝殆曾惩前毖后，加过一番因时制宜工夫。在贵族政治的封建阶段，世卿世官，一决于血统；而当时立在最高地位的帝王，对于人事，像是一切准据自然，而他自己，亦大体是依自然血统条件行使统治。这看来是很不合理的，但却是再简单不过了。到了官僚政治的封建阶段，就是对于被宣扬矫饰得神圣不可侵犯的帝王，因为他自身，或者他的乃祖乃父取得统治地位，并不是凭什么叫人一见了无异议的客观标准，于是一个极微贱的野心者，也可对他发生“大丈夫不当如是耶”，“彼可取而代之”的念头；至若他以下的公卿大夫，由宰相以至于小小吏丞，权之所在，利之所在，自然要分别成为大家营谋攘夺的目标。所以，一个有心计或者有远见的帝王，乃至帮同帝王主持朝政或实际把握政权的官僚头目们，对于政务的推行，总不能不有以次几种考虑。

第一，该如何使一般臣民，对专制君主乃至其他揽权人物，养成敬畏自卑的心习；对于其言行，无论合理与否，都得心悦诚服。

第二，该如何使各方面、各部门的官僚势力，都在对专制君主向心的重点上彼此保持一定的平衡；任一方面、任一部门势力的突出，就将视为是贾谊《治安策》中所谓“大抵强者先反……最强最先反”的祸害。

第三，该如何使全体人民，能“安分守己”，“听天由命”的接受官僚统治，并如何使人民中之优异或豪强分子，有机会、有志望参加那种统治。

这些问题被苦心孤诣的考虑着、揣摩着，权谋术数的玩弄，就成为专制君主及其大臣们统治上的日常课题了。一切官制的创立，至少有一大部分是玩弄权谋术数的结果。于是，看似复杂的官制体系，就在无形中贯注有上述三大要求。

大体而论，官制包括三个门类：其一是官职、官品、官禄的确定；其二是官吏权责的分划；其三是官吏任用的程序。从表面上看，第一点似甚简单，分类按级规定就行了，其实设官分职，依等定酬，除须斟酌实际情形、权衡损益外，创制者例皆把他或他们当前的主观企图放在里面了。如秦设许多新官职，如丞相、太尉、御史大夫、郡守、郡尉、监御史等，我们在前面已知道那都是为了大权独揽，“置诸侯不便”的代替物。而俸禄的差别，在秦无详细记录可征，若汉及其以后许多朝代，除了依据等第外，重高官而薄于小吏，厚京官而薄于外放，殆皆成为一般通则；用意所在，是昭然若揭的。

可是，把它与第二点关联起来考虑，就更形复杂了。比如，同是丞相、太尉、御史大夫，在秦虽代皇帝分掌政治、军事、监察大权，到了汉代先把异姓功臣分别铲除，后又把同姓诸侯分别削弱之后，觉得三公权力太大，怕太阿倒持，或靠不住，于是把信心缩小到朝夕共处的内臣；武帝时奏请机事，已以宦者主之，延及光武之世，因宰相例为德高望重之人，督责指挥，诸多不便，于是崇以虚名，将政事悉委之于尚书；所谓“事归台阁，三公论道而已”。其后同属台阁，尚书又不若中书亲近；到了唐代，索性以中书、门下及尚书三者为相职。这就是说，国家行政大权，愈来愈集中到帝王更亲近的人手中了。所以，官吏权责的分划，仔细考察起来，无非是专制君主及揽权者们弄权斗法的结果。

最后关于官吏的任用，那在官制中占有极重要的地位，且会直接影响到官吏的职掌和权责。世卿世官之制既废，官吏的产生，一定要有一些举官的方法。秦代相沿有三个举官方法：一是荐举，如魏冉举白起为太尉，范雎任郑安平为将；一是辟除，依秦制，内而公卿，外而守令掾属，皆自辟除，如吕不韦辟李斯为郎；一是征召，士有负盛名的，皇帝可征召拔用，如叔孙通以文学被征。但无论荐举也好，辟除也好，征召也好，都得有个标准。不错，财产、德行、学问、能力，曾在当时分别当作诠衡标准。但其中除较有客观性的财产一项，极易引起不平流弊外，其余如德行，如学问，甚至如与德行、学问有关的能力，似都需要一个最后的公认的准绳，以资鉴别，而且鉴别的方式，亦大费斟酌。秦代创制伊始，对于这方面的历练自嫌不够，换言之，用什么目的去训练士大夫，用什么方法去笼络或收买士大夫，它是没有经验的。几经汉代君臣的揣摩与“深思远虑”，作为人材鉴别准绳的儒家学说被崇尚了，其后中经魏晋的九品中正制，到隋唐开其端绪的科举制，鉴别的有效方法亦被发现了；在这种制造并选用官吏方式的演变过程中，中国官僚制度才逐渐达到完密境地，而如我们将在后面说明的，中国官僚政治能动员全社会的一切文化因素，而发挥其包容贯彻的性能，也是藉此制造并任用官吏的演变过程而逐渐形成的。

所以，我们要展开那种作为中国官僚政治所由遂行的一般官制的研究，最先就得披览到一部“孔子御用史”的篇章。

第六篇　官僚政治与儒家思想

一

在任何一个阶级社会里面，把握着社会物质的基本生产手段的阶级，同时必定要占有或支配社会基本的精神生产手段。这已经很明显的表现为一个法则。社会基本的精神生产手段被把握着：那第一，将可能使不合理的物质生产手段的占有，逐渐取得“合理的”依据；第二，将藉此继续制造出或生产出维护那种占有的动力；第三，将用以缓和或团结同一支配阶级内部的分离力量。所以，就中国历代王朝统治的经历讲，它们对于精神生产手段的把握是否牢固、运用是否得宜，颇有关于它们历史运命的修短，虽然在实质上，它们的存亡兴废，根本的还是看它们对于物质的基本生产手段的把握方面是否发生了破绽或动摇。

在西周之世，世卿世禄，子就父学，世世相承；一切精神传授的手段，通在官府。当时农业劳动生产力尚因铁耕未行，留在极低阶级，剩余劳动生产物既有限，在官府的精神生产活动，因受有限制，一般人民更自无此“清福”了。“不识不知，顺天之则”，原来是贵族统治的安稳场面。但“自老聃写书征藏，以贻孔氏，然后竹帛下庶人。六籍既定，诸书复稍出金匮石室间。民以昭苏，不为徒役；九流自此作，世卿自此堕。朝命不擅威于肉食，国史不聚歼于故府”①。这段话是有不少漏洞的。精神生产手段把握不牢了，实际乃由于当时的物质生产手段，已渐在从贵族的手里滑脱出来：暴君污吏在慢其经界，“田里不粥”的神圣规制亦维持不住了。然而，世卿世禄的秩序，显然大大的受了九流百家嚣杂议论的影响。

战国的分立混乱局面，无疑是邪说横议的温床。

秦并六国，从丞相李斯的建议中，知道它是曾在控制精神生产手段上作过一番努力的。李斯很机智的表示：以前诸侯并争，厚招游学，由是一般读书的人，“皆道古以害今，饰虚言以乱实。人善其所私学，以非上之所建立。今皇帝并有天下，别黑白而定一尊。私学而相与非法教，人闻令下则各以其学议之，入则心非，出则巷议。夸主以为名，异取以为高，率群下以造谤。如此弗禁，则主势降乎上，党与成乎

① 章太炎：《检论·订孔上》。

下。禁之便。臣请史官非秦纪皆烧之；非博士官所职，天下敢有藏诗书百家语者，悉诣守、尉杂烧之；有敢偶语诗书者弃市；以古非今者族；吏见之不举者与同罪。……若欲有学，以吏为师”（《史记·秦始皇本纪》）。这个建议被秦始皇接受了，于是秦及始皇帝，便被天下后世讥嘲谩骂；一提到“秦为无道”，就把“焚书坑儒”作为有力的注脚。其实，单就学术的立场讲，秦朝所作的孽，与此后汉代相比，真不可以道里计。而依维护统治的立场讲，秦禁造谤、禁巷议；只许“诗书百家语”藏之于博士官衙，只许学者“以吏为师”，想把私学重新回到官学，并不是念头错了，而是不得其法，不知道“百家语”中，究竟那一家之言之教，才宜于利用，而不必禁止，且无妨广为宣扬。李斯师事荀卿，渊源孔孟，其所建议创制，大体皆本儒家精神，而对于黜百家、崇儒术，未肯公然主张，而必留待汉武帝董仲舒君臣去做，谅不是为了避讳，乃是由于不够统治经验。

所以，以小亭长出身而为天子的汉高祖，原本非常侮谩儒生，甚至“取儒冠以溲溺”，迨叔孙通略施小技，制定朝仪，始知此道有益于统治，乃不惜“至曲阜以太牢祀孔”。然儒家思想真正有益于治道的体验，还是经过高、惠、文、景数世的不愉快事变，才逐渐领会到的。高祖在世有信、越等功臣叛变，惠帝之世有诸吕外戚叛变，景帝之世有吴、楚等宗室叛变。功臣靠不住，外戚靠不住，宗亲也靠不住，该如何才能使此大一统的局面，好好维持下去呢？武帝一朝的君臣们对此是颇费了一番心机的。他们知道高帝那样形式的尊孔是没有用处的，文、景治黄、老之学，适足增野心者的势焰，要天下一乃心德，非专尚一家学说不可。董仲舒谓：“今师异道，人异论，百家殊方，指意不同，是以上无以持一统。法制数变，下不知所守。臣愚以为诸不在六艺之科，孔子之术者，皆绝其道，勿使并进。”（《汉书 · 董仲舒传》）这建议被武帝采纳了，于是孔子学说乃开始定为正统。然则他们为什么在“百家之言”中，独选中了孔学呢？原来百家以孔、老、墨三者为最著。“封建社会重阶级名分，君权国家重一尊威权：老子主无名无为，不利于干涉；墨家创兼爱，重平等，尚贤任能，尤不便于专制。惟独孔学，严等差，贵秩序，与人民言服从，与君主言仁政，以宗法为维系社会之手段，而达巩固君权之目的，此对当时现实社会，最为合拍；帝王驭民之策，殆莫善于此，狡猾者遂窃取而利用之，以宰制天下。”① 因此，夏曾佑推论汉武帝尊重儒术之动机，谓其“非有契于仁义恭俭，实视儒术为最便于专制之教耳”②。

---

① 苏渊雷：《孔学判摄》，见《新政治》第四卷第二期。

② 夏曾佑：《中国古代史》，第 274 页。

二

“最便于专制”的儒术，或者当作一种专制官僚统治手段来看的儒家学说，稍微仔细分析起来，就知道它备有以次这三项可供利用的内容：

（一）天道观念；

（二）大一统观念；

（三）纲常教义。

这三者对于专制官僚统治的维护是缺一不可的。先就第一点天道观念来说。

儒家不言鬼、不言神，却昌言“天”。言神，在神学范畴，言天，进了一步，在玄学范畴。在近代初期的欧洲，专制官僚政治的推行，例皆配衬以强调所谓“自然秩序”“自然法”“自然权”的玄学。以往贵族社会的秩序，原被宣扬为由神所定立：各国启蒙学者殆无一不抬出“自然”的大帽子，在消极方面借此否定神，否定神定的贵族政治的社会秩序，而在积极方面，则又是藉此定立新的专制官僚秩序；以为这新的专制官僚社会秩序，乃依据自然秩序而建立起来。这种玄学，在我们今日稍受政治科学洗礼的人听来，虽觉得非常好笑，但当时作这种主张的，却是一些头号的哲学家、经济学家或法学家哩！

中国儒家所强调的“天”，显然比欧洲启蒙学者所宣扬的自然，有更多的神性，所谓“君万物者莫大乎天”① (《易·系辞上》)，所谓“天道福善祸淫” (《书经·汤诰》)，所谓“皇矣上帝，降临有赫，监观四方，求民之莫” (《诗经·小雅》)……通像表明冥冥之中，有一个司吉凶祸福的人格神在那里主宰；但同时却又有更浓厚的政治性，所谓“天生民而树之君，以利之也” (《左传·文公》)，所谓“天佑下民，作之君，作之师，惟其克相上帝，宠绥四方” (《书经·秦誓》)，所谓“天子为民父母，以为天下王” (《书经·洪范》)……通像表明“天”或“上帝”不能自行其意志，而必假手于天子或帝王以行之，于是帝王或天子的所作所为，就是所谓“天功人其代之”，换句通俗的话，就是“替天行道”。

可是“替天行道”的事过于繁重，天子一个人做不了，要大大小小的官吏在一种政治组织下来代他或帮同他处理，结局，单是把帝王或天子的存在地位神秘化了、神圣化了还不够，必得使他的官吏们，使他们大家所由进行统治的政治秩序，也都取得一种“玄之又玄”的或“先天的”存在依据才行。关于这一种，儒家的集大成者如孔子乃至以后的孟轲都不曾讲得明白，直到汉武帝时主张罢黜百家、崇尚儒术

① 阮元《十三经注疏》本作“法象莫大乎天地”，作者所引未知何据。——编者注

的董仲舒，才因了要把专制官僚体制合理化、神圣神秘化的要求而痛快的予以发挥了，他说："一岁之中有四时，一时之中有三长（按指上文之'有孟有仲有季'），天之节也。人生于天而体天之节，故亦有大小厚薄之变，人之气也。先王因人之气而分其变，以为四选。是故三公之位，圣王之选也；三卿之位，君子之选也；三大夫之位，善人之选也；三士之位，正直之选也。分人之变，以为四选，选立三臣，如天之分岁之变以为四时，时有三节也。天以四时之选，与十二节相和而成岁，王以四位之选与十二臣相砥砺而致极。"（《春秋繁露·官制象天》）不仅如此，天有春夏秋冬之异气，圣人则"副天之所行以为政"，而分别出以庆赏罚刑，所谓"王者配天"。

这天人相通的玄学，与欧洲启蒙学者所强调的自然秩序、社会秩序相通的玄学比较，显然表现得很低级，更牵强附会，但其本质的要求是极相类似的：即专制官僚政治秩序，没有贵族政治秩序那样有外部的一见明白的自然血统条件可资为依据，它就需要托之于天，假手于不可见、不可知的冥冥主宰，以杜绝野心者的非法觊觎。至若中国历代王朝末期的犯上作乱者，往往也假托天命，讹言端异，以加强其政治号召，那正是现实历史辩证表现之一例，而于专制官僚政体需要一种玄学为其政治出发点的主张，并无抵触，每一个王朝的开国君臣，都是会把"天予不取，反受其殃"，

“予弗顺天，厥罪惟钧”的经典文句背诵得烂熟的。

次就第二点大一统主义言。

前所谓“受命于天”的帝王或天子，乃是“天地”或“天下”的最高主权者，所谓“皇天眷命，奄有四海，为天下君”（《书经·大禹谟》）。这句话的翻译，就是“普天之下，莫非王土，率土之滨，莫非王臣”。孔子依着这天命最高主权不可分割的命题出发，而主张“尊王”，主张恢复西周形式上的大一统，而对于破坏那种大一统，并各霸一方各自为政的乱臣贼子，不惜口诛笔伐。至于“作春秋”而乱臣贼子是否真正有些恐惧，当然是另一个问题，但孔子托《春秋》以明其“复梦见周公”之志，想把当时分崩离析的局面多少挽回过来，却是一个事实。又孔子所梦想恢复的大一统，原不过是西周那种只在形式上表示“礼乐征伐自天子出”的贵族政治秩序，可是专制的官僚的统治，却正好需要这种“天无二日，民无二王”的学说，来支持其中央集权的政治独占局面。假使在四境之内，或在声教所及的小天地间，有一个国土或有一个民族自树一帜，不肯对那个自视为“诞受天命”的政权表示服从，就算它安其土而子其民，治理得颇有条理秩序，也认为非挞伐用张，使其解体屈服不可。而且，那种独树一帜或未曾就范的政权，愈是治理得有办法，它便愈要成为“王赫斯怒，爰整其旅”的征伐的目标。照理，“天下为私”的专制者，自己既强制旁人接受自己的统治，他究竟何所根据而阻止旁人不各自为治？或者至少他将如何劝说旁人不各自为治呢？在这种场合，“天命”和“春秋大一统主义”便被反复发挥与宣传，大一统主义在吕不韦的《吕氏春秋》中是讲解得非常明透的，而言“天人相通”的董仲舒，更公式化为“春秋大一统者，天地之常经，古今之通谊”。由是，久而久之，“谬种流传，演为故智”，致使在现代以前，中国人的政治辞典中，始终没有“分治”“联治”那一类名词。“一统的江山”或“一统的政治”未曾实现，就称为“创业未半”，已实现而后为人割裂，就称为“偏安”。每到一个朝代末期，群雄并起，互相厮杀，直到最后有力有势者，混一宇内，才使那些为人忙着打天下的老百姓得到一点喘息的机会；“真命天子”出现了，儒家“大一统”的理想又实现一回。

最后，就纲常教义来说。

任何一个专制君主，无论他的天下是怎么得来的，是出于强夺，抑是由于篡窃，他一登大宝，总不会忘记提出与他取得天下正相反对的大义名分来，借以防阻他臣下的效尤“强夺”或“篡窃”，所谓“窃国者侯，侯之门仁义存”，就是这个道理。

本来在统一的专制政治局面下，始终存在一个统治上的矛盾：一方面要尽可能使“普天之下”都收入版图，接受治化；同时，扩充的版图愈大，要使宁内道 风同、心悦诚服就愈感困难。为了解决这个治化上的矛盾，自汉朝武帝君臣起，就多方设法推行儒家的纲常教义。纲常之教的重心在乎三纲，即所谓君为臣纲、父为子纲、夫为妻纲，亦即君权、父权、夫权的确认。从表面上看，只有君臣的关系是有关政治的，而父子、夫妇关系则是有关家族的。但中国纲常教义的真正精神，却正好在于它们之间的政治联系。中国一般读书人都很记得“天下之本在国，国之本在家，家之本在身”的格言，把表现的方式换一下，就是“身修而家齐，家齐而国治，国治而天下平”。为什么一般人也有这大的政治作为呢？我们“圣人”是这样注释得明白的：在积极一方面讲，“君子主事亲孝，故忠可移于君；事兄弟，故顺可移于长；居家理，故治可移于君”（《孝经·广扬名》）；在消极一方面，“其为人也孝悌，而好犯上者鲜矣，不好犯上而好作乱者，未之有也”（《论语·学而》）。所以，孔子答复一个说他不肯从事政治工作的人说：在家里孝顺父母，友爱兄弟，就有政治作用，就等于从政，何必一定要立在政治舞台上？（“惟孝友于兄弟，施于有政，是亦为政，奚其为政？”——《论语·为政》）这在一方面说，是家族政治化，在另一方面说，又是国家家族化，伦理政治的神髓就在此。但我们应当明了，这种政治的目的，不在使全国的人，都变成一家人一样的相互亲爱，而在使全国被支配的人民都变成奴隶一般的驯顺，所谓“居家理，故治可移于君”；所谓

“移孝作忠”，都不过表示“父为子纲”“夫为妻纲”，结局无非是要加强“君为臣纲”的统治作用；把防止“犯上作乱”的责任，通过家庭、通过族姓关系，叫为人父的、为人夫的、为人族长家长的去分别承担。在社会上，父子、夫妇的关系是到处存在的；亦就因此之故，政治统治的功用，就无形渗透进了社会每一个角落、每一个人的毛细孔。而且，家族政治联带责任，在有所劝的场合，就是“一人成佛，鸡犬皆仙”“满门有庆”；在有所惩的场合，就是一人犯法，九族株连。其结果，父劝其子，妻励其夫，无非是要大家安于现状，在现状中求“长进”，求安富尊荣。而天下就因此“太平”了。

所以，儒家的“大一统”，由尽量扩大政治版图所造出的上述统治上的困难问题，就由其尽量推行纲常之教或伦理的治化，而相当的得到解决，而这又暗示那些把广土众民治理得服服贴贴的专制君主及其“燮理阴阳”“参赞化育”的大臣们，真像是“呜呼！惟天生民有欲，无主乃乱，惟天生聪明时乂”（《书经·仲虺之告》）。“天地生君子，君子理天地”（《荀子·王制篇》），这一来，天道观念，大一统主张，纲常教义，就成功为“三位一体”了。

三

当然，在长期的专制官僚统治过程中，儒家学说之被御用或利用，往往是采行不同的姿态。据陶希圣先生的研究，孔子曾有这样七阶段的发展：“封建贵族的固定身分制度的实践伦理学说，一变为自由地主阶级向残余贵族争取统治的民本政治学说与集团国家理论；再变为取得社会统治地位地主阶级之帝王之学，带有浓厚的宗教色彩，孔子遂由此成了神化的伟大人格；三变而拥抱道教、佛教，孔子又变为真人至人及菩萨；四变而道士化；五变而禅学化；六变而孔学之经世济民的探讨失败，所留存者，伟大的孔子，为地主阶级与士大夫集团之保护神。”① 还没有变完，他接着指出：“现在孔子到了第七次发展或转变的时期了。有人想把孔子来三民主义化。”这所谓“有人”中，陶先生“现在”应不辞把他自己也放在里面；也许就因为他自己也在里面的缘故，当时他认定“把孔子来三民主义化”为“不可能”，现在应相信是“可能”的。但这是题外话。

我以为，孔子无论在这任一发展阶段的“变化”，在我们的社会还大体是为专制官僚统治的限度内，儒家的上述三种教义，始终仍在作着基本的治化酵母；至多，只不过依着社会物质的与精神的现实条件的发展与演变，分别在那几种基本的治化酵母中，加进了，或从儒家学说当中抽取了，一些可以附比的有效因素，使原来的治道治术改变了一些形象罢了。

---

① 陶希圣：《中国社会与中国革命》，第 187 页。

原来孔子以儒者问世，备有三种资格：其一为经师，商订历史，删定六经；其二为教育家，讲述《孝经》《论语》。此二者，章太炎先生于其《诸子学略说》中已明白道及。但还有其三：政治说教者，一车两马，历访各国，以冀学之见用，道之得行；而这点却为以后儒家政客官僚，作了投机干禄榜样。至其教人以“中庸”，教人以“言不必信，行不必果”，其私淑者孟轲虽以“圣之时者也”目之，但后儒为目的不择手段的实利主义精神，固因此渊源有自，而其学说之“应时”支离演变，亦不无来由了。

在战国末期传授孔门衣钵的荀卿，他目睹当时社会的实际变化，知道恢复旧有封建秩序没有可能，知道天命说、性养说、礼治说都不大靠得住，于是他认定封建体制须予以改造，应崇功利，尚干涉，以刑法巩固君权。到了他的两大弟子韩非与李斯，更变本加厉，专为刑名法术是尚，韩非想用严刑峻法去造成有权有势的绝对专制主义，而李斯则实行制定严刑峻法以体现那种绝对专制主义，他们无疑是太对儒家根本思想旁趋斜出了，但仔细考察，“祖述尧舜，宪章文武”的儒家，对于“五刑之属三千”，是用“刑期于无刑”来遮饰的，他们始终都认为刑与德两者不可偏废，所谓“明主所以道制其臣者二柄而已矣。二柄者，刑、德也。何曰刑、德？曰：杀戮之谓刑，庆赏之谓德。为人臣者畏诛戮而利庆赏”（《韩非子·二柄上》）。孔子于刑德二者之间，虽略示差别，谓“道之以政，齐之以刑，民免而无耻；道之以德，齐之以礼，有耻且格”（《论语·为政》）。但从他所说的“上好礼则民莫敢不敬”（《论语·子路》）及“小人学道则易使也”（《论语·阳货》）一类文句看来，礼义道德都不外达成治化的手段，而不是目的。只要有助于治化上的目的，在相当范围内，“杂以名法”的荀学，并不是孔学怎样不容许的。

至若孔子学说在汉代被杂以谶纬神怪之谈，那不过是“天道观念”的发挥、“天人相通”理论的副产物。“天”既可以对“天子”“授命”，它就可以把它对天子乃至对人民吉凶祸福，用种种“自然的”灾异或祥瑞，预为表现出来，使他们分别知所警或知所励。原来《易经》就充满了这种谶纬性的玄谈，而《春秋》更如实指点出了各种各色灾异、祥瑞的后果。董仲舒、刘向父子之辈把自然界各种特异现象，拿来作着政治的附会解释，无非是想借此补充当时三纲五常教义尚未深入化和普遍化的缺点。

东汉末叶，道教曾经一度成为愚夫愚妇信仰的目标，但张角、张宝一流黄巾所宣传的“苍天已死，黄天当立，岁在甲子，天下大吉”一类谶语，显然和刘向辈所藉以愚弄小民的谶纬说教，保有极密切的脉络。同一被愚弄得糊里糊涂的小民，要叫他们相信“苍天”，就没有法子禁止他们不相信“黄天”；这种辩证关系，聪明睿智的大儒们也许还是不曾想得透彻的。

魏晋以后，佛教逐渐盛行；当时儒家纲常教义，虽已浸假成为一般人民精神生活中之重要因素，但儒家对于此种可藉以助成治化的思想工具，当然不会漠不关心。于是，心性之学，特别昌明于宋、元、明诸代，朱、程、陆、王分立门户，道问学，尊德性，由无极而太极，由寡欲而无欲，禅意盎然，然任谁都未忘记援引经典，以明其说之有据。

降及清代，儒家研究重心，渐由理性玄谈，而转变到要求真凭实据的考据。此在研究的某一方面讲，或为一种进步，但就政治立场言，其离隔现实，钻入“国故”牛角尖中，使人忘怀异族统治，殆与玄谈太极，求致良知，有异曲同工之雅。

四

要之，儒家学说之历史的变化，殆皆如所谓“以夏变夷，而非变于夷”，以孔孟教义吸收名法、谶纬、道佛，直至晚近，又还“锲而不舍”“中学为体”的主张，真所谓“万变不离其宗”。这原因，乃由于在一方面，中国专制官僚统治一日没有根本变革，儒家的天道观念、大一统主义、纲常教义便一日要成为配合那种统治的支配意识形态；同时，又因为专制官僚的封建体制，究比之过去贵族封建社会秩序，有了更大的变异性、流动性，单是那种支配的意识形态，难免形格势禁，在统治上不易收到运用自如的效果，于是，每临着一个新的发展阶段，就以孔变刑名、变谶纬、变道佛，以扩大其精神支配影响，但无论如何变法，大成至圣先师的牌位，始终没有受到动摇，而在异族入主中华的场合，亦没有例外。所谓“二千年无思想，非无思想也，以孔子的思想为思想；二千年无是非，非无是非也，以孔子的是非为是非”（明李卓吾语）。归根结底，不是中国人对于孔子学说特别有好感，而是中国的社会统治，特别需要孔子学说。自经孔子学说被汉武帝君臣定为正宗正统以后，在实质上，以地主经济为基础，土地得相当自由买卖，农民得相当自由转动，而原本不能造成世卿世官那样的贵族身分的社会，却藉着知识的统制和长期独占，而无形中帮同把士大夫的身分更特殊化或贵族化了；这一来，本来在一般人眼中看得有些迷糊的中国官僚社会阶级关系，就似乎因此显出了一个明显的轮廓。

第七篇　官僚贵族化与门阀

一

一般的讲，在欧洲的专制官僚社会，官僚是贵族的转化物，贵族愈来愈官僚化，而在中国专制官僚社会，只因为它在本质上，不是由封建制向着资本制转化的过渡性质的东西，而根本就是又一形态的封建组织，故它的官僚、它的士族，愈来愈带有贵族的品质。

本来，一个封建社会的支配阶层，最后都是靠着对于农奴或农民的剩余劳动生产物或其价值物而生活，它用贵族或官僚的名义，享有那种劳动剩余，正如同其被支配者用农奴或农民的名义，提供那种劳动剩余，同样没有什么本质的不同，然而，官僚贵族化，相伴着形式上自由的农民的农奴化，却对整个专制官僚统治，有着莫大的影响。

现在先来看这种变化所由发生的基本原因是怎样的？

贵族最基本的形造条件是世禄世官，就政治支配的关系来说，是“生成的”统治者；官僚立在政治支配地位，在最先，即以中国而论，在秦代乃至汉代前期，并不是“生成的”，而是依“以学干禄”或“学而优则仕”，或所谓“故大德必得其位，必得其禄，必得其名”做成的。“生成的”与“做成的”不同的分野，就是说后者不能靠血统、靠家世取得统治地位，而必须多少具备有当时官制所需求的某种学识、能力或治绩。而所谓官僚的贵族化，乃表明官僚取得统治地位，即使没有完全把当时官制要求的诸般条件丢开，却至少在某种限度，反而藉着其中的学识那一项条件的帮助，把“生成的”作用加大了；血统、家世、门第愈来愈变得重要了。

然则为什么有这种变化呢？

我在这里得指出：在专制官僚统治下，作为官僚大头目的帝王，除了王朝的开基者以外，通常是依着血统，依着“立子以贵不以长，立嫡以长不以贤”的继统法而行使统治的。这种继统法，原是周代推行贵族政治时确定下来，以期确保王权，而杜绝王位继承的争端的。到了秦及其以后的王朝，虽然所施行的是专制官僚政治，而贵族政治的继统法却依然照样保留着，于是，被我们理解为最大官僚头目的帝王及其同一血统的皇族，就无疑百分之百是属于上述“生成的”统治者群了。他们这种立在统治金字塔顶点的人物或族姓，既如此被先天的决定起来，在一切由上而下的治化局面下，就无异成了一个拉着一切其他大小官僚贵族化的起点；于是，头等以下的官僚乃至士族的贵族化——

第一，就是由于皇家或皇族虽然自成一个特殊优越的体系，但他们究不能和一般“人间”隔离。而在“同姓不婚”的规制下，尤不能不有地位、家世、财产等方面都够和他们周旋的异姓强宗、巨族、名门，来同他们这些“皇亲”结成“国戚”；而且，与他们结成了婚娅关系的，即使不是什么强宗、巨族，也很快就会列在大贵族的阵营。其升官锡爵，全凭由此取得的贵族身分。例如汉高祖以亭长出身，“贵为天子”，他那位“妻因夫贵”的亭长太太一家，不旋踵间就布满朝廷要津，而演出第一幕外戚之祸；而西汉因以结束的最后一幕外戚之祸，也是由王氏“五侯同日封”的大场面导来的。皇族拉着大官僚贵族化，大贵族又拉着中小官僚贵族化，任何开明的专制政治，都是不可能贯彻“选贤任能”的用人尺度的。而且——

第二，王位继统法的推广，即由帝王推行到他的臣下，而成为所谓宗统，更会加强上述的贵族化倾向。中国的宗法组织，原是创始于周代，周代的封建秩序崩溃，这组织理应发生动摇。但因宗法组织的最大特点，就是君权不可分、不可犯，就是父权、夫权无限大，所以，崇尚儒术，主张纲常教义，便必然要求变相恢复或加强宗法组织。同时，中国专制官僚统治，又如我们前面所说，一直需要以族长制为中心的宗法社会组织，作为其政治组织的补充，于是，具有浓厚原始性的氏族制，便与专制官僚统治一同千古。而在宗法社会组织下，一个人的繁华富贵，不仅被理解为“宗族交游光宠”，且确实要为宗族交游所共享共荣的。

第三，作为中国官僚社会选贤任能的“贤”“能”程度，一般是用士子对于孔家学说的修养或实践来测度的。孔家学说原本是被“载”在不易阅读、不易理解的“文”中，后来又分别为历代的儒家玄学化、礼学化，于是，它本身便成为非一般人所能接近的深奥东西；愈显得深奥，愈使人莫测高深，而对它有一知半解的学子或士大夫，就因此在一般“下民”的心目中，也相应显得高超和优异。结局，作为取士、评骘人材，乃至实现“贤者在位，能者在职”的官僚政治理想的所谓学问或知识，竟反而变为造出特殊身分的武器。这知识的封锁，同以上所述诸原因连同作用起来，就相当补强了官僚贵族化在经济上的比较薄弱的条件。

第四，我们已知道，贵族有贵族的经济基础；官僚贵族化如其同时没有伴随着经济条件的改变，那就不论帝王或皇族怎样经常需要一批与他们够格周旋的人，怎样加强宗法组织，乃至怎样厉行知识的封锁，他的贵族身分终究是不易形成、不易固着起来的。幸而，事物本身总像在为自己作着种种配合的安排。秦汉乃至以后的历代王朝，迄未忘记把“普天之下”的一部分土地赐封于其亲故。除此以外，厚禄与高官总是相连的；聪明的统治者，往往不但破格赐赠，以结臣下的欢心，甚或鼓励贪污侵占，以餍野心者的壮志。汉高祖对“萧何强买民田宅数千万”所表示的优容安慰心情；宋太祖劝石守信等“多积金帛田宅，以遗子孙”的深谋远虑打算，皆说明专制官僚社会统治者对其臣下，或其臣下对于僚属所要求的只是“忠实”，不是“清廉”，至少两者相权，宁愿以不清廉保证“忠实”。结局，做官总有机会发财，有官斯有财，有财斯有土，有土斯有社会势力和身分，而这又反过来成为知识独占的前提。

然而，所有上述诸点，统只可理解为中国型官僚可能贵族化，可能形成门阀的基因，而其在现实上的作用，则还有待于下述诸种事态的诱发。

二

大约从汉末历魏晋南北朝、唐代以至唐之初叶，中国典型的专制官僚统治，发生了种种变态；照应着当时封建局面的离心化，官僚贵族化的色彩愈来愈加浓厚了；古代初期封建制度下的世卿世禄在名义上虽不曾恢复过来，而其代替物的门阀，却正好是这个时期的产物。门阀该是在如何表演着贵族的场面呢？方壮猷先生曾对此有一段颇概括而精辟的说明：“在这个时代的门阀的力量，无论在经济上、社会上、政治上都充分的表现他们的优势。就经济方面观之，他们不但领有广大的土地，而且庇荫着多数的部曲，随身、典计、佃客、衣食客之类，替他们从事生产劳动，对国家既不纳税，亦不当差。就社会方面言，他们从官位名地上造出血统优越的传说，自高自夸，与一般平民隔绝，既不肯与庶姓通婚，亦不肯与寒族交际应酬。就政治方面言，他们凭藉祖先的余荫，不但垄断官吏选举之权，凡州郡掌管选举诠叙的官吏，如中正、主簿、功曹之类，都非由他们中择人任用不可，而且由中央到地方的高级长官亦由他们包揽独占，使一般平民不易有参加的机会。”①

然而，门阀的地位是积极养成的。中国专制官僚制的封建主义的特质，既有我们前节所述的那些促成官僚贵族化的可能条件或因素存在，一遇到其他更有利的情势，就会很自然的向着门阀的途径发展。

首先我们得指出，任何一种固定的等级的身分的形成，都不是一朝一夕的事。两汉前后统治四百年，虽中经王莽的篡乱，但很快就中兴起来。同一王朝统治如此之久，其间又有相当长期的承平安定局面，在最大官僚头目的帝王及其皇族，固不必说，即在中上级的官僚们，都无形会由生活习

① 见［方壮猷］所撰：《中国古时期之门阀》，《中山文化季刊》第一卷第四期。

惯、累世从政经验，乃至相伴而生的资产积累等方面，产生与众不同的优越感和阶级意识，而他们藉以干禄经世的儒家学说，更无疑要大大助长那种优越阶级意识的养成。他们在“法律上获得种种特权；他们享受高爵厚禄，做官发财，在本乡多购买土地，退休后就成了地方的豪绅，死后留给子孙福禄。他们创造了一种生活水准和文化水准，够得上这水准方能成为一个世家。既是世家，子孙便该世世做官，宗族便该代代显赫，同宗同族便该团结互助，提携乡党后进，在本地成为一个名族或‘郡望’。他们阐发并实行儒家的宗族道德观念。他们自以为自己的地位，相当于封建时代的贵族阶级，所以借来很多古代的宗法观念、礼仪习俗放在自己生活里面。这样到了汉末，名门世家的宗族团结及强烈的宗族观念便养成了”[①]。然而，所谓贵族化的官僚或变相贵族的门阀，在社会的意义上，是从他们对于被其统治的农民大众所表现的特别优越关系显出来的。他们逐渐的贵族化，必然要与其对极的农民的农奴化相辅而行，所以——

其次，我们得考察到当时农民地位的变化。中国西周贵族政治下的农奴，到战国之世，就由种种“复其身”的方式，转变为在形式上有相当自由的农民了。可是农民的那种

---

① 孙毓棠：《汉末魏晋时代社会经济大动荡》，《人文科学学报》第一卷第二期。

自由，是就他们不再隶属于个别贵族讲的，事实上，他们对于整个支配阶级或地主阶级的隶属，却并不曾因此变得轻松。比如，在专制官僚社会被宣扬为德政的轻租税的措施，往往是更有利于官僚地主，而更不利于直接生产者农民的。王莽曾对西汉的轻税政策指出了其中的症结："汉氏减轻田税，三十而税一，常有更赋，罢癃咸出；而豪民侵陵，分田劫假，厥名三十税一，实什税五也。"(《汉书·王莽传》)这是说，地主向政府纳税，三十只出其一，而直接生产者向地主纳租，却须十出其五。不仅如此，官僚政府的开支，是会随着官僚机构的膨大，和官僚排场的增华而益加多的。结局，轻税的狡猾伎俩，就由最不平等的人头税——算赋及最苛重的徭役（凡二十岁以上、五十六岁以下，每年须提供一月无偿劳动，并须戍边境三日，不提供此等劳役，即以货币代，名为更赋）完全曝露出来。这就是马端临所谓"汉代对于人丁，不但税之，且又役之"，而况"急政暴虐，赋敛不时，朝令而夕改"（晁错语）。无怪在此种统治方式下的农民，不得不"常衣牛马之衣，食犬彘之食"，"以饥饿自卖"，并"嫁妻卖子"了。然则我们御用史家们吹嘘的"汉唐盛世"，应当不是指着这些在他们看为污浊寒酸的光景，而是就其对极的"豪人之室""连栋数百""奴婢千群"(见《后汉书·仲长统传》)的阔绰场面说的了。

这里得再指述到使农民农奴化的另一大事件。在分离的封建局面下，商业资本的活动，是要遭受严厉限制的，而在集权的封建局面下，集权政治在交通、货币、税制统一上的诸般努力，都大有助于商业的发展。农业劳动剩余，既须以现物地租或算赋、更赋的方式，提供政府，政府又须以所收得的谷物、米、丝、大麻等投出市场，获得其支付官吏及其他开销的货币，于是商品货币关系的基础，便被好好安放在农业剩余劳动生产物或其价值的转移上；商业资本与租税，或者商人与官僚，在这里发生了利害与共的密切联系。官僚愈是以超经济榨取的方式，使农业生产者占有的必要劳动生产物部分愈少，剩余部分愈多，商业流通循环的规模就愈大，所以，在汉代长期承平局面下增加起来的农业劳动生产力虽然再大，一般农民的生活及其社会地位，却反更形恶化了，此在官僚豪商联合榨取的情形下，固属如此，而在官僚与豪商相互火并的场合，亦并没两样；社会同数量的剩余劳动生产物或其价值，豪商占去的分额太大了，官僚们虽然会运用所谓抑商政策、运用汉武帝时所推进的种种商税乃至缗钱令阻制它、打击它，但在这种社会终须商业来集中并分散农民劳动剩余的场合，商人或豪商们由此妨阻、打击所受到的损害，最后终将取偿于农民。所以，就一般通例看来，商业资本活动的强化与扩大，理应促使封建生产关系的解体，促使农奴从原有土地束缚上解放出来。但农奴解放，是以容纳农奴到产业方面的前提条件逐渐成熟了才有可能，如其那种前提条件不存在，则因官僚、豪商兼并，而从土地上、从小农或佃农地位游离出来的比较获有形式上自由的农民，结局，不干脆变为官私奴婢，就得以更不利的条件，再依附于土地，而转化为私属或道地的农奴了。

在西汉之末，奴隶问题已经非常严重化了。东汉的官僚统治，在宰辅制上，在宫中、府中的财政体系划分上，在吏治上，还远不逮西汉，而官场的腐败，商业资本与高利贷资本的猖獗活动，比西汉尤有过之，但延至桓灵之世，奴隶问题反不若西汉末造表现的厉害，那原因，决不是由于光武“免奴隶为庶人”，发生了何等根本解决的效果，而是由于当时由土地兼并失去生存依据的农民，除了为奴为婢，满足那些日益增大其消费欲望的官僚、豪商之阔绰排场外，还有了互为影响的两个出路：

一是散之四方而为匪寇中国农民为生活所迫，起而“犯上作乱”，西汉之末，已有声势浩大的绿林与赤眉，但农民暴动规模的全国化，第一次可以说是发生于东汉末叶。“桓灵之世四方盗匪的蹂躏，与日俱增。到了黄巾之乱爆发后，受蹂躏最厉害的地方是幽、冀、青、徐、兖、豫一带人口最繁密、农业最发达的区域。正统的黄巾平定之后，十余年间黄巾余党和各地盗匪之扰乱，遍及于整个华北，如河北的黑山贼，并州的白波贼，青徐一带的黄巾，凉州羌汉混合的匪军，都有几十万人……黄河流域的这种扰乱，也波及于江南。益州的黄巾，荆州的‘散盗’，扬越的‘妖贼’……这些匪盗在各地杀守令，劫财货，滋意掳掠，弄得道路阻塞。”①

一是依托强豪而为私属——在上述匪盗横行的局面下，没有为匪为盗的那一部分农民，他们不但要承担起更繁重的租税负担，且无法安稳的进行劳作，于是前述以宗族团结为重心的名门、巨族、郡望，就不但分别集中有大批为他们服务、报恩、效死的“门生”“故吏”“宾客”，供其驱策，且还很自然的变成了那些尚未参加匪伙的农民及其家族依托为命的靠山；无论在防卫时，在逃难时，抑在苟安情形下，都当作强豪巨族的自卫武力或生产的劳动队伍。他们依托强豪的名义是代有不同的，但不论是“家兵”、是“部曲”、是“荫客”、是“私属”，乃至其他，他们只是半自由的农奴的身分是确定了的；这正如同立在其对极方面领有他们的不论是“郡望”，是“坞主”“寨主”，是各霸一方的刺史、州牧，乃至后来依官品高下决定领荫佃客多少的官僚，他们显然都具有大小领主的身分。

当官僚与农民相互间的关系或其各别社会性质一开始上述的改变，中国古典的官场政治场面，随即就发生了与其照应的诸种特异现象。

---

① 见前揭［孙毓棠］：《汉末魏晋时代社会经济的大动荡》。

三

那些现象中第一个表现得大家都十分明了的，就是分立割据的局面。由汉末的群雄崛起，三国鼎峙，甫经司马氏混一宇内，不旋踵间就由八王之乱、五胡之扰演出南北朝的长期分立，到隋代统一未久，接着又是一度群雄崛起；混乱割据之局，直到唐代才算扭转过来。

至于此种局势的造成，历史家曾形式的指述了许多表面的原因，但稍一仔细考察，就会知道那与我们上述的门阀保有极密切的因果关系。比如，汉末崛起的群雄，几乎没有几个不是出身豪族、郡望或“世官”；也没有几个不是由于他们利用其社会经济上的地位，招收或集中有大量的宾客、部曲，以为角逐争衡的政治资本。像袁绍初起时声势喧赫，无非因为他的“宾客满天下”，只汝南一郡，就达二万人；又孙坚父子崛起江东，无非因为他们“公族子弟及吴四姓，多出仕群，郡吏常以千数”（《三国志·朱治传》）。因为“吴名宗大族，皆有部曲，阻兵仗势，足以建命”（《三国志·邓艾传》）。其他如刘表、公孙瓒、马腾等，殆无一不是靠着“宾客”、部曲的力量，各霸一方。迨三国被统一于晋室，晋武帝又袭曹魏故智，明令许九等官吏各得庇荫一定额客户，各得占有一定额田地；所谓占田制，实质上，虽在企图藉此予豪贵们以荫户占田的限制，但施行不通，却使前此非法领有国家公民方式，得到合法的保障。于是，在整个晋代乃至以后各王朝，豪族在政治、军事、文化、经济各方面，都分别立下了深固的基础。

本来在统一局面下，专制帝王的权力是无限大的。一到群雄割据现象发生，那在一方面是表示王纲不振，同时，却又正因为王纲不振，而使偏安朝廷更不能不受制于据地称兵的豪族或地方势力者。汉末献帝变为野心割据者相互争衡所挟持、玩弄的牺牲品，实为此后每一代亡国亡朝君主提供了悲惨可怜的榜样。司马氏之欺凌曹魏孤儿寡妇，完全是依照曹丕父子欺凌献帝母子的作法。可是当怀愍蒙尘，偏安江右①局面一经形成，晋元帝迁都建业，吴之士族，竟毫不理会。后经王导、王敦多方诱导，始肯与周旋。王导当时劝元帝好好接纳江东士族的论调，充分反映出了那些豪右们的声势。他说："古之王者，莫不宾礼故老，存问风俗，虚己倾心，以招俊义。况天下丧乱，九州分裂，大业草创，急于得人者乎？顾荣贺循，此土之望，未若引之，以结人心，二子既至，则无不来矣。"（《晋书·王导传》）"为政不得罪于巨室"，在"天下丧乱，九州分裂"的场合，当然更是真理！可是巨室之间往往利害冲突，靠巨室撑场面的君主，这时就不能不以和事老的姿态出现了。东晋初渡江时，江左豪族，

① "江右"：疑误，当作"江左"。——编者注

以人与地的便利，声势显赫；迨北方豪族联袂东下南渡，拖带大批宗室部曲，益以政治上之传统因缘和流寓者的团结需要，很快就在政治上、经济上造成威胁南方豪族的力量。介在南北两豪族斗争中的君主，既不能抛开患难存亡与共的北方豪族，又不敢开罪南方豪族，于是就以所谓“宽大为怀”的政策，掩饰其“两姑之间难为妇”的苦衷。此后直至侯景乱梁，蓄意屠戮蹂躏侨寄大族，对“富室豪家，恣意裒剥，子女妻妾，悉入军营”，于是土著豪族特别显露头角，正所谓“村屯坞壁之豪，郡邑岩穴之长，恣凌侮而为暴，资剽掠以为雄”（《南史・贼臣列传论》）。由东晋以至宋齐梁陈的半壁江山，殆无异巨姓豪族的势利角逐场。而同时在异族统治下的北朝，入侵时的社会组织，原为氏族部族，而对于当时劫后的汉族豪右巨姓，又不得不利用为统治工具，结果世家右族权势之大，竟至自行树立州郡，如北齐文宣帝高洋天保七年诏云：“魏自孝昌之季，禄在公室，政出多门，豪家大族鸠率乡部，托迹勤王，规自署置……百室之邑，便立州名，三户之民，空张郡目。”（《北齐书・本纪》）当时州郡在南北朝均兼武职，南朝郡守加都督衔，北朝令长皆以将军居之。这种场面，已显然表现是中国古典封建的一种变局，而在某些方面逆转为中国初期封建形态的复活。至于我们将在下面述及的官爵世袭情形，那不过进一步显示官僚贵族化的深度罢了。

我们在这里应当注意的是：封建制无论采取向心的形态或离心的形态，统治者无论是用官僚的名义或贵族的名义，被支配者无论是被称为农民或满含有农奴性质的荫客或部曲，或他们相互间所结成的提供农业劳动剩余和占有农业劳动剩余的社会生产关系，没有何等本质的改变，而所改变的，在被支配的农民方面，不过是每经历一度上述的转变，他们的痛苦即一度加深，而在支配者官僚贵族方面，那种转变内容，乃意味着全社会农业劳动剩余在他们之间分配比例的变化，并意味着他们全支配阶层对于农民统治经验和技术的增加。所以，结束这中古封建变局的后事，就统治者内部来说，在一方面是围绕物质生产手段争夺战而展开的田制税法的变革，在另一方面是围绕着精神生产手段争夺战而展开的科举制的采行，而这两方面的大成就，就是中国古典封建专制官僚制向着更高阶段的发展。

第八篇　支持官僚政治高度发展的第一大杠杆——两税制

一

由唐代以至清代中叶，是中国官僚社会向着更高度发展的一个阶段。

虽然在这一阶段的每个王朝，都各别在它们统治上发生了极大的破绽和困厄，但从整个官僚社会立论，这一阶段的官僚政治，确已前后参差的把它的包容性、贯彻性，乃至对于经济可能发生的弹性，提高到了这种社会形态允许的极限。

中古分立变乱局面，在中国典型封建史上，仿佛是一个“逆转”或“倒退”，但我们评价这一段历史，也正如同评价中古欧洲的封建史一样，须得出以极大的审慎的鉴别。那个时期，并不是在一切地域、一切方面，都由战乱退步荒废了。“士民流散，道路断绝，千里无烟”的惨象，不论在三国时代，抑在西晋五胡之乱的时代，并不曾出现于南方，而在北方，亦是破坏与恢复相并相间的表演着。此后由南北朝以至隋末，大抵亦可作如是观。如其我们忽略了此种事实，过分强调当时社会经济的荒废情形，以为那是全面的衰落或退步，那么，我们对于隋唐特别是唐代经济的迅速发展，就将感到非常突然，而对于那种在分立局面下益加强盛跋扈起来的门阀或豪族的社会存在基础，也将无从说明了。

中国的官僚社会统治，确曾由中古分立局面显示一个大分水岭。在这以前的秦汉和在这以后的隋唐，恰是一个先后辉映的对照。秦汉与隋唐乃至此后诸王朝，在统治上有一本质不同点，即前者，至少在秦及汉代前期，正从社会、政治各方面，剪除封建特权，使贵族官僚化，而在经过了前述官僚贵族化或门阀形成阶段的中古分立之局以后，那些王朝的官僚政治里面，已经广泛渗入了特权阶级所具有的不少因素；那就是说，隋唐及其以后的官僚统治，须得以较大的努力，妥善处理或对付这一新的课题。又到了这一阶段，中国社会不但在经济方面已经在既有基础上有了更广阔的、更多方面的、更有流动性的发展，而由领土更大开拓和与异族更多接触所形成的对外关系，也变得复杂了。这些课题开始是向统一的隋朝大帝国提出的，隋朝没有适应这种新环境的认识和经验，就由唐代专制君主和官僚们接受下来。他们对这些新历史课题，也不是一下子就有了很适当的处理办法的，经过了不少的尝试努力，为他们自己，也为了此后其他各专制王朝，在经济上提出了两税制，在思想训练与仕途控制上提出了科举制，而在对内对外的武力上提出了府兵制。这三方面的体制，不尽是由唐代所首创，但却是由唐代使其更具规模，而由唐以后各朝代在同一或相异的名目上将其延续改进的。赖有这几方面的创意的成就，中国官僚政治乃得在中古分立局面以后有着更高度的发展。

本篇先就关系整个田制的两税法加以说明。

二

封建社会的经济权力，归根结底是建立在田制税法上。

在那种社会中，田制税法不但体现着支配阶级对被支配阶级之间的剥削榨取深度，同时也体现着支配阶级内部对于那种榨取物分配的实况。与初期贵族封建社会比较，官僚封建社会财富在全社会各阶层之间的分配，毕竟是有更大的变动性或更不易刻板固定下来的。也许就因此故，中国秦代以后，每个王朝在田制税法上，就围绕着各种各色的斗争。大约在每个朝代之末，都有被支配阶级的农民起来，要求改变土地的分配关系并反抗租税，而在这以前，则是支配阶级——贵族、官僚、地主们……相互不绝由整理田制税制而掀起内讧。支配阶级中贵族官僚化的成分加重，乃与全部赋税逐渐集中到中央的事实相照应。就被支配阶级的农民说，究是把赋役直接贡献到专制君主于他们有利，抑是以私属的名义，把赋役贡献给强豪于他们有利，他们似乎很不易抉择，因为他们始终就不曾由任一统治方式得到负担比较轻松的好处。可是，在支配阶级方面，那种转变，就关系很大了：门阀或强豪对赋税多一分的控制，那就不仅意味着中央经济权力的削弱，且意味着政治离心局面的造成。

由汉末经魏晋南北朝形成的门阀，对那一历史阶段的分立局面扮演了极关重要的角色，可是，隋唐统一大业告成，并不就是那种门阀的没落。有许多事实证明，隋代王朝的短祚，正如同秦代王朝的短祚一样，都是缺乏统治新局面的经验，在秦，我们已指明它是太不善应付新起的官僚，而在隋，则是太不善应付新起的贵族。汉惩秦之弊，在学术仕途的统制上收到了极大的成功，唐征隋之弊，在更有组织的科举制上，在灵活运用的赋税政策上，分别收到了稳定统治并使官僚政治进一步发展的结果。唐代租税体制是代有变迁的，到了杨炎实行的两税法，始在中国后期官僚政治史上，展开一个新的篇章。

但是要解述杨炎两税法及其对唐代以后各专制王朝统治的补强作用，势不能不对唐以前各王朝关于田制税法改革上的斗争纠纷，有一概略的理解。

田制税法所反映出的官僚阶层内部的倾轧，在汉代不但已表现得很明白，且已被下面这段话暴露得够透彻了："古者什一而税……今汉民或百一而税，可谓鲜矣，然强豪占田逾限，侈输其赋大半。官家之惠，优于三代，豪强之暴，酷于亡秦，是上惠不通，威福分于豪强也。"（荀悦：《汉纪论》）"官家之惠"是否"优于三代"呢？我们把汉代算赋、更赋的措施加以考虑，就知道是不大可靠的。但"豪强之暴，酷于亡秦"，却是事实。不过，官家或中央政权所注意的，并不是人民的死活，而是"威福分于豪强"。

在"威福"已经"分于豪强"的魏晋及其他诸王朝，为了招收流亡，垦辟战乱之余的荒野，曾分别由政府统制土地分配的种种田制税法，曹魏的屯田制、晋代的占田制、北魏乃至隋唐的均田制均富有向豪强抢救土地、人民的深意。但除屯田制系属带有军事性质的临时办法外，晋代的占田制是毫无结果的，像石崇、王戎型的大官僚、大地主的出现，正好说明"广收八方田园"，或"强豪兼并，孤贫失业"（《晋书·刘颂传》），是对于占田制的强烈讽刺。东晋而后的宋梁诸代，每况愈下。其在宋为"主威不树，臣道专行；国典人殊，朝纲家异；编户之命，竭于豪门；王府之蓄，变为私藏"（《宋书·王弘传》）。在梁则为"顷者豪家富室，多占取公田，贵价僦税，以与贫民"（《梁书·武帝纪》）。

其实，晋室东渡以后不久，阻制一般贵族豪右的占田制，固然无法施行，就是专门向北方南渡豪族争夺财源的所谓土断制度，亦不曾收到多大效果。原来西晋户籍，在北方称黄籍，在江南称白籍。北方豪族率领家丁荫户南渡，仍侨立寄寓郡县，享有不输不纳特权，但此暂时权宜办法，一旦永久化，不但负担上太不公平，许多规避赋役人士，都相率由白籍变为黄籍，于是政府为了收入，乃不得不对一切享有上述特权人士，依其所居之土，断其户籍所属，以为税役张本，是谓土断制。由桓温以至刘裕，虽认真设法“大阅户口，令所在土断”，但其结果，依只把那些小民细户的户籍清查了一下，至于名宗大族，依旧依“本注”，持黄籍，享特权，卒至由白籍冒牌黄籍的问题，转化为小户僭充士族的问题，刘宋以后，更无论矣。这与我们前述及的豪族把持政权的事实关联起来看，却毋宁是当然的。

然而在同一时期的北方，虽然也有新旧的巨族名宗，毕竟因为在大乱以后，北魏就开始施行了一种与其说类似晋代占田制，不如说类似曹魏屯田制的均田制。在今日研究起来，均田制的最后目的，实在增产而非均产。经过八王叛乱、五胡纷扰的北方局面，土地荒芜，人民流散，如何招收流散人民，以垦殖荒芜土地，就是均田制度实施的本质要求。我们始终不曾发现“均”豪右之田的纪载，而所见到的，却不过“主将恭僚，专擅肥美；瘠土荒畴，分给百姓”（《魏书·贺怀传》）。这就是说，均田制是在豪右占有以外的荒瘠地面上，依劳动生产力的大小而配给以可能耕垦的土地数量，而由是获取可能提供的赋税定额的田制和税法，所以，除一定的永业田而外，还授田的主体并不限于主男，有劳动能力的妇女、奴婢乃至耕牛，都在其例。像这样依照劳动生产力配给耕地的办法，在当时的情况下，确有助于经济的恢复，且曾在相当范围内，阻止了农民对于税役的逃避。所以，均田制又近似一种强制执行的半徭役制或力役制。北周、北齐沿袭魏制，略有损益。隋文帝混一宇内，推广均田制实施范围。到炀帝即位之初，田野垦辟倍增，“户口益多，府库盈溢”，其后“大纵奢靡……兵车屡动……数年之间，公私罄竭，财力既殚，国遂亡矣”（《旧唐书·食货志》）。李唐惩隋之弊，然仍在半徭役的均田制的基础上确立起中央集权的专制官僚统治。均田制及其相伴而行的税法更系统化，并且更推行得彻底。授田的对象，不再是男丁、妇女、奴婢、耕牛，而集中在男丁方面，统一多了；其税法，“有田则有租，有家则有调，有身则有庸”，条理系统多了；除某些特殊场合，原则上禁止田地买卖，又规定“诸田不得贴赁及质，违者财没不追，地还本主”，而“诸在官侵夺私田者，一亩以下杖六十，三亩加一等，过杖一百，五亩加一等，罪止徒二年半，园圃加一等”（《唐律疏义》第十三卷），其严厉、彻底更可想见。

然而，这种半徭役性的田制税法，虽然是唐代专制官僚统治的经济基础，且使那种统治的集中力量更形强化；但其施行效果愈大，即经济上土地愈垦辟，人口愈繁多，生产物愈富有，随即就会显示它不大适合那种统一的统治形态：比如，由广土众民及丰富物资所必然招致的流通经济或商业资本活动，在会使那种把土地人口定着在一定秩序下的体制，显出异常的窄狭性，而破绽百出；结局，原来用以限制或禁止王公百官特别是豪右们侵占公家税役源泉的租税体制，就由他们这些在政治上、社会上的优越权势者，利用它露出破绽的机会，开始来破坏了。其所采取的破坏方式：（一）使农民开垦荒地，迨其变为熟田，乃横夺地租；（二）违法收买口分田与永业田；（三）涂改籍书，以便隐漏隐占户口；（四）依典贴等方法而行使收夺①。所以，延至“开元天宝以来，法令废弛，兼并之弊，有逾汉成哀之间”（《通典》）。而前此用以限制兼并者，反促起更猛烈的兼并。特别在安史之乱以后，各地方权势者，相率招收流亡，隐漏户口，横夺租赋。唐室依均田制和租庸调税法而建立的中央集权的物质基础乃根本发生动摇。

三

均田制度及其伴行的租税制的失败，不仅说明流通经济相当发达的官僚社会，不可能再把土地与农民束缚定着起

① 参见拙编：《中国社会经济史纲》，第211页。

来，不使变卖，不使移转；并还说明这种社会由长期因缘积累所逐渐形成的门阀及其有关的社会政治势力，再不会允许把他们已经领有或将要取得的土地所有权力，交由中央政府统制支配。所以，为了适应这两种客观情势，唐代统治者体验到维持统治的最安稳、最聪明办法，不在垄断土地分配权，以长期控有赋税源泉，而在承认既成土地所有关系，以改进赋税收入。这即是代替均田制及其租庸调体制而出现的所谓杨炎两税法。

杨炎两税法的精神，原不在字面所示的每年两次征收，即“夏输无过六月，秋输无过十一月”，而在所谓“先度其数而赋于人，量出制入”，尤在所谓“户无主客，以居者为簿；人无丁中，以贫富为差”（《唐书·食货志》）。这种税法施行，显然把前此由国家统制土地分配的规制，从根取消了。也许正因此故，杨炎在旧历史家心目中，就被视为是罪浮于或者至少是罪等于商鞅了。请看下面一段话：“唐高祖立租庸调之法，承袭三代汉魏南北朝之制，虽或重或轻，要之规摹尚不失旧。德宗时杨炎为相，以户籍隐漏，征求烦多，变而为两税之法。两税之法既立，三代之制皆不复见……杨炎所以为千古之罪人！大抵田制虽商鞅乱之于战国，而租税犹有历代之典制。惟两税之法立，古制然后扫地。”[①] 特把杨炎比

① 吕东莱语，见《文献通考·田赋考三》。

之于商鞅，却正说明了废均田与废井田同样重要。在应时达变、解放社会生产力方面言，商鞅之功为不可没，杨炎之功是同为不可没的。汉董仲舒非难商鞅，谓其“改帝王之制，除井田，民得买卖。富者田连阡陌，贫者无立锥之地”。唐陆贽亦因此评讦杨炎，谓“疆理隳坏，恣人相吞，无复畔限，富者兼地数万亩，贫者无容足之居”（见《陆宣公奏议》）。其实，没有商鞅变法，没有杨炎改制，由兼并而引起贫富悬殊的现象，依然是存在的。而我们在这里所当注意的，却不是它在实行当时的利弊与是非，而宁是它对于整个官僚社会之存续与发扬上的促进作用。

首先，两税法在税制本身上比之前此系统化了的租庸调更简单多了。自然，一种简单而系统的税制，须得与实际经济状态相照应。唐代商工业的发展是前代无与伦比的，流通经济活动范围的加广和深入，已经需要一种较为进步的税制，为了配合，两税制简化的征收手续与程序，避免繁多项目与转折所给予纳税的困累，是值得称许的，虽然当时币价与物价的不断变动，会使人民在以实物折价缴纳的场合，要受到许多的不利。此后由明代施行的统征、折征混一的“一条鞭法”，及清代简化征收的诸般规定（特别是丁银拨入地粮的办法），显然是两税法简化原理在经济发达环境下的更进一步的发展。

其次，两税法“不问主客，以居者为簿，不问丁中，以贫富为差”的规定，至少在形式上是合乎赋税平等负担的原则的。“王公、官僚、浮客，均在被税之列。”也许其着眼只在增加政府收入，但施行时无论彻底到了什么程度，这种贫富以资产为差的税法，至少和所谓“王子犯法，庶人同罪”的法律，同样会使士大夫们振振有词的宣扬“公道”“公平”“平等”，而由是缓和农民对于支配者阶级的对立情绪的。事实上，每个王朝开国之始，中央政府例皆利用其统一宇内的余威，多方设法整编户口，经理田亩。宋元两代虽格于豪右阻扰，成效殊微；明朝以户为主的“黄册”和以土田为主的“鱼鳞图”，并行互证，成绩甚大；清代沿袭明制，于征收稽核方面，更增详备。明清两代官僚政治的高度发展，在经济基础的确立上，得益于此税制者甚多，而迹其发端，则不能不溯之于两税法。

又其次，两税法的建立，一方面虽确定以资产为课税对象，予兼并侵夺者以打击，同时却又无异默认兼并侵夺的结果，而由是为大土地所有或庄园开一方便之门；中国庄园组织，由唐迄宋，大为扩增。明初由官家所占的官庄，其亩数已达全部民田七分之一。元清两朝以少数民族行使统治，王公勋官皆有采邑，军队亦有禄田，皇庄、官庄、寺庄、军功田庄，所在皆是。此种大土地所有形态或庄园形态的产生，显然与两税法的施行无直接关系，但两税法都分明是建立在一种事实上，即中央政府统制土地所有权的分配为不可能，乃不得已而从赋税方面予以限制。

像这样一面听任土地为王公、官僚、豪强占有，或干脆由专制君主任意赐予他们以大土地庄园，同时又多方加以阻制，在形式上、法令上，不让那些大土地所有者享有欧洲庄园领主所享有的“不输不纳”（Immunity）特权，仿佛是非常矛盾的。但这却正是中国官僚社会长期存在并发展的强点或韧性。且进一步予以简括的说明。

四

本来，在一个交通经济或流通经济相当发达的社会，要维持一个那怕是官僚的封建统治，也是非常困难的。封建社会的经济重心仍是土地，土地如其不可能由国家统制分配，又不可能使它不流通、不买卖，而土地的买卖流通，又必然相应引起人民的转移变动，结局，这个社会的政权，便随时要感到根基不稳固或太不安定的危险。

不论是王公、是猾吏、是巨族、是豪商，乃至是大僧道，他们归根结底，毕竟是与这种社会统治最休戚相关的人，让他们这批人分途占有大量土地，形成各种各色的庄园，把“浮游的地客”用各种各色的方式和条件束缚在他们的大地产上、庄园上，那就无异为这种社会的整个统治，平添了一些安固定着的力量。这使我回忆起 20 世纪三四十年代的纳粹德国新官僚们的统治花样来；他们依所谓《帝国世袭农场法》(*Reichserbhofgesetz*)造出的“世袭农场”(Erbhof),就曾明号大召的说是要造成一种定着于土地的阶级,使他们全权主义的统治得到更坚实的保障。当然,我们唐代的官僚专制君主们,显然还不会进步到具有这种认识。但“利害也往往使人智慧”,这样的打算,定也会出现在他们的“深谋远虑”中。

可是土地的过分集中、庄园的无限发展,又将引起政治上否定集权官僚统治的作用和经济上倒退往自然状态的不利倾向,所以,把极有弹性的租税体制作为一个调节的杠杆:在原则上不让步,有土斯有税,有人斯有役;而在实施上不坚持,择其可税者而税之,就其可役者而役之。那就成了恰到好处和面面兼到的灵活妙用。

其实,何止在租税方面,官僚社会的矛盾的本质,在任一场合,都会加强讲形式,不肯过于认真,不能过于彻底的官僚作风。

第九篇　支持官僚政治高度发展的第二大杠杆——科举制

一

中国官僚政治在中世分立局面以后的高度发展，我们已在前面依着有关其经济条件或经济基础的田制税法去说明它，但在田制税法关联着官僚内部经济利益的配分，而经济利益的配分，又关联着仕途控制或拔用人材、造就人材的限内，田税制法方面既不复能维持均田制租庸调法，而采行以资产为课税对象的两税法，由是而有“丁随粮行”的一条鞭法，乃至“永不加赋”的“丁银摊入地粮”法；而在用人方面，也就显然不能再袭用曹魏以来的九品中正法或九品官人法。每种新的经济体制，是须得有种种能与其作有机适应的社会制度来配合的。由隋唐开创的科举制，正好是在当时政治、经济、文化各方面分别呈现了新事态所形成的结果。这里暂不忙解述科举制如何创成、如何有利于官僚政治的高度发展，且先看看所谓九品官人制的如何渐被否定和如何不适于官僚政治的高度发展。

九品官人制创行于曹魏，乃由秦汉所施行的郡国举荐方式转化而来。汉代选用人材途径，在中央有征召，在相国等机关有辟举，在郡国还得定期举荐。选贤与能，原是各种选举方式的共同目标。而贤能的鉴别，又是它们的共同困难。然在世家、望族以及与其结托的门生、故吏等等特殊社会关系尚未显著发展以前，其困难还不过是选举客观标准的不易确定，真材不易发现，植党营私、钻营奔竞的流弊无法避免；而等到长期的官僚统治，把一批官做大了也做久了的那些人或他们的后裔，逐渐依种种社会经济便利，造成特权势力者了，他们无论在中央乃至在郡国，都隐然成为必须征召举荐的对象；曹魏的九品官人制，无疑是考虑到此种既成事实而施行的：九品官人制系于州设大中正，于郡县设中正，将所管辖区内人士，无论已仕未仕，悉入品状（品指德行，状指才能及治绩），分上上、上中、上下、中上、中中、中下、下上、下中、下下九等，以为登用黜陟的张本。将全州、全郡县人士加以品状，绝非大中正或中正一人所能办到，而上述特殊社会势力者或大家名门的存在，亦不允许他们作任何客观的评定，于是品状云云，就完全以门第高低为准了。所谓“魏氏立九品，置中正，尊世胄，卑寒士，权归右姓。其州大中正主簿，郡中正功曹，皆取著姓氏族为之，以定门胄，品藻人物，晋宋因之，始尚姓矣”（《唐书·柳冲传》）。“尚姓”无异是贵族社会世禄世官的复活，而与秦汉选贤任能的“尚官”相反。而由是造出的“上品无寒门，下品无世族”的现象，在整个专制官僚统治上，会发生许多不利的影响。

首先，在专制官僚社会，原来是用刑赏为维持统治的两大利器。专制帝王对臣下的权威和臣下对于他的服从，完全是靠着这两个把柄。所谓“圣人之治也……必须赏罚”；所谓“赏厚则欲之得也疾，罚重则所恶之禁也急……是故欲治甚者，其赏必厚矣；其恶乱甚者，其罚必重矣”（《韩非子·六反》）。说明离开了或失去了赏罚的运用权力，就等于说是降低或削除了专制帝王乃至官僚们维持威信的手段。九品官人法由魏晋经宋、齐、梁、陈，推行到隋及唐初，愈来愈成为变相世袭制。凡百官族姓为备中正选报稽考而特意编修的家谱家状，已经无异是他们子孙世代为公为卿所依据的张本。他们生而有做官的特权，且由家世决定了做官的等第，已显然是赏不可劝了；再加他们各别在不同程度上，拥有我们在前面第七编中所述及的经济基础及与其相应的政治权力，又差不多是罚不易加了。专制君主的赏罚权力被限制、被剥夺，正好与中世分立的封建局面相照应，但那却非中央集权政治形态所能容允。

而且，选贤任能是官僚政治的口号，“能者在位，贤者在职”的理想的实现程度，确也能测定那种政治场面的休咎与吉凶。但所谓贤者与能者，并不是在政治过程以外“预定生产”出来的，他们必得是在有所劝勉、有所警惕的政治环境下，居定思危、励图上进的结果。如高门大族子孙世世为官，他们上进的志向、殚精竭虑以求治绩表现的努力自然就没有了。所以由魏晋以还，在宋齐梁陈诸朝，“高门大族，门户已成，令仆之司，可安流平进，不屑竭智尽心，以邀恩宠。且风流相尚，罕以物务关怀，人主遂不能藉以集事。于是不得不用寒人，人寒则希荣切而宣力勤，便于驱策，不觉倚之为心膂”①。

又况那些靠家世、靠门第的官爷们，不但因为“安流平进”“不邀恩宠”，有的还为了“风流相尚”，谈论或研究一些与治道无关，甚至反乎治道的东西。就在曹魏施行九品官人法前后，《老》《庄》《周易》已开始成为清谈资料；其间五经经义虽亦被谈到，但谈论或研究旨趣，非为有益于治平修省，乃在于清逸兴致。由魏之何晏、王弼，至晋代有山涛、阮籍、嵇康、向秀、刘伶、阮咸、王戎，即所谓竹林七贤，均尚“无为”贵“自然”；南朝更变本加厉，举朝上下，皆习于三玄（《老》《庄》《周易》），兼重佛义。末流

---

① 赵翼：《二十二史劄记》，南朝多以寒人掌机要项。

所届，至由“无为”“齐物”论旨，引出非名分、非纲常、非礼教的“危险思想”。在当时篡夺相寻的变乱情形下，认真讲起纲常名教，特别是君主大义来，在时君听来，既未必投机，而在这般世代臣事各不同王朝的士大夫们自己，实也有些难于启齿。但不谈也就罢了，由谈“自然”支离演变到反纲常名教，那就根本同专制官僚社会“立国精神”相抵触，所以，一到统一局面稍有头绪，这流弊就急需予以矫正。

最后，官僚社会的融通性或韧性，就是要在人事升沉上或在仕途的控制上，让一般所谓“下品”或“寒人”，也有上达的展望；而当社会经济向前发展，文化传播接触较为频繁，有较多人民得到受教育机会的场合，更须把封锁的仕途开放一些，藉以冲淡官民之间的对立情绪。更须把统制思想与统制仕途的方法打成一片，藉以成就教化与治化的统一功能。

所有这些方面的现实考虑，说明了变相世袭的九品官人制，不但不利于中央集权的官僚统治，且尤不适于那种统治的高度发展。所以，一到隋唐重新混一宇内，对于如何拔用人材、如何作育人材上，再也不能按照老办法做去，而照应着经济、文化的现实进展情形，甚至也不能再袭用秦汉那样比较缺乏组织系统的官人法式。

科举制应时产生了。

二

隋在长期分立局面之后，完成统一大业，在用人行政方面，自有许多不能不重新来过，自行拿出适应新局势的办法。然因当时世族大姓势力还过于强盛，而隋之创业，又是成于北方族姓关系最称根深蒂固的关中、关东一带，所以文帝开皇间“虽有秀才之科，而上本无求才之意，下亦无能应诏之人，间有一二，则反讶之，且嫉之矣”（《文献通考·选举考一》）。炀帝大业中乃大改选举制，创进士科，以考试为选举标准。更大开庠、序、国子、郡县之学，征辟远近儒生。但为时不久，社稷沦亡。一切举士新规，只有期之于继起的王朝。

“唐制取士之科，多因隋旧，然其大要有三：由学馆者曰生徒，由州县者曰乡贡，皆升于有司而进退之。其科之目，有明经，有进士，有俊士，有明法，有明字，有明算，有一史，有三史，有开元礼，有道举，有童子。而明经之别，有五经，有三经，有二经，有学究一经，有三礼，有三传，有史科，此岁举之常选也。其天子自诏曰制举，所以待非常之才焉。举选不由馆学者，谓之乡贡，皆怀牒自列于州县。”（《文献通考·选举考二》）。

开科取士体制，至唐始大致完备；而我们在此所当注意的，倒不是它分科规定的如何详密，而是它对于官僚政治有如何的补强作用。

考试大别为学馆生徒试、乡员试和诏试，除后者为间一举行者外，其余两者为取士重要途径，而整个科举制对于官僚政治所曲尽的功能，亦存于此两者之相互补充与相互制约。

唐代开设了许多种类和性质不同的学校。除各州县分别设有学校外，在中央者有六学二馆：二馆为弘文馆、崇文馆，有所收生徒为皇族及最大显贵子弟，等第最高；六学为国子、太学、四门学、律学、书学、算学。前三者分别为二三品以上、五品以上、七品以上子弟入学之所，而后三者则分别为八品以下、低级官僚子弟及庶人入学之所。学校的等级分得如此严格，而所学科别，又分别按照“身分”需要，互为区别：七品以上，经典为重，八品以下，技术为重。学校教育及所习性质不同，显然会先天限制入学者的出路或前途，但对于这种实质上的不平等，曾由几种形式上的平等规制将它冲淡了，朦糊了。

庶人、皇族国戚子弟同样有入学机会，那不是非常平等么？此其一；凡属学馆的生徒，要入仕途，都得经过考试，此其二；就是不入学馆，亦得“怀牒自列于州县”，就乡贡试，此其三。最后一点，非常重要，如其没有这种规定，前面两项形式平等，都没有什么意义，而用科举制打破门阀垄断仕途的目的，亦将无法实现。所以，到了天宝十二年，虽一度“敕天下罢乡贡举人，不由国子及郡县学者勿举送”，但至十四年，又“复乡贡”。我们由此知道，唐代的科举学校并行制度，从表面上看来，任何人得“怀牒自列于州县”就乡贡试，入学校就似乎成为不必要了，但除乡贡试毕竟多一些转折，没有生徒试那样直接外，就应试者讲，虽然不入学校也行，学校将因此减低其重要性，但就官僚封建社会讲，却又不同了。突然一下把士族大姓贵胄们把持仕途的局面改过来，叫他们的公子王孙和卑贱的庶人一同考试，那显然是不容易办到的。学校在这场合就无疑在起着“蒸馏”或“滤清”的作用；而且，学校所设科目，因受教者社会地位，有深有浅，有通有专，那不仅可藉以昌明经学，训练专门人材，而对未入学校人士，亦将因此发生学习上的示范影响和思想统制的功能。所以，把仕途向庶人开放，决不是基于什么平等或民主的观念，到了唐代那个历史阶段，要完成集权的专制官僚统治，是不能不采行一种比较稍有融通性的官人方法的。

事实上，唐代亦系起自巨姓大族的环境中，太宗践祚之初，虽颇思在各方面不过于重视关东旧族传统，然沿至文宗之世，欲以真源、临源二公主降士族，婚于当时大姓崔、卢，犹以为难，而慨然谓：“民间修婚姻，不计官品，而尚阀阅，我家二百年天子，反不若崔、卢耶？”[1] 门阀相互结托，形成莫大社会势力，要在取士官人方面，完全不受他们牵制，殊不可能。自太宗命高士廉等撰《氏族志》一百卷，甄别士庶；接着中宗、玄宗、代宗、宪宗、文宗等朝，皆有类似性质的选述。谱学与依品官人有关，至唐代而反特别兴盛，无怪唐代四百余宰辅中，大姓崔氏占三十二，杨氏、杜氏各占十一，卢氏十，郑氏八，其他属薛、柳、武、苏等氏者，复共达数十人。他们把持朝政，自难免不垄断仕途。所以为庶人下品“网开一面”的科举，名额极受限制；而考试及第的人，又不一定可以直接入仕。于是，奔竞请托，百弊从生。“开元以后，四海晏清，士耻不以文章达。其应诏而举者，多至二千人，少不减千人，所收百才有一。”（《文献通考·选举考二》）当时“王公大人，巍然于上，以先达自居，不复求士。天下之士，什什伍伍，戴破帽，骑蹇驴，未到门百步辄下马，奉币刺再拜以谒于典客者，投其所为之文，名之曰‘求知己’；如是而不问，则再如前之所为者，名之曰‘温卷’；如是而又不问，则有执贽于马前自赞曰：某人上谒者。嗟呼，风俗之弊，至此极矣！此不独为士者可鄙，其时之治乱盖可知矣”（同上）。

① 《唐书·杜羔传》——引自前揭方壮猷：《中国中古时期之门阀》。

科举限制愈严，竞争愈烈，而其对思想统制，亦愈易就范；对上级官僚，亦愈易卑躬屈节表示忠诚。士之“可鄙”与否，满可不问，官僚的统治，却显然由此注入了“新血液”。可是，在那些考试不第而又请托不遂的人士，尽管脑子里充满了“纲常名教”，不得“犯上作乱”，但一有发泄不平的机会，他们是不会轻易放过的。唐末王仙芝、黄巢即由屡举进士被摈，愤极而起义；此外，如李山甫、李振等皆因屡举进士不第，图谋报复，故由黄巢暴动至朱温柄政，所有旧时世家大姓，非遭杀害，即被贬黜。千年来门胄高第，几一扫而空。彼等个人仇怨之伸雪，实体现着“寒人”“下品”长期横受门阀压迫侮辱之社会的历史的反抗。

然而，这不是科举制引起了唐祚的覆亡，而是唐代顽强的门阀势力，妨阻了科举制缓和作用的发挥，或者说，唐代施行的不彻底的、狭隘的科举规制，仍不够适应当时已经活跃而发达起来了的政治的、文化的场面。

三

如其说，科举制是中国后期官僚政治的必要配合物，它自然不会随着唐祚的覆亡而衰落下去，反之，妨阻着科举的门阀势力在唐末所蒙受的致命打击，却无异为此后科举制的发展除去了一个障碍。

在宋元明清诸代，我们已讲到那是中国大土地所有制或中国型庄园制经济特别发达的阶段。那些大地主或庄园主，虽然有不少是由豪族、大姓所转化过来，与所谓中世门阀还保持一些历史的联系，但他们的社会性格，却显然变得更为流动，就政治上说，就是更接近官僚的场面，而那些以商业、高利贷业起家，在当时流动经济上，日益增加其社会重要性的地主们，当然也更希望仕途能为他们的子弟敞开。所以，唐代创建的科举制，以及伴随着科举制而产生的其他官人举士方式，就为这些朝代所继承并从多方面予以扩大和充实而变得更系统化了。

比如，就科举与学校的关系方面讲，我们已明了唐代把学校与科举相辅而行，首在使贵胄对庶人保持某种区别，次在对有思想训练和学科重点方面为一般提供示范的途径。宋代科举，大体虽沿唐旧，但曾一度在王安石秉政时代，把学校看为养士之所，于是整顿太学，立三舍之法，以次递升。升至上舍生，可免发解及礼部试，特赐之第。可是，安石去职，“寓试于学”办法即废。直至明代，又使“学校诸材以待科举”；非国子监生和府州县学生，不能应科举。这一来，学校就变成了科举的必经阶段，就变成了官僚养成所。但进学校需要相当费用，而在学校所习学科，又同时可以在校外习得，结局，学校自然要失掉存在的价值，而把举士重点移向科举了。

科举在唐代本分有进士、明经等等科别，而对每一科别所要求通解的科目，又依其将来入仕需要，分出必修、选修；此外，更设定各种技术性科别，如书算等，以待低级吏员和庶人。这至少在形式上是合理的。但唐以后各王朝，对此变来变去，似乎还退步了。宋代对考试科目，前后多所改变，而对于经义、策论、诗赋的抉择，曾在新旧派间卷起极激烈的论争。最后折衷办理，将进士分为诗赋、经义两科。元代又把诗赋、经义并作一科，而于通考两者之外，又加入一项策论。乡试、会试同。明清两代大体一样。

为了使应试者答论不离题太远，特别于经义考试的文体格式，曲加限制，是谓制义；制义规定文字须逐段相对，又名八股。八股起于明，而更严于清。科举试演变到以经义为主体，而经义的阐述又被拘束于八股的文体中，就体制上说，是愈来愈简单划一了，就思想统制上说，是愈来愈严密，愈走进牛角尖了。但我们这里且不忙讲它的利弊，先且看看伴着科举制而发生的其他官人方法。

一切都须经过科举始得入仕，那无怪我们的历史家如钱穆先生一流，把科举作为中国社会平等的表征。即无贵、无贱、无贫、无富都须经过考试，考试不因富贵而保证其不失败，亦不因贫贱而阻碍其成功。但我们把贫贱先天限制着出身的较深一层的道理丢开不讲，史书上曾非常明白的告诉我们，官人举士之法，历代并不限于科举。宋代对于科选异常重视，且于科举制度之改革，贡献尤多，但“宋开国时，设官分职，尚有定数。其后荐辟之广，恩荫之滥，杂流之猥，祠禄之多，日增月益，遂至不可纪极”[①]。官从这些方面杂滥取得的多了，而从科举入仕的就少了。其他不讲，仅恩荫一项，就多到了异常可怕的程度。依宋任子制：一人入仕，其子孙亲族，俱可得官，官愈大，所荫愈多。甚有荫及本宗以外之异姓，荫及门客、医生的。高宗时，中书舍人赵思诚曾力言恩荫妨碍仕途之弊，谓“孤寒之士，留在选部，皆待数年之阙。大率十年不得一任。今亲祠之岁，任子约四千人，是十年之后，增万二千员，科举取士不与焉，将见寒士有三十年不调者矣”（《文献通考·选举考七》）。明清两代在形式上，虽惩宋之弊，把恩荫的方式变和缓了，但明初荐举盛行，此后亦杂流并用，清以科目、贡监、荫生为正途，荐举、捐纳、吏员为异途。特别是捐纳一项，明有纳粟监之例，清自嘉道以后，内官自郎中，外官自道府而下，皆可报捐。恩荫既行，不仅为变相世袭之赓续，且还推恩于贵者之亲故；而捐纳之设，又无异为富者大开方便之门。我们历史家讴歌之“平等的社会”，原来如此！

然而，为补救科举制偏颇所施行的恩荫与捐纳，即有弊窦，究不能以此为科举病。我们且进一步看看科举考试施行过程中所表现之“平等”。清代以异族入主中国，特别需要利用圣人之言的经典，利用统制思想与仕途的科举制，利用

---

① 赵翼：《二十二史劄记》，宋冗官冗费。

热衷科举或利禄的知识份子，而达成其统治的目的。而为认真做出一点成效来，曾在顺治十年的上谕中，对当时神圣的科举取士内幕，揭示出了这样的一幅污浊景象：“国家崇儒重道，各地设立学官。今士子读书，各治一经，选为生员，岁试科试，入学肄业，朝廷复其身，有司接以礼；培养教化，贡明礼，举孝廉，成进士，何其重也，朕临御以来，各处提学官，每令部院考试而后用之，盖重视此学员也！比来各府州县生员，有不通文义；倡优隶卒本身及子弟，厕身学官，甚者出入衙门，交结官府，霸占土地，武断乡曲。国家养贤之地，竟为此辈藏垢纳污之所。又提学官未出都门，在京各官开单属托，既到地方，提学官又采访乡绅子弟、亲戚，曲意逢迎。甚至贿赂公行，照等定价；督学之门，竟同商贾；正案之外，另有续案，续案之外，又有寄学，并不报部入册。以致白丁豪富，冒滥衣巾，孤寒饱学，终身淹抑……种种情弊，深可痛恨！”（《东华录》［顺治十年］）

这段话不但告诉了我们：仕何事，还告诉了我们：士如何才能入仕？

四

然而，我们如其从这些方面来评论科举制的流弊，那就同流俗历史家昌言科举制的“平等”优点一样，太失之支离了。

一个把专制君主顶在头上，还需要各种封建势力来支撑场面的官僚社会，它如何能允许真正选贤任能的考试制度！它又如何能允许全国的用人大权都交给旁人去执行！专制君主及其大臣们施行统治，没有用人的特殊权力，没有任意拔擢人的特殊权力，就根本无法取得臣下的拥戴。任何人走上仕途，如全凭考试，他们就不会对上峰表示特殊恩遇，这与以前经九品官人法“安流平进”的人士，不肯“竭智尽心，以邀恩宠”一样。所以，任一施行科举制的王朝，都必得为专制君主保留亲自钦定的制举方式，必得为其他大官僚保留诠选、选授、衡鉴一类的拔用方式，所有这些，再加前述的荫补、捐纳，不但会影响到科举的名额，并会多方限制已录取待任用及已录用待升迁者的做官机会。——一面昌言科举取士，一面又用种种方式抵消科举取士的作用，不是非常矛盾么？

然而更矛盾的却在科举考试内容与科举制宣扬的选拔人材的目的，完全不相符合。如其说科举及与其伴行的学校，在为了养成或鉴定从政文官，则学校所习、科考所试，应针对其从政所需。笼统的经义，特别是以特种文字格式讲经载道的八股，可以说是与实际政治毫无关系，而抒情言性、吟花弄月的诗赋更是相去十万八千里。这种离奇现象的解释，真如有些人所说，是由于当时君主大臣们，都相信“半部《论语》可以治天下”，都相信经通一切皆通么？不是的。

清康熙颁贴各地学官圣谕十六条中，有两条答复了这种疑问，即："隆学校以端士习""黜异端以崇正学"。

如其我们不否认科举制也希望能达到选贤任能的目的，但它的更大目的，却在使人的思想拘囚于一定范式中；在使人的意志集中到一定目标上；在以形式平等的文化手段，朦糊智识水准逐渐提高了的一般人士的种族或阶级意识。如其说，它对于前一目的的达成，过于有限，但对于后一更大目的的成就，就确不算小了：试想，纲常教义自中世分立局面以后，不是重复成为我国的正统思想么？社会进步了，文化也逐渐开展，一般"居仁由义"、吟诗作赋的有识人士，不是日益熏心于利禄，而不复以国家、民族、人民的安危死活为念么？统治者是异族，他们就忠于异族（虽然其间也有少数不仕异族的坚贞人士），统治者是同族，他们就做同族的官。做官第一主义，本来由儒家的政治哲学立下了"坚实"基础，但其充分发挥，却是由于科举制。

科举制像从外部为中国官僚社会作了支撑的大杠杆，虽然它同时又当作一种配合物成为中国整个官僚体制的一个重要构成部分。

第十篇　士宦的政治生活与经济生活

一

中国人传统的把做官看得重要，我们有理由说是由于儒家的伦理政治学说教了我们一套修齐治平的大道理；我们还有理由说是由于实行科举制，鼓励我们“以学干禄”，热衷于仕途；但更基本的理由，却是长期的官僚政治，给予了做官的人、准备做官的人，乃至从官场退出的人，以种种社会经济的实利，或种种虽无明文确定但却十分实在的特权。那些实利或特权，从消极意义上说，是保护财产，而从积极意义上说，则是增大财产。

“做官发财”始终是连在一起讲的。

中国士宦的政治生活与他们的经济生活的特殊联系，对于中国官僚政治的长期延续，有着极大的促进作用。

从现代比较上轨道的市民社会来说，做士人，做一个普通的知识份子，固不必说，就是实实在在做了官，乃至做了像样的官，也不过是一个职务，并没有何等特殊利益可言，而站在图利的观点，也许还不如经商或从事某种企业经营。

反过来说，在中世的贵族政治状况下，我们又发现，大大小小的贵族，他们除了靠土地吃地租以外，许多可能图利的经济活动是不被许可的。比如商业、高利贷业，不独贵族，就是虔诚的基督教的农民，也视为非正当的业务，而一般都是由异教徒或犹太人去做。比如，德国普鲁士政府曾于1807年发布“解放敕令”（Emanizip - ationsedikt），其中规定：“从1810年11月11日起，废止全国的隶农，1810年11月11日以后，只存有自由民。”可是，“隶农”变了“自由民”，贵族也得变为“自由民”，所以，又由1814年10月2日[①]之法律规定营业的自由（Gewerbefreiheit）。依此规定，贵族也可经营如商人百姓一样的事业。由此可见，封建时代的贵族并不能任意从事营利性的经营。虽然这种禁例，究在当时实行到了如何普遍程度，还难确定，但贵族不但不愿做这类事，他们也是不屑做这类事的。又如，经济状况远比德国为进步的英国，在18世纪中叶以前，“尚以执掌田地为在社会上取得重要地位之唯一可靠方法。商人和制造家，无论多聪明、多富足，总以为不及大地主那样高贵。被人知道是一个工匠

---

① 此处“10月2日”疑误，应为“10月1日”。——编者注

或商人，或者这种人的嫡派子孙，都是在社会上的玷辱”①。

然而，中国的士宦或士大夫却似乎很早就打破了这种在欧洲是到前述近代专制官僚社会阶段才逐渐打破了的职业上的“成见”。虽《管子》书中有“士之子恒为士，农之子恒为农，工之子恒为工，商之子恒为商”的世业世守的说法，可是我们在战国之世，就已出现了一位标准的官僚贵族兼为大土地、高利贷者及商人的有名人物，那就是齐国的孟尝君。《史记》记载他以贵族“相齐”；“封万户于薛”，是大土地所有者；“出钱于薛”，是高利贷业者；对收租收利客冯谖问“以何市而返”，是商业家。——这是中国历史上最早、最显赫的官、商、高利贷者及地主“四位一体”的典型。

秦在刚要统一的时候，一个大商人吕不韦做了相国，他同另一个大商人嫪毐，都取得侯爵，变为食邑封君。汉高祖既定天下，曾“令贾人不得衣丝乘车，重租税以困辱之”。到了惠帝高后时，“复弛商贾之律”，但对于“市井之子孙，仍不许其仕宦为吏”。可是专制官僚的统治形态，颇适于商业之发展，商人阶级有了钱，都豪阔起来，法律虽禁止他们的子弟仕宦为吏，但金钱万能，他们不但“因其富厚，交通王侯，力过吏势”（《前汉书·食货志》），且不但“封君皆

① 奥格：《近世欧洲经济史》，李译本，第 127 页。

低首仰给”（《史记》），并且“法律贱商人，商人已富贵矣”。汉景帝看见来势不佳，乃改变一个作法，诏谓：“今訾算十以上乃得官（应劭曰：十算，十万也）。廉士算不必众，有市籍不得官，无訾又不得官，朕甚愍之！訾算四得官，亡令廉士久失职，贪夫长利。”（《前汉书·景帝纪》）做官的訾算标准，由十万降低到四万，仍不免令“廉士失职”；而“有市籍不得官”，用钱去买土地，不要市籍，就此路仍通了。所以到了“雄才大略”的武帝，他就不像乃祖乃父那样拘谨和转弯抹角，干脆的让商人做官，起用孔仅、东郭咸阳一干人经营盐铁事业，他们这两位以做盐铁生意起家的新官人，又尽量缘引同类，“除故盐铁家富者为吏”，致令太史公喟然太息于“吏道益杂不选，而多贾人”；可是，武帝虽在一方面大量用贾人为官，同时却创立了许多名邑的商贾税，并还很特别的谕令取得有市籍的贾人，其自身及其家族，皆不许占有田地。

此后，在中世分立局面下，官僚逐渐贵族化了，那些“治官则不了，营家则不办”的士宦们，多半不愿去经商牟利。同时，商人要跨进政界，也不免遭受当时讲究身分的障碍。到了隋代统一，开科取士，还明令工商不得入仕，而到了唐初，又禁止地主经商。

我们其所以在上面指出商人为官的一面，因为商人可为官，为官、为士宦的人也就可为商、可为高利贷业者了；我们其所以要引述禁商为官或入仕，或者禁官禁地主从事商业的一面，因为要一再去禁，要作规定去限制，就说明事实上官、商、地主、高利贷者已是“通家”了。

但问题不在政府应否用法令去干涉士宦的经济生活，而在我们传统的士宦的特殊经济生活该是如何形成，曾如何由政治生活所促成，又反过来影响其政治生活。

二

在欧洲，贵族可以自由从事经济活动，是在贵族身分开始解消的时候，是在领主经济开始向地主经济移转的过程中，中国贵族领主从事商业、高利贷业，也恰好是在我们初期贵族政治开始解体、地主经济开始形成的阶段。在这种限度内，我们的“治化”或“开通”，确已走在欧洲前面了。可是，欧洲许多国家在那种过渡阶段后，很快就走上了现代化旅程，一个特殊的士宦阶层，根本就不会立足；反之，中国贵族支配的封建社会瓦解后，代起的却是一个官僚支配的封建社会，惟其还是封建的，它对于商业、高利贷业就不能不时常持着一种戒心；惟其那种封建制不是立在领主经济基础上，而是立在地主经济基础上，它又实在无法阻止商人不做地主，士宦不特殊的过着一种“自由”经济生活。

为什么呢？

这是比较说来话长的。首先，地主经济的成立，是以土地得自由买卖为前提。没有钱可以卖去土地，有了钱可以购买土地。其间自然为商人、高利贷业者开了一个变成地主的门径。虽然像汉武帝那样严厉禁止取得市籍的人，其自身及其家族都不得占有土地，但以后依所谓“缗钱令”，“使商贾中产以上大率破灭”的时候，不是统计“得民财物以亿计；奴婢以千万数；田，大县数百顷，小县百余顷”（《史记·平准书》）么？商人不但拥有大量土地，还拥有大量奴婢。商人可以直接做官，或者兜一个圈子，以地主资格做官，当然就无法叫官不占有土地，不经营商业、高利贷业或其他企业了。

而且，实行地主经济的结果，国家要把以赋税方式获有的大量农产物，变为商品、变为货币、变为俸给及其他开支。那不但使私人商品货币经济得到发展，而由是刺激一般商业、刺激一般高利贷业，同时还造出一种握在官僚手里的特殊的商业、手工制造业和高利贷业。经商成了国务或国家公务的一件重大的事，中国士宦不能像欧洲贵族、僧侣那样，把商业看为“不洁”“不自然”的业作，且从而“追逐之”，就颇为自然了。

商业如此，伴随商业而产生的高利贷业亦系如此；以谷米为重心的商业如此，一切日用品如盐、如铁、如酒、如布也就很自然变成官业对象，由管制流通过程进而管制生产过程了。商业不但与高利贷结合起来，且进一步连同高利贷业与各种形态的手工制造业取得了密切联系。两汉之际的王莽时代，就有所谓六筦五均的“国家经济”形态出现；官卖、官营、官贷的经济活动，虽然间或也引起一二不识“时务”的好心肠的士大夫的“与民争利”的叹声，但一般的士宦却可用“为民兴利”的大口实，来使他们的经济活动“合理化”。他们在朝，尽可能设法去接近各种形态的官业，在野又像“先天的”注定是族产、学田、积谷……一类公共产业的经管者，他们多半原已是地主兼高利贷者，或者某种场合兼为商人或各式小产业经营者，一经在朝在野同“公家经济事业”接触，就很快要“发迹”了。

他们无论是“达则兼善天下”的把持朝政，抑是“穷则独善其身”的武断乡曲，始终在把政治作为达成经济目的的手段。而这种倾向，就是直通“贪污之路”的便桥。

三

历史家昌言中国二十四史是一部相斫史，但从另一个视野去看，则又实是一部贪污史。廉吏循吏在历史上之被重视与被崇敬，乃说明这类人物该是如何的稀罕。历代对于贪污所定法律之严酷，更说明这类人物该是如何的多。

贪官污吏之多，一般人总喜欢用“风气”或“民族性”一类玄学性质的事景去解释，以后者而论，仿佛中国人是天生成贪污似的；以前者而论，又仿佛有一二出类拔萃的人物出来表率一下，风气就会改变过来似的。

两者通把问题看得过于简单了。

中国有关贪污误国的最早古典，是说："国家之败，由官邪也，官之失德，宠赂章也。"这"古典"不知被千百年后的文人、学士、官吏们诵读了几千万遍，然而事实一直在反复给它以确证。在汉元帝时，贡禹曾上书解说贪污的由来，谓："孝文皇帝时，贵廉洁，贱贪污，贾人赘婿及吏坐赃者，皆禁锢不得为吏……海内大化。……武帝临天下……用度不足……使犯法者赎罪，入谷者补吏，是以天下奢侈，官乱民贫，盗者并起，亡命者众。郡国恐其伏诛，则择便巧史书，习于计簿，能欺上府者为在职；奸宄不胜，则取勇猛能操切百姓者，以苛暴威服下者，使居大位……故无义而有财者显于世，欺谩而善书者尊于朝，诗逆而勇猛者贵于官。故俗皆曰：'何以孝悌为，财多而光荣；何以礼义为，史书而仕宦；何以勤谨为，勇猛而临官。'……故居官而置富者为豪杰，处奸而得利者为壮士，兄劝其弟，父勉其子，俗之败坏，乃至于此！"①

这段话对于贪污的说明，比之一般所谓民族性论、风气论要接近事实多了，特别如"使犯法者赎罪，入谷者补吏，

---

① 转引自张纯明：《中国政治二千年》，第65~66页。

是以天下奢侈，官乱民贫”，确系入骨三分。一个“无义而有财者”在位，一面需要有“便巧史书，习于计簿”者造假账，“欺上府”；同时又需要“勇猛能操切百姓者”为爪牙，供驱使。于是一个贪官，便必然会配合有大批文武污吏，其结果自然是相率不讲孝悌礼义，而群以“多财为光荣”了。然而这说法也只是就事论事，少了一点玄学迂腐气，仍不能给我们以明确的认识。

一个为官僚把持操纵的社会，本来没有什么法度可言，要说有，不外是有关人民对于他们的义务的规定，或有关他们自己相互之间的权利的规定罢了。如在一个交换经济不发达，而又是小国寡民的场合，他们不但消费欲望有了限制，就是剥削行为也不能不稍为收敛。但在统一的集权的大场面下，以土地及土地生产物为重心的交换关系、货币流通关系既然建立起来，天下的货物乃分别辐辏于官僚所在的都市，“不见可欲则心不乱”，见可欲，就难免有些“心乱”了；而且，官对人民的特殊差别表现，特别在官职不曾职业化而是被看作一种特权的行使的情形下，首先是从物质的享受上具体显示出来的。如其像史载汉初那样，“天子不能钧驷，将相或乘牛车”，他们在老百姓面前，就显然没有了不起的“威严”或“威仪”了。况加中国历代官吏俸禄的规定，虽然从人民眼光看来颇为不薄，而且官位愈高，报酬亦愈大，但要单单藉此维持官的特殊场面，特别是满足他们在相当发达的商品货币经济下的无限欲望，恐怕无论如何也嫌不够。他们巧取豪夺的贪欲既由此形成，而严格禁阻他们满足贪欲的法轨又不可能在专制官僚政权下确立，于是，利用职权以图私利的勾当，就令没有我们前面述及的官家“与民争利”的各种侵渔机会，亦是“事有必至，理有固然”，而不是什么“事未易明，理未易察”了。结局，官僚的政治生活就一般的体现为贪污生活。其中少数循吏廉吏出现，便似非常值得称扬，而大势所趋，也便容易在一般人心目中幻化为“民族性”问题，或曲解为单纯“风气”问题了。历来确也不乏一些持正不苟的立廉警污的人物出来为“民族”争一口气，挽救颓风，改造“风气”，但惜其“挽救”“改造”之道，只是消极的一己的“清风亮节”，或严厉的惩治若干贪官污吏，而根本没有触到问题的病根或痛处。

试展阅一下历代对付贪污的严厉情形，就可了然今日想从贪污本身去根治贪污的人的设想是如何的素朴！

> 汉时赃罪被劾，或死狱中，或道自杀。唐时赃吏，多于庙堂决杀，其特宥者乃长流岭南……宋初郡县吏，承五季之习，赎货厉民，故尤严贪墨之罪……而南郊大赦，十恶故劫杀及官吏受赃者不原。……《金史》大定十二年咸平尹石抹阿刺没以赃死于狱，上谓其不尸诸市，已为厚幸。……《元史》至元十九年敕中官吏，

赃罪轻者决杖，重者处死。

——顾炎武：《日知录》

洪武十八年诏尽逮天下官吏之为民者赴京师筑城……又按《草木子》记："明祖严于吏治，凡守令贪酷者，许民赴京陈诉，赃至六十两以上者，枭首示众，仍剥皮实草。府州县卫之左，特立一庙，以祀土地，为剥皮之场，名曰皮场庙。官府公座旁，各悬一剥皮实草之袋，使触目惊心。"

——赵翼：《二十二史劄记》，重惩贪吏

乾隆四年，宗人府议奏：庄亲王等结党营私，往来诡密，因治胤禄、弘晳、弘升、弘昌、弘皎等革禁有差；晳党安泰并坐绞。五年，御吏仲永檀奏参提督郑善，受俞姓贿银一万两。讯实赐死。又山西学政喀尔钦以贿卖生童，纵仆营私，违禁渔色，为御史所劾，得旨正法。并谕诸大臣，嗣后当各自儆省。

——萧一山：《清代通史》中卷，第12页

综观历朝贪污史录，愈接近近代，贪污现象亦愈普遍，贪污技巧亦愈周密，而与惩治贪污刑典的宽严似无何等重大关系。明代立法最严，但明代贪污实较任何前朝为烈。清初为笼络怀柔汉人，政尚宽大，降及中叶，任一社会政治角落均留有贪污痕迹，然此亦不能谓为施行宽政的结果。中国社会经济发生至明清两代，流通经济现象愈益活跃；高利贷业商业的扩展对官吏贪欲的助长已非常明白，而凝固的政制措施，不能适应变动发展实况所造出的大小漏洞，复给予各种贪欲以发泄的机会。

比如，中国官制上关于官吏名额的规定，往往注重形式，不顾事实需要。地方政务即使年有增加，吏员额数终未按比加多。以清代而论，据《大清会典》所载，总计州县数目 1448，佐贰数目连学官加算起来，亦不过 5526，即一位知县或知州的佐贰还分不到四位。每州县当时人口平均以 20 万人计，要一个县或州的负责人带着那三四佐贰，把“刑名”“钱谷”“书记”“挂号”“征比”各项事务做好，任凭天大本领，也不能够，于是县府州衙不得不在定额人员之外，聘定幕友，依托地方士绅。幕友是要致送报酬的，政府对幕友不给俸禄，“而幕之脩”，就要“出于官禄”了，聘请十个八个幕友，把全部“官禄”拿出，还嫌不够。至于县太爷与百姓之间，往往是靠一批乡绅做着承上启下的联系；他们这些人虽不从州县直接索取报酬，却显然会因此开一请托包庇之门，而间接成为小百姓的无形的、无限的负担。在州县如此，在总督衙门亦系如此。田文镜为河东总督时，曾自述其衙门中书役人数说：“臣衙门经制（政府定额）书吏，上下两班，每班十名，共二十名。现今办事书吏，头班二班，俱有百余名，是较经制十倍有余，事务殷繁，尚苦赶办不及。”① 这些额外人员的报酬，该如何打发呢？那在事实上，不但不会增加主管人员的负担，且还可能变为他们的一个“财源”。道光时曾有这样一道上谕：

> 直省大小官员，自雍正年间，议设养廉，由督抚以至州县藉以为办公之资。迄今将届百年，督抚司道廉俸较厚者尚敷公用，至府厅州县养廉止此定额，而差务之费，捐摊之款，日益增加，往往有全行坐扣，禄入毫无者。虽在清洁自爱之吏，一经履任，公事丛集，难为无米之炊，势不得取给陋规以资挹注。而不肖者则以少取与多与均干吏议，转恣意征求，除办公之外悉以肥其私囊。上司心知通省官吏莫不皆然，岂能拟行纠劾，遂阳禁而阴纵之。于是箕敛溢取之风日甚一日，而闾阎之盖藏，概耗于有司之脆削，民生闲敝，职此之由。

在地方官吏如此，京官则另有“陋规”，供其中饱。一般的讲来，京官发财机会本没有直接临驭老百姓的地方官吏那么多，但因为六部是各省的顶头上司，各省州县对六部有何请求，均得孝敬孝敬。比如为了奏销地丁，就有“奏销部费”；报销钱粮，就有“报销部费”，调一缺，提一官，请

① 参见王栻：《籍俸与陋规》，《文史杂志》第三卷第一二期。

一议叙，及办理刑名案件，皆非拿出“打点”“照应”“招呼”“斡旋”的手续费不可。若京官出差到地方或外放，在一般人心目中，就公认他是找到了扒钱的好机会。地方官吏，除了以“公帮银”，或“盘费”，或“程仪”等名色，提供其路上开支外，又有“支应”一类名色，提供其到后开支；更于供应以外，多送“规礼”，复致赠“赆仪”。然此系就案差而言，若职司文教权衡的学差，虽然其使命非常神圣清高，对于录取士子的需索，却颇不客气。从所谓“红案银”、所谓“做了一任乡试主考，可过十年舒服生活”的传说，就可想见利用职权发财的事，即使是身临“圣域贤关”，日以纲常大义或名教自矢的人，也并无例外。

地方官要在地方发财，不得不贿通京官；京官要通过地方官发财，又不得不敷衍地方官。他们上下其手，交互造成一个贪污大局面，对于这局面，用少数认真的清廉人物去感化，固然不会成功，就是用再严酷的法律去制裁，也并不济事。

四

要之，中国士宦的做官发财思想是中国特殊的官僚封建社会的产物。我们没有意思责难做官，也并不反对发财，但做官被看成发财的手段，做大官发大财，做小官发小财，甚至没有正式取得官阶官衔，而在乡村以似官非官的身分，利用任一机会发混财，那就会在中国整个社会经济的发展上引起莫大的不利影响。

以地主经济为基础的专制官僚统治，既然如前面所说，一定要造出官、商、高利贷者与地主的“四位一体”场面，又一定要造出集权的或官营的经济形态，更又一定要造出贪赃枉法的风气，而这三者又最可能是息息相通、相互影响的，它们连同作用起来，很快就使社会经济导向孟轲所预言到的“上下交征利，而国危矣”的大破局。

中国历史上是不止一次经历了这种大破局的。其中因果关键，我们将在后面（第十二篇）交代清楚。

第十一篇　农民在官僚政治下的社会经济生活

一

由秦汉以至清代末造这一长期官僚统治过程中，农民的社会经济生活当然有不少的变改，比如，汉代的农民生活，不但与清代农民生活有许多不同，就是他们各别对于唐宋时代的农民生活亦不难从社会、文化、经济诸方面指出其差异。然而，站在社会的立场上，因为那些农民同是生活在官僚的、封建的统治之下，其生活内容虽有怎样的变改或差异，仍不会妨碍我们指出其共同的若干特征，并且我们还不难由其变改与差异中把握其一般的演变趋势。

我在前面已一再讲明了官僚的封建社会就是官僚与农民构成的社会，或官民对立的社会。官僚或士宦的政治经济生活形态，已充分从相对方面显示出了其对极农民社会经济生活形态的一个轮廓。中国传统的官僚生活，既如前篇所述，把经营商业、高利贷业及地产业，作为其并非不雅驯且并非不合法的勾当，而由是在许多场合，甚至视贪污为“当然”，于是，在其对极，农民方面，就不可能把他们的生活形态拘束在欧洲中世及其以后相当长期间的农奴生活形态上。换言之，中国农民的社会经济生活，由中国官僚封建社会形态限定它具有较包容得多、较复杂得多的内容；亦就因此之故，一般肤浅的历史学家，就断定中国农民的社会生活，不但早就是自由的，并且一直是自由的了。

我想沿着这一个论点，先考察他们所受社会束缚的特殊性质，再检视他们由此必然受到的经济榨取的深度，最后再附带解述他们在那种社会经济条件下的政治动态。

二

一向把中国社会的封建特质“取消了”的人，往往是拿欧洲中世黑暗时代或其前后相当时期的农奴对于领主的隶属关系来反证；以为当时欧洲领主对于农奴的支配，不仅表现在他们享有的经济榨取特权上，还表现在他们的社会政治权力如初夜权、裁判权及移住、婚姻干涉权等等上面。这里姑先把经济榨取的问题放在一边，看中国的农民是否在这些方面真正享有“自由”。

首先就最“不雅驯”的初夜权来说。这在欧洲，尽管铁一般的史实证示那在某一历史阶段曾施行得非常普遍，但正统的历史家仍觉承认那种事实的存在就无异否定他们以极大气力来描述的当时社会上下阶层的“善良”风习。而在一向强调礼义廉耻的中国社会，当然是根本不允许这种恶习存在的。然而一切伦理的教义毕竟是社会的产物；社会即使在这方面给予了农民更大的宽容与面子，同时它也在这同一方面给予了士宦阶层或地主阶层以更大的便利和纵容。“窃见江南富户，只靠田土，因买田土，方有地客。所谓地客，即系良民……若地客生男，便供奴役，若有子女，便为婢奴，或为妻妾。”（见《元典章》，“至元十九年御史台奏议”）也许农民子女充当主人的奴婢是当然，而充当主人的妻妾还是“高升”。但我们更当注意的，却毋宁是一般普行于农村的以次这类辛酸的事实，即，凡属农村小民间稍有姿色一点的将婚甚或已婚妇女，几乎是很少例外的要注定或为那些土豪劣绅乃至他们老爷辈或少爷辈淫虐污辱的好对象。这种破廉耻罪行的普遍，以致许多有名的小说和戏剧都是把它作为演义、表演的题材。

其次，就裁判权来说罢。在法律上，中国地主阶层对于他们个别隶农是没有裁判权的（虽然我们的历史上仍不乏地主自建城堡，自备守卫，自设裁判所、牢狱，以虐待佃农的非法事实的纪载）。反之，农民如其受了地主的不当迫害，还有权诉之于官府。但实际的情形怎样呢？无论是贫农、佃农乃至辛苦起家的小农，甚至小地主，他们对于当地大小豪绅所表示的隶属程度，单用欧洲中世农奴屈服于领主的裁判权来测量是颇嫌不够的。豪绅土劣们上通官府，下结地痞流氓，他们的语言，经常成为善良小民的命令。善良小民简直是他们经常准备找机会去剥削、敲诈、干涉、压制的俘虏。我们已经了解官僚社会的政治、法律的一般目的，就在定立并维系官绅对人民的统治秩序。在他种秩序下，要想像一个无知无识而且孤立无助的农民，去控诉绅豪所加于他们的罪行，那几乎是不可能的。他们实在不只直接受着其"顶头上司"或庄主辈的裁判，同时还得忍声吞气的去接受其所在社会一切豪绅土劣辈不利于他们的任意决定。

此外，关于农民的移住与婚姻的干涉权，中国地主或庄主亦像是不曾取得法律根据的。然而事实却并不因为没有法律规定便不许存在。我们已明了中国任何朝代都有大批由土地游离出来、变为官奴或私人奴隶而与那些尚保有或租有土地的所谓"自由农民"虽然并存的事实。把十足的奴隶丢开不讲，如果是一个地客、一个隶农，他要向强豪"贷其种食，赁其田庐"，"依托强豪，以为私属"，他在实际，就已经不可能为他自己所有，而成为强豪财富势力的一个不可分的部分了。他的行动，特别是他的移住转业的"自由"，事实上绝不可能存在。连带着，他的婚姻等问题也决无法自己作主。所谓"又有佃客，男女婚姻，主户常行拦当，需求钞贯布帛礼数，方许成亲”（《元典章》），不已表现得非常明白么？然而，我觉得特别值得注意的，倒还不是个别佃农受制于其直接庄主或地主的情形，而是整个善良农民受制于其所在社会一切豪绅土劣的情形。他们的魔手，随时可以伸展到农民生活的孔隙。农民的婚丧、买卖、迁徙乃至由死亡引起的遗产争执，都将成为他们有隙可乘、无孔不入的敛财作恶机会。

从上面几点说明，我们已不难窥知中国农民社会生活上的“自由”乃具有以次这样的一般的属性，即——

第一，与欧洲中世的农奴比较，中国农民在法律上所享有的“自由”也许较多、较大，而在现实上所遭受的压制实在更为苛刻。一切官僚社会都是讲形式的，许多法律往往不是为了实行，而是为了“装饰”或“掩饰”。这奥秘很早就为人道出了：“今法律贱商人，商人已富贵矣；尊农夫，农夫已贫贱矣。故俗之所贵，主之所贱也，吏之所卑，法之所尊也。”（《前汉书·食货志》）历史上所有关心农民生活的皇皇文告，差不多都可从反面去得到理解。

第二，与欧洲中世农奴比较，中国一般佃农即对于其个别的、直接的土地保有较多、较大的自由，而他们连带其他贫农、小自耕农乃至勤劳起家的小地主所受所在社会官绅土劣的压制却又更为苛刻。这即是说，中国农民的社会生活，就一般佃农讲，简直是二重的隶属；一方面，他得听其“衣食父母”——地主或庄主的摆布，但在另一方面，那种摆布，却并不能保护他，使他不受所在社会官绅土劣的侵凌与损害。

我们如其能洞察中国官僚封建社会进步里面的退步、隐在形式自由后面的压制，假使允许农民自己选择所属封建体制，他们也许不会怎样热心于我们国粹学者所渲染的“国粹形态”罢。

三

任何经济榨取是在一定社会关系下进行的。中国农民的上述社会地位与社会生活，当然会影响他们所受经济榨取的深度。在前述租税关系上，在官僚政治生活与经济生活的关联上，我们已间接指出了农民的经济负担。然而，我在这里所要特别注意的，却还不是他们直接的租税负担，而主要是由他们所处不利社会地位招致的无形的、不确定的、无限制的、随在可以遭遇到的各种无情的剥削。

本来中国历代的专制而封建的王朝，在开朝开国之初，例皆承当丧乱之后，所以安集流亡、务农劝工、省刑薄敛一套办法，有多少朝代，就曾重复过多少次数。在这种场合，一般农民，特别是那些自耕农，还多少有一点喘息的机会。但此后不久，一般自耕农就开始佃农化，一般勉强独立的贫农、小农，就开始隶农化、奴隶化，那种情形，就在正规租赋没有怎样增加，甚或是皇皇文告减免的场合，依旧不免发生，那是什么缘故呢？

大概每个新王朝的最初几代君主官僚们为了收拾人心，特别是为了增加生产，以裕税源，还多少能保持一点戒慎恐惧的精神，留意人民疾苦；对于其下属乃至农村豪绅土劣的各种压榨人民的非法活动尚可予以防范或拑制。等到安而忘危、积久玩生或者消费贪欲逐渐随着经济恢复生机而增强起来，官场腐败、贪污横行的现象就不期然而然的发生；不幸，每逢这种场合，又是对内对外大张挞伐的年头。在以往的社会，耀武扬威往往是当作一种政治权力的炫示，或特殊消费排场的演出，但由此制造出的贪污机会与藉端敲诈的口实，就成为一般人民被损害与被勒索的生死关头。由于我们前面（第三篇）指出的中国官僚政治的包容性与贯彻性，那个官僚体制的某一部分一发生破绽，立刻就把它的病菌延殖到全体机构、全部机能上，使一般农民大众接触到的它们任何机体，都成为一种可怕的灾害。商业、高利贷、地权兼并、差役、摊派、贪污，都像“配”合得非常周密。姑举述几项极有通性而且于我们并不怎样生疏的史例：

试看贪污与高利贷活动的配合——“四民之中，惟农最苦……幸而收成，公私之债，交互争夺。谷未离场，帛未下机，已非己有……而况聚敛之臣，于租税之外，巧取百端，以邀功赏。”（司马光语，见《宋史·食货志》）

试看各种差役与地权兼并活动的配合——“今百姓膏腴，皆归贵势之家，租米有及百万石者。小民百亩之田，频年差充保役，官吏诛求百端，不得已献其产于巨室，以规免役。小民田日减，而保役不休，大官田日增，而保役不及。”（章谊语，见《宋史・食货志》）

试看差役摊派与商业活动的配合——“农民出钱，难于出力，若遇凶年，则卖庄田牛具桑柘以纳官钱。”“钱非私家所铸，要须贸易，乐岁追限，尚失半价，若值凶年，无谷可粜。卖田不售，遂致杀牛卖肉，伐桑鬻薪。来年生计，不暇复顾，此农民所以重困也。”（司马光语，见《宋史・食货志》）

试看大户藉差役吃小户与摊派的配合——“民所患苦，莫如差役。钱粮有收户解户，驿递有马户，供应有行户，皆佥有力之家充之，名曰大户。究之所佥非富民。中人之产，辄为之倾。自变为条鞭法，以境内之役，均于境内之粮，宜少苏矣，乃民间仍岁奔走，是条鞭法行而大户未尝革也。”（范景文语，见《明史・食货志》）

试看差役、摊派、贪污活动的配合——“……请先言其病民者：州县管驿，可以调派里民，于是使臣乘骑之数，日增一日，有增至数十倍者，任意随带多人，无可查询；由是管号长随、办差书役，乘间需索，差役未到，火票飞驰，需车数辆及十余辆者，调至数十辆百余辆不等，赢马亦然。小民舍其农务，自备口粮草料，先期等候，苦不堪言……至于州县之耗帑，又有无可如何者。差使一过，自馆舍铺设，以及筵席等等糜费，并有夤缘馈送之事，随从家人，有所谓‘抄牌礼’‘过站礼’‘门包’‘管厨’等项名目甚繁，自数十金至数百金，多者更不可知，大抵视气焰之大小，以为应酬之隆杀。”①

从上面的史实，我们知道中国农民困苦的基因，与其说是由于正规租赋课担太重，毋宁说是由于额外的、无限制的、不能预测到的苛索过多、繁多。他们不像欧洲中世农奴，只有一个“顶头上司”的领主或庄主直接对他们行使剥削；他们中间除了奴隶或隶农外，为了取得形式上的一点不属于任何一个封建头目的“自由”，却得支付这样一种大的代价，致使所在社会一切大小官僚封建的头目，乃至与他们夤缘为奸的商业者、高利贷业者，都能找到机会和口实，个别的或联合的予他们以社会经济的损害。

四

中国的农民原是以具有极坚强的忍耐性见称的。然而他们的那种忍苦耐劳的强毅精神并不是天生的，而是由宗法社会组织、伦理教义，以及一再再生产出来的那种同形态的统

---

① 清・王杰奏疏，见萧一山：《清代通史》中卷，第260~261页。

治方式，把他们教训、锻炼成的。他们“小人”确实是由“学道则易使也”！可是，正惟他们不是天生的“易使”，而是“学道”则“易使”，一旦那些当作“道”来范围他们的社会组织、伦理教义、政治权力发生破绽，他们即使谈不上什么政治的自觉，也将因所受社会经济压制剥削的过火，而使他们的极度忍耐见机突发为不可抑制的反抗。

事实上，在农民社会经济生活遭受破坏的过程中，官僚统治已经会相应发生种种不利的反作用。不论那种社会经济制度或政治组织，在它结局是把一部分人或统治集团的特殊利益，寄托于对另一大部分人或被统治集团的剥削的限内，那种制度或组织的健全性，是表现在它能继续保证那种剥削，或保证增进那种剥削，而不是以“杀鸡取蛋”的那种暴烈方式，来枯竭剥削的源泉或挖掘其基础。可是，不论那种制度或组织，即使其统治者再会深谋远虑，也无法防止它继续到一定阶段以后，不走到那种“竭泽而渔”或“自掘坟墓”的道路上去。中国每一王朝的官僚统治，开始原是兢兢业业的想设法培育其剥削源泉，到了它动员全社会每一统治势力向着农民大众横施压迫敲诈，以致使农民的社会经济生活全被破坏的阶段，它显然会从种种方面造出无可解救的矛盾：

首先，“以农立国”的封建社会是不能让商业、高利贷业的活动过于猖獗的。即使官绅自己也在从事那种活动，那于牺牲农业、牺牲农民以成全商人、高利贷者的本质亦无所改变。结局就是所谓商人、高利贷者吞并农民，而使那种社会的根基发生动摇。

其次，贪污的横行，尽管某些个别的官僚及作为其爪牙而活动的属员与豪劣得到了好处，更富有了或更有势力了，但整个官僚统治机构的每一环节，显然会引起松弛、脱节，乃至紊乱到不能有效运转的程度。

又其次，农民是在土地上生根的，一切伦常教义，一切“安分守己”“安土重迁”的大道理，是要他们能继续在土地上生存下去才能发生作用。他们一旦因着四方八面的压迫榨取而从土地上“游离”出来，而变为所谓浮浪者、浮食游民；以前所有的社会思想的羁绊，便不再对他们发生效用了。

当官僚的封建统治在或急或徐的发生上述变化的时候，农民除了应验着古典的诏示：“乐岁终身苦，凶年不免于死亡”，或“老者转乎沟壑，壮者散之四方”，以死亡与流散来逃脱暴虐统治所加诸他们身上的压榨、剥削外，往往也采取其他两种不正常的或决非他们所愿意的对抗方式。那就是个别零散的变为匪盗，或集体的公然起来叛变。一个人的生存受到威胁，而不得不逃亡，那已接近了变为匪盗的边缘；匪盗汇合啸聚到了相当数量，那就很快会变质为犯上作乱的队伍。事势发展到这个田地，农民战争就一度被惨酷的表演出来。不幸这种事态一步一步的形成，已经是官僚的封建统治机构松弛与颓废的结果，而要此种统治机构去应付农民的逃散与变叛，势将使恶劣事态愈不可收拾。

本来，每个王朝对于它在统治中期以后引起的所谓“黎民离叛”情形，并不是完全没有在事前予以补救；无奈那种“离叛”情形，不是偶然从社会外部“投入”，而是由社会内部矛盾爆发出来，所以任何解救的节目都变成了扩大灾难的弊政。比如，各种各色的剥削、敲诈自然不是同时加担在农民身上的。但农民的生活本来是很苦的，本来是把他们的生活资料压缩到了尽够维持生存的限度的。他们一旦遇到自然的灾害（一切封建社会的自然灾害，都带有极大的社会性质，此点将在下篇予以交代），或额外的差遣或摊派，或需索，就只好尽可能的缩减其生产支出；生产支出减少，收入将相应减少，而他们对于扩大消费、增繁刑政、加重摊派所必然导出来的负担却可能加多。等到被各种负担、各种勒索方式迫着离开土地、离开生产过程的人愈来愈多了，而承受原有负担的人愈来愈少了，负担的总额即使不再增加，他们更少数的人个别负担的分额，已无法不再增加了；假使这时为了维持治安、为了救济贫困流亡而再增大支出，那就无异叫那些生产收入愈来愈少，生产人数也愈来愈少而还勉强留在生产过程的农民，除了负担原来各种各色的消费者以外，又去负担那般脱离生产过程的新消费者。结局，能继续在生产上挣扎的人将愈益减少，流亡匪盗队伍将愈益增大；事实依着无情的辩证逻辑，竟这样不顾人们的意志而自动的发展着，这时即使有仁慈的明君不断下诏罪己，还加上若干有为的辅佐多方设法张罗，也将感觉大势所趋，不易撑持了。

到了这种局面，每个为官为吏或为统兵大员的人，像是本能的要打算抓住机会掏它一把，以为“后图”，所以这时被派去缓和或赈济难民的官吏，很容易成为“劫民”的使者。举一以类其余罢：汉世新莽之乱，“流民人关者数十万人，置养赡官以禀之，吏盗其禀，饥死者什七八”（《汉书·食货志》）。由王莽篡汉到清代中叶以后，时间快进展了两千年，而作法还是那一套：“凡朝廷赈恤之项，皆中饱于有司，此上恩之不下逮。”[①] 迨抚辑无方，民相率叛变，责成文武官吏去剿治，在新莽之世，是“莽令七公六卿，号皆兼称将军，遣着武将军逯并等填名都，中郎将绣衣执法各五十五人分填缘边，大郡督，大奸猾，擅弄兵者，皆便为奸于外，扰乱州郡，货赂为布，侵渔百姓”（《汉书·王莽传》），在这方面，近二千年的“进步”，仅只是“无事蚀冒粮饷，有事避罪就功，州县以之蒙府道，府道以之蒙督抚，督抚以之蒙皇上……若有功，长随幕友，皆冒得之，若失

① 清·洪亮吉《平邪教疏》，见萧一山：《清代通史》中卷，第252页。

事，掩取迁流颠踣于道之良民以塞责，然此实不止州县，封疆大吏，统率将弁，皆公然行之，安怪州县之效尤……今军行数年，花翎之锡，至于千百，果安在哉？将弁弃营阵，弃堡垒，常相避贼锋，大吏又务为掩饰，咎果谁任耶？”①

然而在官方如此，而在其对极的民方，始终只是在为求生存而挣扎，为铲除迫胁其生存的障碍而挣扎。在近两千年前，他们起来反抗新莽，并不是有所爱之汉室，并不是想再见“汉代衣冠”，那是“王莽篡汉，上书诵者八千”的士大夫，等到“见势不佳”，又回转来“曲解”民众的。其实，汉在哀平之世，已经是“岁比不登，天下空虚，百姓饥馑，父子分离，流散道路以十万数，而百官群职旷废，奸轨放纵，盗贼并起”（《前汉书·孔光传》）。王莽新朝不过是在汉代官僚封建政治机构松弛虚脱状况下产生的，惜他“以暴易暴”，“不知其非”，于是“四方皆以饥寒穷愁，起为盗贼”（《汉书·王莽传》）。可知人民在饿着肚皮乱碰的当儿，对于纲常顺逆之分，并不会怎样去鉴别。即使是延至清代以少数民族入主中国，扶明灭清的“大理想”，还是等到“饥寒起盗心”的关头，才能成为一种现实的号召。所以，清代中叶后，对于当时所谓邪教愚民的作乱，在上者都还能认定“此等教匪滋事，皆由地方官激成”；又谓“今者川楚之民，

① 清·洪亮吉《平邪教疏》，见萧一山：《清代通史》中卷。

聚徒劫众，跳梁于一隅，逃死于晷刻，始入白莲、天主、八卦等教，欲以祈福。继由地方官挟制万端。又黔省之苗氛不靖，延及数省。赋外加赋，忿不思患，欲藉起事以避祸，邪教起事之由为此”①。这种“官逼民反”的故事，充满了中国历史。我其所以仅把汉清两代官民对立情形加以比照，就因为由此可以看到中国历史上的农民变乱，朝代虽相去一二千年，其性质大抵相同，特我认定“官逼民反”的“官”，不当理解为某个或某些特别的官吏，而是整个官僚统治。单是某些官，甚至单是整个官僚阶层依贪污或其他方式剥削农民，农民尚不致逼到求生不得的程度；若官僚除了自己直接藉政治权势侵渔农民外，更连同与其有缘属关系的地方爪牙，从事敲诈，再益以商业、高利贷业乃至地权活动的凌夺，那才真是农民走投无路、“铤而走险”的时候了。

然而，就在这种场合，不但农民自身，就在同情农民的少数士大夫，他们亦还不能明确认知，他们生存上所受的威胁是由于在社会政治上没有取得“平等”“自由”的结果，从而，他们犯上作乱的要求，一般都是经济的意义大于政治的意义。这无疑是“不可使知之”的儒家政治典范收到莫大的“催眠”效果，但在本质上，却不能不说是由于以往

① 清·洪亮吉《平邪教疏》，见萧一山：《清代通史》中卷。

中国二千年的社会动乱，始终是农民的，而不是市民的。亦就因此之故，中国同性质、同形态的农民战争或农民的社会动乱虽然重复了无数次，而每次的结果总是再生产一个同性质、同形态的政治体制完事。

为什么呢？我将在下一篇予以确定的解答。

第十二篇　官僚政治对于中国社会长期停滞的影响

一

从社会史的立场来讲，中国是一个文化发达较早的国家，现在反落后了。原来落后的国家走到了前面，原来是先进的，变成后进了。这说明在它的发展过程中，有一个相当长的时期没有什么大的进步。

自西周开国之初的纪元前 1122 年算起，我们一直留滞在封建社会阶段，迄今已近三千年了，它差不多占去了中国比较有信史可征的文化史的全部。其中自西周至春秋战国时代，我们已在前面讲到，那是中国类似西欧领主封建体制的所谓初期封建形态发生以至溃崩的期间，前后虽经历七八百年，但与西欧封建经历的时期相比较，却毋宁说是极其短促的。因此，中国社会长期停滞的问题，即使是发生在封建的阶段，它的领主型的封建体制并不曾耽搁时间，而使它延滞不前，使它追不上一般社会发展的，只是由于它在初期封建体制的崩解中，并不曾像西欧一样，紧接着出现一个现代资本制的社会，却依种种理由，半转型为一个立在地主经济基础上的集权的专制官僚的新型封建社会。自从它由秦代起跨入这一社会阶段，迄今亦已超过二千年。在这二千余年中，我们不能说它完全没有进步，只是它在整个社会经济生活上的改进速度过于缓慢，过于显得蹒跚不前；而其改进程度，且始终不曾越出技术性的、量变的阶段，直到现在，还不能脱却半封建的状态。于是，中国社会的长期停滞问题，事实上，无非是中国典型的或特殊的封建组织的长期存续问题；又因为中国特殊的封建组织在政治上是采取集中的、专制的官僚的形态，于是，我们那种特殊封建社会体制的长期存续问题，自始就与专制官僚政治形态保有极其密切的联系。在专制官僚政治主要是把统治者官绅或士宦与被统治者农民结成的社会生产关系作为其社会存在基础的限内，那种社会的劳动生产力始终不曾发展到突破其社会生产关系的水准的事实，就极可能由专制官僚统治形态得到系统的说明。

惟在依专制官僚政治来解说中国社会或中国典型封建社会长期停滞问题以前，先得把以往有关这一问题的不同说明，予以简括的评证。

二

不论在中国抑在外国，在新史学未出现以前，通是把历史看作是政治的延续。而政治延续过程中显示的变动，反映在中国正统历史家乃至一般人士心目中的规律或节奏，就是所谓“天下大势合久则分，分久则合”，所谓“治乱相循”，所谓“一朝天子一朝臣”。朝代交替与治乱分合，一次又一次的定型的周期的表演，很容易使人把那种表演当作历史发展的自然定律来接受。在这点上，顶呱呱叫的正统历史家和一般只从演义小说中看到朝代兴亡故事的人，没有大了不起的区别。

把中国历史上的这种惰性的周期演变，看作是一种“停滞”，那首先须得把历史范畴从窄狭的政治领域解放出来。就我所知，最初对中国政治形态妨碍社会经济发展表示意见的，是大经济学者亚丹·斯密①，他曾说过这样一段话：

> 中国，一向是世界上最富的国家。其土地最沃，其耕作最优，其人民最繁多且最勤黾。然而，许久以前，它就停滞于静止状态了。今日旅行家关于中国耕作、勤

① “亚丹·斯密”，即“亚当·斯密”。英国著名经济学家，著有《国富论》。——编者注

> 劳及人口状况的报告，与五百年前客居于该国之马哥孛罗的报告，殆无何等区别。若进一步推测，恐怕在马哥孛罗客居时代以前好久，中国财富，就已经达到了该国法律制度所允许之极限。
>
> ——《国富论》上卷，郭、王合译本，第 85 页

把中国“停滞于静止状态”的原因，归之于中国财富早就“达到了法律制度所允许的极限”，显然是一种极有意义的提示，但也显然不够明白。差不多在一个世纪以后，另一位大经济学家卡尔·马克思依据许多有关东方社会的文献，特别是关于印度、爪哇等地的文献，知道在那些地方，农工结合体的自给自足村社组织，在一种单纯形态下，尽管居民生活了多少世代，村社的限界，殆很少改变，虽有时村社被损坏了，或被战争、饥馑、疫病破坏了，但同一名称、同一村界、同一利害关系，甚至同一家族，常保存数百年之久。居民对于王国的解体或分裂没有任何悬念。只要对村能保持完整，他们绝不问自己所属的村是隶属在何种权力下面，是受那一个权力支配，其内部经济是保持不变的。他因此推论到那种社会的停滞性，而有以次的说明：

> 这种自足的共同社会，是不断以同一形态再生产；如偶然被破坏，也会在同一地点，以同一名称，再现出

> 来。但其单纯生产组织，却给了我们解决一个秘谜的锁钥。由此，我们可以说明，为什么亚细亚诸国不绝解散，不绝重建，王朝也不绝变更，但亚细亚社会，却毫无变化，社会经济基本要素的结构，不因政治风云的惊扰，受丝毫影响。

这段话原是对亚细亚诸国民立论的，中国当可算在里面；中国王朝变更的政治风云，不曾对中国社会经济基本要素的结构引起何等根本改革，显然很符合上面提论到的事实。但我们对于这段话的理解，须得明了，政治变动未改变社会经济基本要素的结构，固然同那种结构的顽强性有关，同时也由于当时的政治，无论在变动以前，抑在变动以后，有时甚至在变动当中，都在设法加强那种结构的顽强性。这就是说，中国的专制官僚体制，是把农民的无知、孤立、被束缚于宗法社会组织和对政治的不关心，为其存在的前提条件。如其看落了这一面，那种成为问题的社会的基本要素的结构本身，就不像是由各别历史王朝多方努力，积累的变相的强化起来的结果，而像是一开始就顽强到不能由任何政治变动所改变的“自然体”。那显然是误解了那位大经济学者的正确论旨。

中国社会长期停滞问题，本来在战前有关中国社会性质问题论战及中国社会史性质问题论战中已被附带提论过，但正式被提起却是在抗战期间，那时中国进步论坛上，曾一致“鸣鼓而攻击”日本侵略主义代言者秋泽修二，他在其所著《东洋哲学史》及《支那社会构成》二书中，曾反复论到“中国社会之‘亚细亚’的停滞性”；他误解或曲解卡尔的上述论点，把“农村共同体的存续、残存”看为是中国“社会经济基本要素的结构”，看为是一切其他社会组织的胎盘。它范围着中国社会“父家长制的专制主义”，而成为中央集权专制主义的基础。这两者妨碍着工商业的发展，妨碍农业的发展，于是农业止于“集约的小农经营”，手工业不能“依中国社会自身的性质”，“产生出具有资本主义性质的制造业”，而商业则是“商人资本主义在中国社会自身发展中，没有外部的作用，便不能发展成为资本主义的资本”。像这样，商业、工业、农业，即全部经济生活，都“先天地”被中国“社会经济基本要素的结构”所规制住了，或者内在的相互制约住了，由是造成了中国社会的停滞性，那种停滞性本身变成了“中国社会的根本性格”。要打破这种停滞性，只有期待外部的压力的诱导与推动，而鸦片战役成为中国社会现代化或传统停滞性打破的第一步，正是那种推论的有力的佐证。

然而世界任一先进国家的现代化，殆都与其对外发生战争有关，果其如此，“停滞性”云云就似乎不是中国社会特有的“根本性格”了。我在这里没有充分论证秋泽错误的余裕，只须指明：

（一）他夸大了那种农村共同体存续或残存的范围和功能，事实上，在自给自足的农村共同体以外，还由地主经济在各村落、各地方间，特别是地方对中央间，造出了一种不自给自足的经济依存实况，作为中央集权政治控制地方的相反而实相成的物质基础。

（二）他以固定的形而上的眼光，去确认那种农村共同体孤立的作用，而不知道，那种社会经济基本要素的结构，随着整个官僚封建社会的进展，被赋予了一些新的动境、新的诱因；并且社会经济基础与其上层建筑的法律政治关系在不绝起着辩证的相互阻制的功能。

三

国内新社会史学家们由秋泽批判所展开的讨论，首先当数到李达先生。他在《文化杂志》第二期发表的《中国社会发展迟滞的原因》，虽然只从正面讲述他自己有关这一问题的意见，但他显然是见到了秋泽所发表的“高论”的。他把中国社会发展迟滞的原因，归纳为以次八项：（一）战乱频繁；（二）封建力役；（三）封建剥削；（四）宗法遗制下聚族而居的村落公社；（五）封建的政治机构；（六）农民阶级不能担负新生产方法；（七）科学不发达与儒教学说的影响；（八）地理环境的影响。这无疑已把中国社会发展迟滞的原因全触到了，但正如紧接他发表那篇文章之后，即起而与他争论的蒙达坦先生所说，“即使这些全是中国社会发展迟滞的原因，但这些原因怎样作用于中国社会而使其发展迟滞呢？如果单只说这些原因妨碍了生产力的发展，因而迟滞了社会的发展，那是非常不够和太笼统的，科学的说明，决不容许其含糊，而必须说明其如何如何”。

上面的话，是蒙达坦先生在《与李达先生论中国社会发展迟滞的原因》一文中（载《文化杂志》第二卷第一号）所指陈的。李达先生平列出八大原因，并指出前五者为主因，后三者为从因，确实是太笼统而非科学的说明，但蒙先生是怎样来说明的呢？他认定社会的发展取决于资本积累与生产方法进步两件事。我们要解决中国社会何以发展迟滞的问题，非从确定究竟是什么事物妨碍生产方法进步，究竟是什么事物妨碍并破坏资本积累的相互关联处去研究不可。他是按照他所提出的方法论来分别解说其原因的。关于妨碍或破坏原始资本的积累，他提出三项：第一是特殊的土地所有关系；第二是农民战争；第三是共有财产。关于妨碍生产方法的进步，他又提出三项：第一是重农抑商政策；第二是地域发展不平衡；第三是儒家学说的影响。李先生的八项，到蒙先生手中只有六项了，并且有几项还改了样。这样的研究，似并不会完全改变李先生平铺列举的缺点。从原理上提出生产方法与资本积累来，虽像把问题“鞭辟近里”推进了一层，但如果有谁把妨碍资本积累的三原因和妨碍生产方法进步的三原因掉换一下，或者主张那六项原因同样会妨碍生产方法进步和资本积累，我想蒙先生也不能怎样表示异议罢！比如，特殊土地所有关系，为什么就只妨碍资本积累，而不妨碍生产方法改进呢？又如，重农抑商政策，假使不停止在表面的考察上，为什么只妨碍生产方法的改进，而不妨碍资本的积累呢？李先生平列固然笼统，蒙先生分举却更机械。

然而我要进一步看看华岗先生的意见。他在一篇《中国社会发展阻滞的基因》[①] 的论文中，直接讨论到李先生、蒙先生的观点。他认李、蒙两先生所举述的中国社会发展迟滞原因，有的是因果倒置，如科学的不发展，原是社会不发达的结果，不能同时又把它看为是社会不发达的原因；有的是附因被看作主因，如李先生强调的战乱频繁，蒙先生强调的农民战争，都像过分的把社会不发达的责任放置在战乱上，而却把残酷剥削妨碍生产并招致动乱和战争的更本质原因放在次位了。特别是关于蒙先生把农民战争描写成愚民盲乱破坏一切生产手段的意见，他提出了极不客气的指摘和抗辩。

在这几回合的争论中，我们应该不忽视它对于中国社会史研究的莫大贡献。自从中国社会发展迟滞的问题被提到论

---

① 见《群众》第七卷第十一、十二期。

坛以后，我们以前几乎全是蒙在中外流俗学者所放言高论的一些不着边际的曲解和疑难中，如缺乏自然科学哪，缺乏自然科学的研究精神哪，缺乏蒸汽机的发明哪，缺乏对外贸易的弯曲海岸线哪……经过这次讨论后，至少，那些技术的、自然的理由，已不再能蒙蔽任何一个稍有新历史科学修养的读者了。

然而，我们显然是不能满足于那种讨论的。

四

我想顺便在这里把前面各篇已经研究过了的诸基本论点拿来作一总结，并在那种总结中，试图使一切解释中国社会发展迟滞的较健全主张，能各别得到其在科学说明中的适当地位。

我们已一再指明：中国专制的官僚的政治形态是把地主经济作为它的物质基础。地主经济原是对领主经济而言的，它的大体内容，包括以次诸项：（一）土地为社会财富的最重要的生产手段；（二）在相当范围内的私人土地所有权的确认；（三）在相当范围内的土地自由买卖；（四）集约的小农经营；（五）土地剩余生产物的地租化与赋税化。我们这样来规定地主经济的内容，理应与本篇前两节所提论到的共有财产与自给自足的工农结合体不相抵触，因为社会科学告诉我们，非有最进步的生产方法，是不足以完全否定以往的原始遗留的氏族共有地等财产形态的；地主经济对领主经济尽管在农业生产方法方面有了不少进步，但即使没有我们将在下面述及的强化氏族组织的宗法关系，那种被封建社会本质限制了的进步，亦是不能促使原始性共有地产彻底解体的。至若自给自足的农工结合体，如把它看为地主经济下的细胞组织，或地主经济型封建制下的“社会经济的基本要素的结构”，那亦是非常自然的。零碎保有土地或使用土地的小农，即使在较和缓的租税负担下，他们亦是需要利用农隙（经营的土地面积愈少，每年可能的农业劳动日愈少，农隙愈多）以从事手工副业的；如其租赋课担加繁、加重，他们那种必要就更大了。此外，商业对农民的过分剥削，亦无疑要加强那种排斥中间商业的农工结合的重要性。

可是，农工结合虽然要在某种范围内缩减商业的规模，但它并不曾抵消中国社会商业发展的诸般有利条件。中国版图的愈来愈扩大，中国中央集权政治形态可能采行的许多便利商业的设施，中国各地经济的差异性与其发展的不平衡性，特别是中国在地主经济基础上，必然有很大一部分农业剩余劳动生产物，须通过赋税或地租的方式转化为商品，所有这些条件，都会直接、间接拓展市场，而最后一项，且必然会使商业与地权、商人与官吏发生极其密切的联系，而由是成为地主、官、商合一的物质基础。然而，利之所在，害亦随之。中国商业尽管因它取得了政治的便利和与地权发生密切关系的融通性，而把它对于一切生产者的剥削、欺诈机缘加多了，同时就商业本身的发展前途讲，那却宁是一种损害。商人有入仕途的可能，商业资本有转化为购置地产基金的可能，已经说明商业自己扩展有了限制，况且商业过分掠夺生产者，生产者不将依其被掠夺榨取的程度，而使商业因以进行的商品提供发生障碍么？统一政治权力固然会在交通、市场、税制、货币诸方面便利商业，但那种政治权力集中在专制者手中，也极可能在这些方面打击商业。事实正是如我们所理解的，且再考察一下工业上的实在情形。

如其说中国农村的手工业是当作农民的副业，中国都市的手工业就差不多是当作商人的副业，或者是对于商业的隶属。这是我们在中国旧式市集或城市中只见到商业基尔特型的商会，而不易见到手工业基尔特型的工会组织的基因。工业隶属于农业，隶属于商业，在本质上，就不易由它自身的积累而扩展。不错，西欧在近代初期，制造业家原本有许多就是由手工业者或商人转化来的。但在中国，这条“上达”的通路又遇到了集权的专制主义的障碍。中国过去较为普遍、较有一般需要的有利事业，如盐业、铁业、酒业、碾米业，乃至后来的印刷业等等，都在不同程度上变为官业或官僚垄断之业，而它们由此等事业所获得的赢余，显然最可能转用在不生产的消费上；同时，商人或一般商工业者不能把积累用以扩展本身事业，不能“自由”找到有利事业经营，自然更加要敦促他们去购买土地，去接近官场。况且，专制国家人民要从事对外的商工业经营，亦是受有严格限制的。中国从唐代以后逐渐展开的对外贸易史，尽管为我们充分提供了此种佐证，但我们的许多皮相历史家却丢开这些更基本的原因，专向海岸、季候风、地势一类自然条件去作中国产业资本不发达的考证。

上面是有关中国社会经济形态各部门的比较静性的分析，在此分析中，我们已不难了解：（一）每种的经济活动都渗透有社会的或政治的作用，或在为一定的社会生产关系所纲维着；（二）即使社会经济基本要素的结构或所谓自给自足的农工结合体，极长期的存续着，那种存续，亦非它自身有固定不变的所谓“根本性格”，而是由于适应着并范围着它的社会生产关系，或互及全面的官僚统治，始终都要求它在经过政治动乱惊扰以后，重复沉淀为原来的或类似原来的形态；而且（三）农业既由土地所有与使用方式限制着小农零碎经营，小农零碎经营限制着农业生产方法，限制着农业劳动剩余，而可能被榨取出来的农业劳动剩余，不依赋课转作不生产消费，便会以高率地租或高率利息或商业利润转作强购土地的手段，而由是使使用土地的条件更形恶劣，这样一种反复作用的过程根本就会限制资本积累，同时也限制生产方法改进，终于使自给自足的农工结合体成为不可避免；在这场合，为了补强社会统制而被变相复活起来的宗法秩序，便给予那种结合体以更多的原始外观。

五

讲到这里，我们对于中国社会长期停滞问题似乎有一较生动的理解了。但我们还不应停止在这比较静态的分析上面，而须进一步分别指点出它的一般动态推移：

首先，如我们一再指明的，建立在地主经济基础上的中国官僚政治有着无比的包容性与贯彻性，它不但动员了中国传统的儒术、伦理、宗法习惯等等来加强其统治，并还把可能而且在社会史上必然要成为它的对立物的商工市民的力量，也给解消同化在它的统治中。结局，作为领主经济或贵族政权之死对头，而在那种政治经济中爬升起来的市民阶层，就不可能在中国地主经济与官僚政治场面下产生出来。于是——

其次，中国传统的重农抑商经济政策，虽然在每个朝代初期被强调着，但官僚政治的根本作风终归是多面的，敷衍应付的，官商的本质联系，不但从不曾因此隔离，每逢劝农务工、讲求水利的政功多少收到实效，使农业生产力在丧乱之后有了一些恢复，依政权统一、农工业生产物加多而展开的商业，就照应着专制官僚机构的扩大、官僚阶层消费欲望的增繁，而使官商暗中的“苟合”得到进一层发展。在这场合，中国都市的政治性、商业性与消费性就“相得益彰”的尽情发挥。然而由商业与胡乱消费所给予政治上的腐蚀影响，不旋踵间，就由官僚阶层勤于剥削搜括而怠于奖劝农事、讲求水利的颓废倾向上充分表现出来。

其结果，上无道揆，下无法守，一切打击生产者特别是打击农民的措施，从四面八方紧逼拢来；贪污、横夺、诈欺，在先是压迫着农民的生产条件，进一步压迫着他们生存条件；社会已有的生产方法还不易维持，社会可能挣出的原始蓄积皆浪费殆尽，所以，等到农民大批流散、大批死亡、大批成群结队变为叛乱队伍，社会劳动生产力实已被残酷的封建剥削破坏得相当普遍与彻底了，然而我们并不因此就否认农民战争一时重在这已有残破基础上的荒废作用。

又其次，有不少的王朝，在普遍农民叛乱出现以前，或在其演变当中，常常还因其统治力减弱或弛懈而招来外侮，但在过去，不论是对外战争，抑是内乱或内战，都止于促成王朝的崩解，而迄未招致社会的革命。这原因，与其说是取决于战争的性质，不如说取决于战争进行过程中的一般社会劳动生产力的可能贮备条件；与其说是由于农民战争只有破坏既成统治的消极展望，不如说是由于既成统治已把新社会所由孕育诞生的积极因素给无情摧残剥削净尽了；与其说是由于农民不能单独担任新生产方法，不知道爱惜旧社会可资利用的生产手段，不如说是由于当作新社会之主导者的市民阶层，根本把他们的历史任务歪曲了，他们不论是扮演官僚的配角，抑是转化为地主豪绅的伙伴，都只能在农民战乱过程中成为没落王朝的殉葬者，而无法以新社会领导者的姿态出现。所以，中国以往农民战争没有表现出积极的革命的成果，是不应也不能单从农民本身的性质或其崛起反抗的单纯动机得到理解的。

然而，所有上面的说明，都不应驱使我们达出这样一个无可救药的、宿命的结论，就是，中国以往由特殊自然条件与历史条件所造成的专制主义、官僚主义与封建主义混合统治形态，根本就从本质上、从它内部的相互制约，而永远不许由它自身孕育出一个新的社会机能。这是荒谬无稽的。“迟滞发展”并不可理解为永不前进。中国由秦代到清代二千余年中的社会经济状况，尽管还是停滞在同一社会史的阶段上，然而，以秦汉的社会经济生活，与明清的社会经济生活较量，我们就很容易发现后者无论在那一方面，都向着近代大跨进了一步。我们要有了这种认识，才知道划时期的鸦片战役究在促成中国现代化当中扮演了怎样的角色；同时也才知道为什么中国现代化开始这么久了，传统的官僚统治仍不肯让新社会好好抬起头来。

在下面，我将从这些方面展开说明。

第十三篇　中国官僚政治在现代的转型

一

到了现代，到了中国开始走上现代化旅程以后，官僚政治始终不曾离开我们，反之，直到抗战开始了，特别是到抗战结束了，我们才因更沉重的感到官僚统治的压力，而第一次明确的、广泛的把它当作一个实在对象来加以攻击、加以考察、加以研究。

是不是中国政治的官僚化愈到现代倒反而愈形变本加厉了呢？对于这个问题，我暂且不忙解答，我必得在此指出的是，中国现代的官僚政治已不完全是传统的那一套，由本质到表象都有了不少的改变和转化；如其说它在现代，特别在晚近，在许多方面比过去表现得更其残酷有力，更其神通广大，更其无所不在、无微不入，那也不能说是由于传统形态的发展，而宁说是未被根本否定的传统形态，与模仿资本主义各国在转型过程中出现的新官僚政治形态的混合。

但我们作着这种断定：

第一，须紧接着前篇提出的论点，看中国现代化怎样能开始、怎样能突破前述的“治乱相循”的延滞局面。

第二，须说明我们在现代化过程中为什么不能把传统的官僚政治克服或否定，而只是改变或转化它的存在形态。

这两点，我将在下面分别交代清楚。

二

中国社会在集权封建阶段的发展迟滞原因，我们不但已从中国特定封建生产方法的强固性去说明它，且还从官僚政治不绝给予那种生产方法以固定的或阻滞其发展的影响去说明它；根据那种说明，我们虽坚决反对日本秋泽修二之流的看法，而认定即无外力，中国迟早亦将走上现代化的道路，但外国资本如其不东来，鸦片战役如其不发生，中国是否还会在原来社会阶段留滞一个相当长的时期，恐怕谁也不敢断定。

我们这样推论，显然是承认鸦片战役对于中国现代化的推动作用，可是，在另一方面，我们又得明了，鸦片战役可能发生的推动作用，归根结底，毕竟在受着中国已有社会发展条件的限制。

“现代化”是一个非常笼统的术语。它在本质上可以转译为“资本主义化”，或者是更具体的解作是由封建制生产方法到资本制生产方法的推移。这种推移，可以由政治上的革命行动促其实现，也可以由对内对外的战争方式促其实现，但不论是革命也好，战争也好，都能把旧社会或封建社会母胎内已经孕育好的新生产力帮同解脱出来。假使那种新生产力，或者采行新生产方法的贮备条件，根本不曾在旧社会中育成，或所育成的随即被破坏摧毁了，则政治上的变乱或战争都将从开始就改变其性质。这是中国过去二千年只有王朝更迭的政变而迄未出现社会革命的基本原因。

到清代中叶前后，以往历史的规律虽仍发生着支配作用，但由唐宋以来的缓慢而确实的社会经济进步，毕竟使它在横遭传统剥削与周期丧乱之余，犹能在某种限度积累、保留或孕育出一些新生产力的生机，或新生产方法的可能条件。关于这点，我将由农工商业及金融业诸方面简括指出一个轮廓：

（一）农业。这是任何一个封建王朝所最关心的产业。由历代分别劝助农田、水利所给予农业上的鼓励，虽然始终不曾打破土地所有形态所加于它的限制，但自唐代中期以后，土地转换所有者的频繁，逐渐把附着在一般土地上的“特权性”减少了，而相应使其“商品性”增加了。至关于农业生产技术改良，也有以次几项值得提起：首先，关系农业生产动力的耕犁，友人郭大力先生曾考证有三个进化的阶段。第一个阶段是以金属代替木材；第二个阶段是以作用相同的诸耜的复合代替独耜；第三个阶段是以作用不同的二耜结成一个统一体[①]。他认为前两个阶段在汉代已经完成，后一阶段，在北魏贾思勰所著《齐民要术》中还不曾提到，而在唐陆龟蒙著的《耒耜经》中则有较详细的说明，可见那种最后阶段的犁，即我们今日普通常用的犁，最可能是在唐代才被发明的。其次，次于犁的重要农具就是水车，水车及由水车运转的机具，亦是到唐代才为人讲到的。到了元代，由踏足运转的龙骨水车被发明了，以后由足踏改为手推，再进而用牛转，一直成功为我们今日普遍通行于大江南北的各式水车。最后，我得指明，中国在这个长期间的农业技术的改进（即使把耕犁及水车也包括在里面）与其说是直线的，毋宁说是平面的，把原来应用在已有基础上的新发明范围逐渐予以推广。因为原有水准以上的改良或进步会本质的遭到社会的限制，而同一水准的技术的推广应用范围，却不但与这一历史时期的版图扩大有关，同时也与这一历史时期的封建官僚统治发展有关。农业上的这种形态的改进，显然会直接、间接影响到农业对外的经济交往关系，而由此反过来刺激农业本身。这是可由下面工商业、金融业上的变化得到说明的。

---

① 见郭大力：《生产建设论》，第 237 页以下“论犁的进化”。

（二）工业。中国的工业，由唐以至于清之中叶，不但在种类上、数量上皆大有增进，即其性质亦有非常不可忽视的改变。现在且就有关导向新生产方法可能的诸变动迹象，略予分述：第一，无论是官工业抑是官僚占有工业，已经不只限于盐业、铁业、酒业几项了，碾米业、制纸业、印刷业、缫丝业、纺织业、制瓷业、采矿业、铸币业……都愈来愈变得重要，特别是其中的五金产量，以及由制铁炼钢需要而引起的煤产额的大量增加，尤饶有意义。其次，各种工业产品愈来愈带有商品性质，甚至有许多产品，愈来愈带有输出商品的性质。元朝时代最初出现于国外市场的是大宗的中国瓷器、绸缎、棉布等，整个东南亚洲各民族，差不多都需要中国的金银、绸缎、丝、青白各色瓷器、铜、铁、麝香、朱砂、水汞及草席等等。又其次，在这个时期，夹在官业与当作农村副业的家内工业中的一般手工业，亦因应国内与国外市场关系的扩大而发展起来。马哥孛罗在他旅华游记中所描述杭州等地的手工业组织情形，并不是自古有之的，特所有这类手工业有一共同特点，就是对于商业的隶属，各种手工业的头目或老板，也可能雇用几个工人，但他自己却是在为给他以贷款或原料的商人劳动。卡尔说在 19 世纪中叶，法国的丝工业、英国的织袜工业和花编工业就是采取这种形态[1]。这种在旧生产方法上榨取更多剩余劳动的形态，虽然会成为现实资本主义生产方法的障碍，但其中有若干部门手工业，按照分类性质，由一个商人结成统一起来，便可成为转向制造业的起点。

（三）商业。农业工业上的缓慢改进，一方面为商业发展的结果，同时又为促使商业发展的原因。从上述中国工农业产品向东南亚各地市场的进出，以及在这一时期，广州、厦门、泉州、杭州、扬州等等对外港埠的开辟，我们就明了所谓中国地理条件不适于对外贸易的理论该是多么皮相而没有根据。但我们在这里不想重复马哥孛罗的叙述，说中国“商人的数量，商人的财富和经过商人手里的商品，多得怎样惊人”，而要特别注意的是这个期间的国内外商业的繁盛，使商业旧来对地权、对官僚的依附倾向，难免显出若干分离或对立的征候。特别是在元代统治下的南方，因为商人在各种新兴都市中，支配着大批的手工业工人；又因为他们依基尔特或行会的组织，逐渐取得了控制都市方面的力量，他们对异族的、封建的、军事的压力，第一次表现出了带有相当浓厚的市民性质的反抗。虽然在同世纪末，元代结束其对中国的统治以后，中国商人的现代市民性格又有些朦糊了，又与封建官僚恢复了旧来的不解之缘，但我们绝不能忽视这一

① 见马克思：《资本论》第三卷，郭、王合译本，第262页。

阶段对于以往商业的进步性。

（四）金融业。当作商人事业之一个分支的金融业，已早因唐代以后纸币或信用券逐渐增大其重要性和明末清初银本位的大体确定而有较活跃的开展；商业藉着各式高利贷业或通过高利贷业而活动的实在趋势，致使商业变为高利贷业的隶属，而这时与政治上保有密切联系的，或更具有政治权势的，已不是经营商品的商人，而是经营货币的商人了，闻名中外的山西票号，其所以在当时，特别在清代，对整个华北乃至华中发生极大的经济、政治支配力量，其关键就在此。如其说，高利贷业对于封建生产方法具有特大的分解作用，那么，这个时期的高利贷业的突出的发展，即使我们随时应记着中国官、商、地主、高利贷者“四位一体”的内在关系，而不应过分强调其进步性，但旧有封建生产方法将因此加深其分解过程却是非常明白的。

由上面的分析，我们似可有以次几种认识：

第一，所有农工商业各方面的进步因素，或可能形成新生产方法的进步条件，一般都在随时代的前进而增加，到了清代中叶，已有种种迹象，在更迫切的期待一个新社会场面的开端。

第二，所有那些进步，大体都是在我们传统的具有极大韧性的社会生产关系，或具有极大包容性的封建官僚统治的孔隙中，或其内在矛盾中，逐渐见机发生的，它们无疑会日益增大其对于原有社会关系、原有统治形态的束缚感。

第三，在明末清初出现的反专制和强调民主的市民思想，已显然证示是那种感觉的反应。但因为作为那种社会关系或统治形态之基础的社会经济基本的要素的结构——农工结合体还顽强的存在着，所以，在一方面，那诸般进步因素或条件，仍很难广泛的、自发的形成为一个足够突破既成社会统治关系的新生力量，同时，那种既成的社会统治关系，对于一切进步因素，也并不曾丧失其分化、软化或使对立物转变为其附属物的机能。

要之，现代化可能开始的条件是在鸦片战役以前就存在着的。惟是新生的力量不够，旧有的障碍太大，于是具有诱发或外铄作用的鸦片战役就成为一个社会历史的转捩点。

三

鸦片战役之取得中国社会转捩点的重要性，不在这次战役本身；战争的规模是很小的，断续经历的战争期间也不过三年，其直接破坏损害的作用并不算大；也不一定在结束这次战役的割地赏金丧权辱国的条件，有了应付五胡侵凌，有了对辽金割地献金，有了臣服元清经验的中国封建官僚统治，那一类条件的接受，并不算是了不起的难堪耻辱。鸦片战役之不同于以往对外战争和它能对中国社会发生决定的影响，就是由于战争双方当时各别所具有的社会经济条件使然。那次战争系发生于1840年到1842年，在中国方面，刚好是在清朝专制统治盛极而衰的中叶以后，而当时社会可能形成新生产方法之诸进步因素，已如前面所说，对于传统封建官僚的社会统治方式早有些感到不能忍耐；而在战争对方的大英帝国，它却正当着资本主义经济迅速发展的鼎盛期，所以，这次战争从较远观点去看，实不只是两国有关鸦片贸易的事件，而可更基本的理解为东方专制的官僚的封建主义与西方资本主义的首次决斗，或东西文化的正面冲突。而在战争过程中，两方各别从折冲、应战，以至结束战争所表现的一切，亦充分暴露出了它们不同的社会本质。因之，清廷在这次战争当中一再表现的破廉耻的惨败和毫无保留的耻辱，并不仅只表示清廷统治的缺德与无能，且更充分证明了封建官僚社会体制本身根本就不是资本主义制度的敌手。这次的失败是往后一长列类似对外战争失败的开端：1857年的英法联军之役，1894年的中日战役，1900年的八国联军之役，无非是一次比一次厉害，一次比一次严重的证示腐朽的封建官僚统治是怎么也不能应付新的世界场面罢了。然而我这里所要注意的，却是鸦片战役及由此引起的变化究是如何的帮助了中国社会的"新生"。

照一般较有见地的历史学家所说，经过鸦片战役，中国一向夸境内为天下的自尊自大态度改变了，不相信世界有比中国更高文化的想法改变了，特别是以中国社会法制为无可变易的顽固成见也改变了；以前一直是“以夏变夷”，现在开始要“变于夷”了，这是后来“洋务运动”、变法图强运动的意识前提。而当时直接影响到商工业发展方面的，就是由那次所订通商条约，它使中国专制权力不能再任意停止对外贸易，不能由官商或所谓公行包庇垄断，也不能对外货流通任意加以勒索或留难。虽然这是出于英国人的强迫，但已不啻为长期被囚禁的中国商工业网开一面了。事实上，不仅中国传统的封建官僚统治从这些方面受到了破坏和限制，而其现实的社会经济基础——即前面所论及的社会经济基本要素的结构或所谓农工结合体，也是由此后逐渐深入、逐渐展开的对外商业活动而促其分解的。

当作一个农业国，集约小农经营需要把家庭工业作为其补充所形成的生产方法基础，当然是最主要而又最基本的了。这种生产方法结构广泛的存在，对于专制的封建的官僚统治虽然非常必要，但对于商品经济，对于资本主义的商工业，却是一个致命的障碍。可是，就从鸦片战役以后，这种障碍被缓慢而确实的逐渐减除了。

比如，中国农村最普遍的副业是人民穿着所需的纺织业，不幸，现代大工业的发展，在每个先进国家，又差不多是由纺织业开头，于是，一国新旧生产方法的冲突最初就会表现在纺织业上。中国人用自己的新式纺织业产品破坏那种副业，分解那种农工结合体，是在 1894 年中日战争发生的前后，而在鸦片战役后直到这个时期，则最初是英国新式纺织业品，接着又加上日本和印度的新式纺织业品，在中国从事那种“分解”工作。英国用大炮轰开中国门户以后，曾以种种体验，发觉在中国推销纺织品并不像它推销鸦片的那样容易。卡尔曾明确道出了其中的究竟，他说：“资本主义前期国民生产方法内部的坚固和组织，对于商业之分解的影响会成为另一个障碍，这一点，可由英国对印度和中国的通商得到证明。在印度和中国，生产方法之广大的基础是由小农业和家内工业的合一而成的。在印度，还有以土地共有为基础的村落共同体的形态；在中国，原来也是有这个形态的。所以，在印度，英国人不得不同时以支配者的和土地所有者的资格，使他们所有的直接的政治权力与经济权力双管齐下，然后才能把这种小经济共同体破坏。……但这种分解工作不过是缓缓进行。在中国，因为没有直接的政治权力从中帮助，其进行还更缓慢。”[①] 但“利益也往往使人智慧”，英国人不论是否明确意识了此种原因，他们后来在中国确在多方设法获得配合经济权力的政治权力，投资敷设铁道，是政治经济双管齐下的方法之一。而其结果，也正好符合他们的要求，即是，“中国铁道之敷设，乃表现中国小农及家庭工业之一切基础的破坏”（见卡尔给恩格斯的信）。

---

① 见马克思：《资本论》第三卷，郭、王合译本，第261~262页。

像英国这样“开化”中国、分解中国旧生产方法的大事业，愈到后来，愈有更多的国家参加，其中，像日本、印度那些劳动低廉、距离中国较近的国家的纺织业制品，且更能有力的摧毁中国家庭工业。等到1895年《马关条约》签订，外人得在中国利用廉价劳力与原料自由开厂制造，而同时国内的新式纺织业亦在种种刺激下逐渐发展起来，于是，中国旧式家庭工业乃至独立手工业的悲惨命运就已经濒于破灭境地了。

所有上面这些事实，以及必然随伴而发生的一般交换、交通范围的相应扩展，都说明传统的封建官僚统治在多方面受到严重打击：首先，农村那种旧生产方法结构之分解，乃意味着封建官僚统治之固定的、各别孤立的自然经济基础的根本动摇；其次，商品经济成分的逐渐增进，商工业比重对农业的逐渐加大，以往为配合农本主义与农业社会组织而被利用作统治工具的纲常教义、宗法秩序以及有关旧社会维系的一切法制思想体系，或则变为具文，或则失其作用，而使那已经根本发生动摇的封建官僚体制更无法支持；然而更关重要的还是在另一方面，依着商品经济或新式工商业发展而逐渐露其头角的市民阶级的兴起，他们的经济活动愈向前扩展，自然要愈益感到专制官僚主义的束缚与压迫；他们在鸦片战役甫经结束后即发生的太平天国变乱当中，虽还因没有形成足够主动的力量，而使那次变乱仍不能不止于农民的、民族的性质，但在此后辛亥革命当中，他们的主导力量便表现得非常明白了。因此，清王朝的覆没，实不仅说明少数民族统治的中止，同时还表示传统封建官僚主义的变形。

然则封建官僚主义为什么不曾因此完全覆没下去呢？这是我现在要进而解答的问题。

四

作为中国封建官僚政治之物质基础的地主经济，虽然因其基本因素的结构——农工结合体的逐渐分解，而使其原来所有与使用形态发生一些变化，但现代性土地所有关系、现代性租佃关系并不能因此就建立起来；事实上，都市的市民经济形态愈形发展，愈对封建官僚统治表示不耐与反抗，统治者便愈需要把农村社会维持在原有状态下，使其统治基础有所寄托，并图藉此限制都市商工业资本的发展。可是，客观的事实尽管如此，他们在主观上，却往往自许是工商振兴者、大建设人物，并昌言把都市商工业、交通事业建设起来了，再去变革农村，这样就可达成一面维护封建官僚统治，一面创建资本主义商工业的二重目的，而一点也不感到矛盾。这是中国在现代化过程中，大大小小的封建主义者官僚们，都毫不羞怯的装扮成新建设人物实业家的基因，同时亦是将近一百年来现代化一直陷在坎坷困顿中的基因。我们自然没有理由忽视国际资本或帝国主义对于中国现代化所加的妨碍与束缚，但敢于正视现实的人，应相信一切帝国主义在中国发生的阻挠破坏作用，都是通过我们封建官僚统治者的那种自私自利的便宜打算而进行的。

五口通商以后不久，英国及其他先进国家已逐渐走上帝国主义道路，它们对于一切落后国家也发生两种极相矛盾的要求，即一方面要破坏落后国家的传统生产方法，以便它们的商品得以推销、原料的取给得以实现；同时又希望落后国家的新生产方法不要成长，因为落后国家的大商工业发展起来，它们对市场与原料的要求就不免要落空了。它们的这两种要求，表面上好像与封建官僚统治者一面要保持农村封建生产方法，一面要发展都市商工业的企图恰好相反，但帝国主义者对于现代经济的运动法则毕竟是懂得较多的。它们自始就认定利用既成封建官僚统治的弱点才可能达到它们那两种企图。因此，在太平天国变乱当中，它们就决定支持清朝统治者；在以后一长列侵略事件当中，它们尽管多方提出酷虐的不平等条约，以期扼杀中国的产业，但同时总未忘记使中国执行其侵略使命的旧统治阶层能继续维持下去。

因此，中国旧型的封建官僚统治，虽然逐渐为其自身在新国际关系中的矛盾要求、为帝国主义的矛盾政策，以及为从那些矛盾孔隙中逐渐增长起来的新兴经济政治力量、社会力量所冲消了、改变了，但毕竟为它所寄托的农村封建社会经济基础始终只有动摇、分解而不曾根本变革，同时又因帝国主义在中国一直需要维系既成统治，以保障并扩增其既得利益，于是在经过多少次政治风波以后，我们即使还是在受着封建官僚的支配，但它已具有另一种形态和另一些特质。

这是需要把它与以往形态作一较详细的比较考察才得明白的。

第十四篇　传统的旧官僚政治之覆败

一

中国现代的官僚政治也正如同以往的传统官僚政治一样，在本质上，有一定的社会经济条件范围着。特如我们前篇所说，那些对官僚政治在不断发生着限制作用的社会经济条件本身，同时又在辩证的蒙受官僚政治的影响，所以，我们除了指出中国现代官僚政治是在何等社会经济基础上取得其生存以外，还得看它是如何施反作用于那种基础，看它在现代的全历程中，即从鸦片战役开始现代化以来，该经历了多少转化阶段。

从鸦片战役以来，已经是一个世纪了，中国社会还一直是留滞在过渡的状态中。要死的不曾很知价的死去，要生的不克很顺利的成长起来。一般的讲，一切过渡社会才正好是官僚政治孕育发达的温床。但中国的特殊社会历史条件，即使它在封建的经济基础上成立了如此长期的官僚政治，等到它临到真正的过渡阶段，它的官僚政治也自无法与近代初期西欧各国所发生的官僚政治采取同一的形态和实现相同的转化历程。

大体说来，中国现代官僚政治曾经历三个演化阶段：第一阶段是由鸦片战役到辛亥革命，我称此为传统的旧官僚政治的覆败期；第二阶段是由辛亥革命到抗战发生以前，我称此为新旧官僚政治的推荡接续期；第三阶段是由抗战直到现在，我称此为新官僚政治的成长期。本篇只就前一阶段加以说明，而关于第二、第三阶段，则打算分别留在下两篇从长讨论。

二

现在先来考察第一阶段，考察旧官僚政治的覆败过程。我已在前篇说明：中国传统的官僚统治，到了清代中叶以后，已逐渐变得与新起的社会经济现实不相适应，甚至在许多方面极相矛盾了。但同时我又指出，当时国内国外动摇传统官僚政治的社会因素在不绝增加或成长，而支持那种统治的外在、内在力量也并不曾示弱；这是旧的官僚统治其所以竟能一直维系到爱新觉罗统治结束才归于颓败、分解的基因。

事实上，爱新觉罗王朝的统治与它所推行的专制官僚统治是分不开的。但作着理论的研究，却容许我们这样加以分别，即，假使当时中国的统治者不是少数民族的爱新觉罗王朝，而是同族的什么王朝，则在社会转型当中少了一项种族间的猜忌与倾轧，对于限制或代置官僚政治的宪政或议会政治的采行，也许较能容易实施像日本那样的立宪步骤，那一来，中国传统的专制官僚政治形态的历史交代也许是另一个方式，也许还较能保持一些官僚政治本身所最需要的形式上的体面。但因为最高统治阶层——爱新觉罗王朝，是以少数民族自主中国，于是当时稍有觉悟、稍有时代认识的汉族臣民，非到图穷匕见阶段，不敢提出任何牵涉到君上至尊大权的政治革新步骤，而在满族，它恐怕任何性质的政治革新都将是有利于被支配的汉族，而不利于它的统治的生死关头，一直要等到它把专制官僚政治的一切弱点暴露尽了，一切丑丢尽了，它才从中国政治舞台上滚开。因此，中国到清代因了版图、人口的增大、增多，因了落后少数民族统治大文化国，需要动员以往一切社会文化统治手段作为更包罗的典章制度，尤其因了经济愈来愈见发达活跃。而促使其发展到最高峰的传统专制官僚政治体制，却竟也在清代末期表现得最悲惨、最不可收拾了。

从这一线索来考察旧专制官僚政治分解的历程，以次几个关键是值得注意的。

三

太平军革命——反清朝，不反对专制的封建官僚统治。

国人对于太平天国迄今还没有一个定评。它的发生，在本质上殆显然与每个王朝末期的农民叛乱具有同一性质；我们略一参阅当时农民的困蹶情形，由于土地集中及官吏贪污、勒索活动即可见其一斑。乾隆时湖南巡抚杨锡绂曾说："近日田之归于富户者，大约十之五六，旧时有田之人，今俱为佃耕之户，每岁所入，难敷一年口食。"（《皇朝经世文编》卷三九）农民尽管吃不饱，负担却加重得厉害。曾国藩亦曾慨乎言之："……然自银价昂贵以来，民之完纳愈苦，官之追呼亦愈酷，或本家不能完，则锁拿同族之殷实者，而责之代纳，甚者或烦其亲戚，押其邻里，百姓怨愤，则抗拒而激成巨案，如湖广之耒阳崇阳，江西之贵谿抚州，此四案者，虽闾阎不无刁悍之风，亦由银价，官吏之浮收，差役之滥刑，真有日不聊生之势。"（同上，卷三二）"官逼民反"之内在原因已成，而英国发动鸦片战役之大炮则从外面加速促其实现。卡尔·马克思当时曾在《纽约论坛报》分析此中经纬："1840 年战争失败以后，中国所付给英国的赔款，大宗鸦片消耗，鸦片贸易所引起的金银外溢，外国竞争对地方生产的破坏影响，全部国家行政机关的腐败"都变成了太平军革命的诱因。"鸦片加速取得对中国人的统治，皇帝及其拘泥的官僚们就逐渐丧失其统治”；天朝的皇帝在大炮下低头，而在皇帝治下的人民却正因神圣不可侵犯的皇帝的低头，而反敢于抬起头来反抗了。所以这新的外来影响，再加上当时沿东南各省商工业的逐渐变形与新生，遂使那次大规模的农民叛变不但带有浓厚的种族的、宗教的色彩，且还在某种程度上表现出一些市民的特质。然而毕竟一半由于传统统治习染太深，一半也由于市民根基薄弱，洪、杨一批有勇气叛变的人物，一到达“自古帝王都”的南京，便作着“帝王梦”，相互间发生争夺权力的内讧。中山先生评述太平天国失败的原因说：“洪秀全当时在广西起来，打过湖南、湖北、江西、安徽，建都南京，清朝天下大半为他们所有。但是太平天国何以终归失败呢？……依我的观察……最大的原因，是他们那一般人到了南京，就互争皇帝，闭起门来大相残杀。第一杨秀清和洪秀全争权，洪秀全既做了皇帝，杨秀清也想做皇帝……因为发生做皇帝的内乱，韦昌辉便杀了杨秀清，消灭他的军队。韦昌辉把杨秀清杀了之后，也专横起来，又和洪秀全争权。后来大家把韦昌辉消灭。当时石达开听见南京发生了内乱，便从江西赶到南京，想去排解，后来见事无可为，并且自己也被人猜疑，都说他也想做皇帝，他就逃出南京，把军队带到四川，不久也被清兵消灭。……太平天国的势力便因此大衰。……所以那种失败，完全是由于大家想做皇帝。”（见《民族主义》第一讲）

太平天国的“哈谟雷特”的结局，显然是由于那些发难的首脑人物只知道要推翻清朝的统治而无意去推翻专制的封建官僚政治，不但无意去推翻专制的封建官僚统治，且进而想建立专制的封建官僚统治来与旧有的相抗衡。“以暴易暴兮，不知其非矣”；他们虽在南京建都后颁布了一种“天朝田亩制度”，主张废除旧的土地私有关系，并在其中拟订了一些不同于旧统治的社会政策与政治制度，可是他们的帝王思想把所有新的企图都取消了。中国专制的封建官僚统治本身竟变成了销毁、镕解一切反对势力或革命力量的洪炉。

可是，专制官僚统治虽借其“魔力”把太平天国拆台了，它自己本身却不但在此大规模的叛乱与“戡乱”过程中曝露了一切弱点，斲丧了仅有的元气，且还被迫制出了不少反对力量。

第一个反对力量可以说是政治上的离心运动的抬头。我们一再讲到中国封建官僚政治是当作专制政体的副产物而产生的。清代的中央集权体制到乾嘉时代已经达到了中国集权政治的最高峰，由鸦片战役到太平军革命，已经说明那种统治在中国南部已经失却了制驭的能力，而总督、巡抚在靖乱过程中的军政权力的扩大，满族大臣、将军们所表现的无能以及汉族官吏势力的相对伸张，都显示一种对满族专制皇帝的离心力量已经在开始酝酿着，而由对外门户洞开，特别在南部各省，引起的经济变动，自无疑要使那种酝酿愈来愈趋于表面化，而况同时还有——

第二个反对力量，即“洋务运动”的发生。太平天国政治上的失败，我们已讲到是由帝王思想的作祟，但它在战争技术上失败的原因，却显然是由于洋兵、洋枪、洋炮帮助了大清帝国，李鸿章曾公开表示上海附近战争之转败为胜，“实戈登大炮之力”。加之，在太平天国尚未平定的1860年，英法两国的联军又挟其长枪大炮攻破了帝都北京，并赶走了咸丰皇帝，其结果，在敌人占据帝都中签订的《天津条约》，当然比《南京条约》还要付出更大的代价。所以，中兴诸功臣如曾国藩、左宗棠、李鸿章等在太平天国平定后竭力“讲求洋器”，以为武备“能与西洋火器相埒，平中国有余，敌外国亦无不足”；“中国但有开花大炮轮船两样，西人即可敛手”（以上均为李鸿章语）。此后二十余年间的轮船制造厂、机器制造局、招商局、水师学堂、旅顺军港、南北洋电报局、武备学堂、北洋舰队等等的相继筹办，都是由那种认识出发的。但“开花大炮与轮船”两样的仿造，虽然是关系技术的东西，却需要一长序列的社会、政治、文化条件来与它相配合；一个腐败的专制官僚统治显然无法担当此种“建设”工作，反之，那些“建设”的任何一点成就却可视为是与专制官僚统治对抗或斗争的结果。所以，即使是皮毛模仿的“洋务运动”，在某种意义上，也不得不理解为是反专制官僚统治的一种业作。

然而，专制官僚统治不适于任何新兴事业，不适于成就富国强兵的任务，直到 1894 年的中日战争，才被明确的证验出来。

四

戊戌政变——反专制的封建官僚统治，不反对清室。

中日战争的惨败，虽不一定证明“但有开花大炮轮船两样”便“敌外国亦无不足”的认识的破产，但却能证明专制的官僚统治根本就不易有充分而有效的开花大炮和轮船，就是有了那一套东西，也根本不能发挥效力。关于前一点，试看下面的说明：统治腐败、贪污的病，“从西太后起一直到最下级的小官吏，能免了的很少。西太后除了移用国家正当的军政费供自己个人的享乐外，又率领宫廷内的妃嫔及阉宦小人，相率出卖官爵，于是上行下效，凡供职于政府机关的人员，也相率以苞苴贿赂图谋个人位置的维持并升迁。北洋海陆军的重要将领及主管人员，多屈身于李莲英的门下称门生；苞苴贿赂品的来源，不外刻扣军饷，侵吞公帑，于是弄得军事上的设备窳劣不堪”①。关于后一点，“当时政治上的各方面，军事上、外交上、财政上以及其他，无不一盘散沙。……就军事上说，海军衙门说是管理并指挥全国海军

① 见李剑农：《中国近百年政治史》上册，第 167~168 页。

的，但实际上仅能指挥北洋舰队；若要调遣北洋以外的南洋舰队，就非绕一个弯，先打电报和南洋大臣商议不可，即海军衙门本身，总理之下，有两个会办，再加上两个帮办；总理有‘权’无‘能’，会办、帮办则有‘能’有‘不能’，而‘权’则彼此相埒；故在该衙门的自身，事事就不能统一。陆军的不统一，更甚于海军。兵部是配调机关；各省的兵，已经成了各省督抚的兵，李鸿章可以直接调遣的限于北洋的陆军；其他各省的军队虽然可以奏调，但是编制训练器械既不统一，指挥的将校又各不相习，那种散漫无纪的状况，比海军更甚”①。

一句话：单从军事建设、技术建设上讲求富国强兵、讲求“安内攘外”的大理想，由于中日战争曝露出一切腐败无能现象而归于幻灭了。于是，在这以前已经有所酝酿的政治改革活动便找到了一个大做文章的机会。经士兼政论家康有为、梁启超一派人物的维新运动应时产生了。他们的基本政治运动纲领是依开明的君主立宪政体的理想展开的。当时战胜国日本的明治天皇是他们想藉以模造光绪皇帝的样本。因此，他们的保国强国号召就是想不变更清室的统治权，而只改善其统治方式、改善其专制的封建官僚形态。但无论他们在理论上作着这种区别，是如何殷切期望避免改革上所必

① 同上，第168~169页。

然要遭遇到的困难，而在实际上，清室的统治是与专制的封建官僚统治分不开的。所以，有名的“百日维新”，虽由光绪皇帝决定像实行科考改试策论，于京师设立农工商总局，并裁撤冗员及骈枝机关……一类无伤大体的新政，此外，除康梁外，又任用了号称“四卿”的杨锐、刘光第、谭嗣同、林旭一流维新人物，实在谈不到什么激烈的改革，却马上激起了西太后及整个满族官员的不满，而汉族的守旧人物更怕“维新”不能维持他们的禄位，也都拼命反对，以致光绪在给“四卿”的所谓“衣带诏”中，极可怜的表示：“顽固守旧大臣，朕固无可如何，然卿曹宜调处其间，使国富兵强，大臣不掣肘，而朕又上不失慈母之意，否则朕位且不保，何又于国?”后来，“朕位且不保”竟成了谶语；排斥西太后势力的计谋尚在酝酿，西太后对维新人物一网打尽的布置却已经安排好了。六君子被杀害，光绪帝被囚禁，前此被称为新政的若干节目，重又恢复过来了，一切像是仍旧的，但这次政变毕竟留下了极不可忽视的影响。

就消极方面言，由维新运动受到鼓励的是一切落后、守旧、顽固势力的大抬头。他们由反对外国的新法进而把当时山东直隶各处因生活困迫激起的民变转移为巩固统治的手段。所谓“义和团”事件，所谓“拳匪之变”，就是在这种“维旧排新”“扶清灭洋”的好打算下酿成的。在事变推演过程中，由西太后到接近他的满族权臣以至若干地方巡抚官吏，有的竟相信拳民可以用呼风唤雨、飞沙走石的邪术和《封神榜》上许多天兵天将的法宝去打败洋人；有的虽知道拳民邪术绝不可恃，却因为怕开罪西太后，触怒那些顽固人物，相率袖手坐视其发展。直到八国联军陷大沽，逼天津，破北京，西太后挟光绪帝出奔西北，这爱新觉罗王朝和中国专制的封建官僚统治最后一次的最无法罩饰的出丑才作了一个结束。它们在前此应付鸦片战役、英法联军之役、中日战役，还只表现贪污、颟顸与无能，而这一次则叫全国、叫全世界明了它们是如何无可救药的顽固、执迷不悟和无知无耻。一切坏的东西，一定要让它找机会坏个痛快，它才肯罢休的。

然而，我们还得看看“戊戌政变”此后在积极一方面的影响。

五

辛亥革命——反清室兼及专制的封建官僚统治。

经过戊戌政变，一向囿于“君臣之义”“列祖列宗及我皇上深仁厚泽涵濡煦育数百年之恩”（康有为《公车上书》中语），因而企图“保护圣主，复大权，清君侧，肃宫廷”，以和平手段完成君主立宪政治的改良派碰壁了。而与此改良运动同时发生或平行进展的革命运动是曾经一度为改良运动的抬头，为改良运动在新旧士大夫中，在全国各地政治性团体中，乃至在革命运动因以进行的华侨和会党中，所唤起的一些绯红色的幻想，而遭受了极大的阻碍；等到改良运动在“戊戌政变”中彻底失败，前此站在改良主义旗帜下的个人或政治团体，或者被激动而辩证的转移到革命运动中来，或者至少已渐相信这是唯一的可能改革途径了。

当时革命运动的领袖是孙中山先生。他自始就认定在有长期专制传统的中国，温和的改良主义决无法实行，而任何政治改革也决不能对爱新觉罗王朝的中国抱着何等期待。因此，打倒清朝统治与推翻专制的封建官僚统治，都是建立中华民国不可避免的消极前提。所以他说：“革命的宗旨，不专在排满，当与废除专制，创造共和，并行不悖。”而他对于当时作为革命总组织的“中国同盟会”的誓言，且提议用“驱除鞑虏，恢复中华，创立民国，平均地权”十六个字，以为驱逐了清朝、建立了民国不算革命成功，民族的平等，民权的平等，是要经济上平等，才能有所保障的。事实上，他在清朝未推倒以前，已经具体而微的把三民主义作为革命理想了。

可是，孙中山先生的革命运动虽在“戊戌政变”后得到一个发展的转机，但腐朽和丑态百出的旧专制官僚统治却并不因为它在“义和团”事件中的丢丑就安然滚开，反之，它的执着与无赖却宁是变本加厉了。西太后从西北逃难归来之后，为挽回颜面，收拾人心，“下诏罪己”的一套戏法搬出来了，前此光绪帝在“百日维新”中实施过的几项“新政”，重又拿来表演一番；此后鉴于国内外舆论的攻击和革命运动的愈形扩展，乃狡狯的实施一种便于排斥汉人、削弱地方权势，并使清代万世一系的统治受到法律保障的伪装宪政。然而事已至此，多一项新花样，也不过多一项出丑的机会，辛亥革命已迫在眉睫了。

辛亥革命的伟大成就，不在它推翻了满族统治，而在它同时还至少在形式上推翻了数千年的专制统治；它虽不曾彻底的挖除专制官僚统治所由建立的封建经济基础，致使我们在时近半个世纪后的今日还叹惜致恨于“革命尚未成功”，而随着那种封建经济基础的解体与变形，完全传统型的专制官僚政治形态，毕竟不能不说是由此作着历史交代的开头了。

下面且看旧专制官僚统治对新专制官僚统治的推移转化。

第十五篇　新旧官僚政治的推移与转化

一

本篇讲中国现代官僚政治的第二阶段，即新旧官僚政治的推移接续阶段。

“中华民国”的招牌由辛亥革命悬挂起来以后，其间虽曾由袁世凯称帝（张勋复辟未成）一度拆除下来，但很快又给悬挂着。这表示中国人至少已很厌恶名义上的皇帝，同时也表示任何野心人物至少已不敢再居皇帝的名义了。可是我们一般的政治进步却到此为止了。古旧的专制官僚政治建筑上的冠饰虽被折落，那建筑却还腐朽而毫无生气的残延着。

专制政体或专制官僚政治的历史交代一般是由议会政治承续下来；这个过程无异是非常缓慢而曲折的。市民的议会政治权力增大一分，领主或地主的专制官僚政治就减退一分。而他们两者势力的消长，尽管是从政治领域内或政治舞台上显现出来，但稍微深入一点考察，就知道那在实际是取决于现代性商工业与封建性经济的屈伸变化。中国以特殊土地所有制为核心的封建经济，既如我们前面所说，有传统的特殊社会生产关系，尤其是特别的专制官僚统治在范围它、妨阻它，使它特别不容易孕育成长出“自我否定”的新生产力，而同时从鸦片战役开始侵入的国际资本，对它又是发生一面分解、一面维持的复杂作用。结局，新式商工业发展的缓慢和变态，封建经济转型或解体的延滞，就一直成为中国现代经济的非常显著的特征，而这也正是中国现代畸形丑相政治之更本质的基础。

商工业经济或市民阶级的力量不容易增大，旧社会原有的阶级关系就无法根本改观；换言之，商工业未发达起来，资本家阶级固然是难得形成，与资本家阶级同时平行产生的劳动者阶级，就不易由农民或小生产者转化出来，结局，拥有社会重要生产手段——土地的所有者、租税收领者，以及寄生于土地剩余的一切大小权势人物或所谓官绅，就必然还是，至少在现阶段还大体是特殊的统治阶层，而把那些靠着土地生存的农民或小生产者，作为其被支配、被侵削的主要对象。一句话：就是官民对立之局，官绅以特殊社会身分驾凌于一般农民之上的社会阶级生产关系，还或隐或显的存在着；亦就因此之故，名义上的皇帝虽然被革去了，而为一簇或一团有特殊社会身分的官绅或官僚阶层所托命所恃的首脑，无论是谁，只要他接受他们的依托，他就无法在实质上不成为最大、最高特权的化身。

袁世凯，有人拥戴他做皇帝，徐世昌、黎元洪、曹锟、段祺瑞，有人拥戴他们做大总统、做执政，无非是那些大大小小的特权者或官僚们、豪绅们，为了要达成其对于一般人民特别是对于农民的统治剥削目的，总要求有一个最高最大的特权者来作他们的傀儡。所谓“三月无君，则遑遑如也”，那并不是为了什么忠君爱国，为了行什么鸟道，而实是为了行使其统治榨取的特权。所以，不但是一国的大总统或执政，就是割据一省两省的军阀，甚至威临一区的豪霸，都不难簇集一群士大夫或官绅，串演出一个“小朝廷”的局面。

因此，从本质上说来，在有一大批特殊社会身分的官绅存在着，并急于要找到靠山来行使其各种特权的场合，为他们所拥戴的人物，即使再英明、再开明，也很难不“飘飘然”自认为至尊万能的主宰者；在传统的土地所有权还大体保持其范围着官民对立的社会阶级关系的场合，无论是官是绅，即使再洁身自好，也难免不利用特殊身分、利用职权，向人民表示出不可一世的优越感。

然而，所有上面的说明，还只让我们知道，中国旧官僚政治与新官僚政治的一般的共同社会基础，而新官僚政治对旧官僚政治所具有的特点，则必须从那种社会基础之相对变化中去求得解答。

二

历来研究中国官僚，特别是论及新旧官僚制之区别及其演变的文字非常之少，而我根本就只见到一位号称“中国通”的日人长野朗，在所著《中国土地制度研究》一书中，给了我们这样一个简括的解释：

> 清朝推翻后，包围清朝的官僚阶级，少数拥护袁世凯以图自存。其后，北京政府的主权者，各自为扩张势力，相互争夺，官僚阶级于是环绕各军阀左右，攫取政权。而军阀因为用全力于战争，无暇过问政治，不得不与官僚阶级相提携，如奉系军阀与旧交通系提携，即是一例。然而国民革命发生后，又产生了大批新官僚。这些新官僚，就是从来的士大夫阶级，现在称为知识阶级，他们的主体就是学生。民国以来，一般求知欲很盛，大学及专门学校设立很多，产生多数毕业生，而且多半是学政治及法律的，这是因为中国产业不发达，学生所求得的学问，不能在实业方面发展，不得不倾向于政治方面。但是，因为士大夫阶级的阶级封锁，不能偿他们的宏愿，于是投入国民革命的队伍里，加入国民

党，成为一种新型的官僚阶级。[①]

然则新式学校出身的大学专门学生，为什么“一投入国民革命的队伍里，加入国民党”就成为一种新型的官僚阶级呢？他继续举出了三个原因：

（一）中国学生承继几千年来官僚阶级读书人的气味，把做官当作一种最好的赚钱手段，所以，国民政府下的官吏，贪赃枉法，更甚于清朝。

（二）国民政府内部，残留了不少旧官僚阶级的余孽，所以内部有很浓厚的士大夫阶级的气味。

（三）依附于北方政府的旧官僚，目睹国民革命是一种不可轻侮的势力，恰如明朝的官僚投降于清朝一样，都舍弃北方归附南方，因此在国民党中流入许多旧官僚阶级的份子。

国民政府、国民党内部有旧官僚余孽，北方的旧官僚投入国民政府，与新学生染有旧士大夫习气，都只能说明旧官僚政治的继续，无从解释新官僚政治的发生。他以为“北伐完成之后，战斗集团的势力渐渐衰弱，新官僚阶级的形式也

① 见新生命版，陆璞译本，第69~70页。

渐趋完整，以三民主义代替了章句之学，很明显而森严的限制了党员的资格，实行阶级的封锁”。他未明白指出新官僚政治与旧官僚政治的分野，只含糊的说新官僚时代与旧官僚时代，毕竟有一些不同：其一是“中国与各国通商以后，中国产业亦有相当的进展，从来在农村方面投资的士大夫阶级，也都向都市方面投资了”；其二是“农村中除了士大夫阶级的地主以外，又增加了一种军阀阶级的地主，使农村受了更大的毒害”；其三是“农村中的新官僚势力与旧官僚势力不同，就是说，从来的旧官僚势力没有组织，而新官僚势力在党的组织下，组织民众，利用民众与旧官僚势力对抗”①。

所有上面的考察，只证明长野朗是中国社会政治事象的熟识者，但却无法保证他是对于中国社会政治事象之科学的理解者。他差不多触到了问题有关的一切论点，但所有的论点都不曾系统的关联起来，以致成为零碎片断的凑集。

其实，新官僚政治与旧官僚政治的根本不同点，与其从官僚的来源去看，不如从官僚的行动、作法或组织去看；与其从这些方面去看，又宁可从他们所由形成、所由寄托的社会经济基础去看。因为如其照长野朗氏所说，新式学校出身而又有旧士大夫习气的人为新官僚，那么，旧官僚投入国民

---

① 同上，第71页。

革命队伍中的人，为什么也一下子变成了新官僚呢？国民政府内部残留下的旧官僚余孽，又为什么一下子变成了新官僚呢？又照他的逻辑，所有上述的新学生、旧官僚，一加入国民革命的队伍中，以三民主义代替章句之学，以党的组织组织民众、利用民众，以党员的限制实行阶级的封锁，他们就变成了新官僚，可见是否新官僚，并不尽关系他们是有旧意识的新学生，抑是有新企图的旧士大夫阶级，而是由于他们参组在那种不同于以往的官僚政治活动中，更进一步，同是官僚，同是利用政治权力或职权，以保持并扩大社会经济利得，为什么要采行那些新作法，又何以能采行那些新作法呢？长野朗氏只触觉到问题的边缘，不着边际的提论到“从来在农村方面投资的士大夫阶级，因产业有相当发展，也都向都市方面投资了”，不曾把问题从这一视野深入一点去看，而最为遗憾的是，他高谈阔论着中国现代的政治经济问题，对于中国现代政治、经济问题发生过极大影响的帝国主义势力与革命运动两个有力因素却始终没有放在眼里，并很不正确的认定中国国民党自始就是一个新官僚集团，中国国民革命运动自始就是一种向旧官僚统治攘夺政权、攫取贪污剥削职权的政治活动。由于他把这些极关重要的关节弄错了，他所谓新官僚政治，就是一些相互连接不起来的片断现象，而新旧官僚政治的推移也无法显出一个明显的轮廓。

三

由辛亥革命到抗战开始前，其所以被视为是新旧官僚政治的推移阶段，乃因这一阶段以国民革命发展至长江流域为分野的前半期，是新旧政治势力明显斗争的时期，而在此后，则是新旧政治势力发生暧昧关系的时期。在前一时期，中国旧政治势力还是立在正统地位，对于新起革命运动，动员一切反动力量予以抵制和压迫；在后一时期，中国新政治势力已立在支配的、正统的地位，它一方面要妥协、收编旧的残余，同时又因为它对旧的政治势力妥协，自不得不对于它在前一革命运动过程中惊动了新阶级利害情绪或唤起来了的革新力量，采取一些不同于旧政治势力的统治方式和作风；但如再推后到国民革命运动为什么一发展到了长江流域特别是到了江浙，到了上海、南京，就开始一个大转弯呢？那是不是太平天国运动的复演呢？不尽是的，那不能单从政治消长上得到说明，而须注意到当时社会经济各方面的变化。

辛亥革命以后的中国旧政治重心虽然仍在北方，而新经济动态却一直愈来愈显现在南方。旧政治与新经济的不调和、不适应的演变，日益使北方成为旧势力的堡垒，南方成为新势力的策源地。辛亥革命根本是从这种不调和现象中产生的，但那次革命不但不曾解消这矛盾或不调和现象，且把它加深、扩大了。第一次世界大战是在辛亥革命以后三年发生的。那无疑是中国一个振敝起衰的好机会。但当时主要在北方卷起的军阀相互结托又相互火并的混乱局面，对当时主要在南方，在广州、上海、汉口一带逐渐发展起来的新工商业变成了更大的桎梏。它不但不能作着配合商工业要求的种种政治设施，且还因其腐败、贪污与对外的依托，不绝断送国权，不绝造出社会的、人为的灾难，使勉能挣扎起来的商工业受到窒息。因此，以反帝反封建为号召的国民革命运动，尽管在本质上是为了承续辛亥革命未了的大业，为了建立当时逐渐抬起头来的商工业所要求的市民民主政权，但因为——

（一）帝国主义各国凭藉着各种不平等条约，在中国国民经济生活、政治生活中所起的决定作用；又因为——

（二）中国新式产业，特别是商业、金融业，直接、间接对帝国主义发生的依有关系，或其买办的性格，致使所谓资产者市民的进步意识或革新要求，不易或不够表现得明朗、坚定；最后还因为——

（三）资产不发达社会的国民革命，必须给予广大农民群众以解除其封建剥削与束缚的权益，而这又将不免使许多认识不清的地主阶层的新旧知识份子，在革命运动过程中感到眩惑与疑虑。

所以，一时会震动着整个世界的国民革命运动，发展愈迅速，分离的倾向也愈增大。等到“自古帝王都”的南京被攻下，江浙一带的买办资产阶层、北洋军阀下的官僚政客，以及所谓“革命队伍内”的投机份子与封建余孽，便或明或暗的伙同帝国主义双管齐下的压力与助力，把国民革命运动的两面大旗卷折起来了：以后反帝的号召就不很响，反封建的呼声更似不好喊出来。此后的北伐，遂不曾怎样惊动封建势力盘踞相当牢固的北方社会，而只是利用江浙买办金融的支助，从外部去收买或收编那里的军阀势力；可是，就在北方旧军阀势力尚待清除或收装的当时，南部各省却因前此国民革命运动所激荡起来的阶级利害情绪，给予了反政府势力以大大可乘的机会。于是，北伐征鞍未卸，而南剿动员又起。在此种动荡过程中，有关新官僚政治形成的几件事体逐渐出现了：

第一，政治与金融的合一。中国旧的官僚统治原本是把广大的农村作为基础，农村的安定或动乱，就是那种统治能否继续的证验。鸦片战役以来的农村社会经济的分解与不安定情形，愈到晚近，愈益严重化了。北方旧统治不易撑持，主要就是因为不绝破产与贫困化的农村，对它再无法提供维系那种统治场面的经济底力，反之，直接由江浙金融界得到了支持，得到了北伐南征战费的新政治势力，自然愈来愈觉得这是比较信赖得过的靠山。由于农村的动乱，资金疯狂向都市集中，而大量集中到中国金融机关的存款，在民国二十三年已经有一半以上是用以购买政府的公债。政府要银行救急，银行靠政府发财。结局，新政治势力在间接方面虽主要仍是寄存在封建的租税剥削上，但因它与买办金融的相互依存关系，很容易给人以“资产者政权”的印象，至少，那已把它的封建性格冲淡了。政治上的这一转变，很快就影响到执政者，特别是负责财政经济者的性能上，许多买办、银行老板、公司大亨……开始向政界进出了。“吏道益杂不选，而多贾人”，而多买办，开始虽有些不惯，慢慢就顺眼且顺势了。

第二，革命运动向“建设”运动的转换。国民革命运动的收敛，势须在精神上找一种代用品，以便好从革命言论上转换过来，并藉以镇定安抚那些认真想革命的人；这代用品，显然是由买办及有关的学者们设计出来的，既稳当又响亮的所谓国民经济建设运动，从那时起，就一直成为我们政界（简直很难说是经济界）、我们各级政治领导人物施政讲演的大课题，可是，经济是建设在什么基础上呢？大工业、大农业对于动摇而并未被扫除的封建体制，是否能像买办商业、金融对于那种体制一样可以相当调和的并存呢？他们始终不肯略费精神思考这类较根本的问题；甚至就是多年见机挣扎起来的一点新式产业在战前已经陷在倒产歇业威胁中的事实，他们仍是视若无睹。为什么呢？那除了被理解为新官僚的新形式主义之外，还有一个说明，就是由言论计划上给人以“心理的”建设。然而在“建设”（也许还包含所谓“社会建设”在内）口号下，为备不时之需而大规模设立专门大学，大批派送留学生，却想不到竟达到了政治上“预定生产”的目的。现代型的教育，原来有三个功能：一是科学的，一是职业的，一是公民的。产业发展的道路一经阻塞，国内外造就的科学人材都无出路，事业的规模与种类，既有所限制，就是自治、选举一类工作，也无法推行。结局，全部受过现代型教育的人只有做官与权作为做官之后补的任教两个出路。他们出身的社会还在对他们另眼相觑，又没有适当市民性的事业，没有革命的环境，以清洒或改变他们传统士大夫的想头，于是，在官场，乃至在作为预备官场的学校，就由排挤而斗争，而造出系统，各种政治集团产生了，学阀产生了。根据竞争者愈多便愈容易使其就范的社会经济原理，政府大可按照它的需要、按照它的标准、按照它可能出的价格，选定“货色”了。新官僚能造出一个“型”，这是一件不可忽视的事实，可是如何造出一个“型”，却需要进一步去说明了。

第三，训政对宪政的代置。领导着国民革命运动的国民党，完成了统一大业之后，原是要还政于民的。国民党的创建者孙中山先生提出军政、训政、宪政三个政治建设阶段，绝对是为了推行民权主义的方便，或民主主义的有效实行，而决不会想到那是封锁仕路、独占政权的一个方略。但把训政当作宪政的预备阶段，一定要执行训政者自身能坚决贯彻反封建、反帝国主义、反买办官僚的革命事业；实行主义和宣扬主义虽然是两件事，但实行才是最有力的宣传。如其宣传的是一套，而实行的又是一套，那就很容易使主义的宣传变成一种与实践无关的形式，而成为前述长野朗所谓“以三民主义代替章句之学”；惟其对主义没有实行的决心与勇气，自己就会从两方面发生霸占政权的要求：其一是，革命的意识逐渐低减，希望保持禄位、扩大权势的意识定然要相对增高；其二是，自信无法获得人民的信心与支持，便愈不能放松对人民的统治。结局，训政就可能被误用为把持政权、排制异己、统制思想的手段与方术。由是大规模的组训、各色各样的训练机构就似乎只能收到一种效果，就是造成“道一风同”之局，造成专讲形式、专讲门面话，并会仰承上面意旨的人材。而经过这种新官僚的“炼狱”，前此较有革命气质的新旧知识份子，或者是被销镕了，或者是被分解出去了。然而也许这种“冶炼”不够普遍深入，最后还有：

第四，保甲组织对地方自治的执行。为了配合训政和建设，或者为了在安定中推行训政与建设事业，对于被经济逼迫与政治风波惊扰得无法安稳的农村是不能不思所以管治了。过去宗法约束与豪绅羁勒的办法，毕竟在新时代不易收到大的效果，于是在戡剿过程中施行于动乱地区的保甲制度便被推广到政府统治力量所及的一切领域了。关于保甲乡区各级干部人物，由国外归来的洋学生，固然是不便委屈，就是由国内制造的大学专门学生，也难望其小就，事实上，那里仍旧是豪强土霸的天下，受有新式教育的后生小子究是无法插进或站稳脚跟的。结局，在这传统社会关系改变得较少的农村，就差不多仍是由那些较少嗅到新时代气息的人们行使统治。不过，通过层层的组织与训练，通过它们被赋予的新管治任务，以前他们仅还“俨然”是官，而现在“简直”是官了，当高高在上的官僚，为了适应时代，还不时需要装出一种非官而平民的姿态，而他们为了成就戡剿时催粮催兵的大使命，却反而更需要摆起非平民而官吏的排场了。“时势造英雄”，又算是一个证验。

四

要之，新旧官僚政治的分野，在本质上有了这样的“社会的”规定：

起先，旧官僚政治完全建立于传统的封建土地经济上，以与外国完全隔绝为保持其绝对主义的首要条件，所以不免有些“土气”；新官僚政治，因其不完全建立在封建土地经济上，而更直接靠近买办商业、金融，以与外国发生依存关系为保持其“生命”与“活力”的首要条件，所以不免有些“洋气”。

接着，旧官僚政治下的人物，因为常夸境内为天下，眼界不很大，同时也许消费欲望还不很强，虽然依着中国官、商、地主、高利贷者“四位一体”的原则，有时不免“喻于利”，究还有些人保有优良传统的一面，而很执着的“喻于义”；反之，在新官僚政治下的人物，早就习于资本社会的经济生活，而与买办之流周旋久了，觉得货币真个万能，利得就是一切。结局，旧官僚还偷偷摸摸不肯公然从事的牟利活动，新官僚却满不在乎的当作时髦来大展“宏图”了。他们个人的意向与作法直接影响到整个的国策上。于是——

再其次，旧官僚在客观上尽管是以特殊身分和农民对立，而主观上还因“民为贵”“民为邦本”……一类政治哲学词句的熏炙和生活形态的不过于悬隔，特别是还因社会阶级关系的不十分明确，而不大肯把自己看为同胞中的“超人”；反之，新官僚是不同的，特别是受了洋教育从外国归来的人，他们因为脑子是为另外一些观念占据着，生活的享受与穷苦农民有天渊之别，社会阶级意识也较为敏锐，又加以功利精神的强烈，所以在旧官僚是不知道如何“革命”，他们却知道如何回避革命了。“革命为了建设”的遗教，其所以被“意译”为“建设代替革命”，那并不是他们一两个人的小打算，而是整个市侩主义、自利主义、享受主义、形式主义的综合表现。

然而，我们由上述新旧官僚或新旧官僚政治的比照，就知道由旧官僚政治演变到新官僚政治，随在皆同社会经济关系、社会阶级利害关系的变化保有相当联系；那并不是专由知识份子的来源、知识份子一时的高兴或经常的做作就可转移过来的。那都只算是一些现象。

关于这点，我们还可由新官僚在战时及战后的特殊发展予以进一步的说明。

第十六篇　新官僚政治的成长

一

我们现在来研究中国现代官僚政治的最后第三个阶段。

由前一阶段逐渐形成的新官僚政治，在仅及十数年的短期内即有了突跃的发展，那原因，主要是由于战时及战后的许多特殊情形，或者就新官僚政治说，许多有利的特殊条件给予了它非常大的敦促和鼓励。

特这里所谓新官僚政治的“发展”或“特殊发展”，乃意味着我们前面所形状的新官僚政治诸特质的加强，换言之，即政治集中把持倾向的更形强化，其贯彻作用的更形深入，特别是政治与买办金融结合或混一所造成的特殊官僚政治经济体制，更加成为整个国民政治经济生活的严重威压与窒息；至若一般论坛上，甚至官僚自己内部依着某种警觉性，或者某种外部压力所昌言反对的所谓不健全政风，如敷衍因循，个人小派利益至上，贪污，颟顸无能，专讲好话、门面话，不肯认真实干，等等，那其实不过是那整个官僚机构或机体中所表现在外面的一些现象罢了。

当我们说明新官僚政治形成过程的时候，是从决定新旧官僚政治之转捩点的政治与买办金融合一的关键开头，但我们说明它的发展过程，却宜于先从政治干涉管制扩大范围开头。因为，新的官僚政治体制一经依着买办财政金融的补强与支援而确立起来，它一碰到政治权力可以集中运用的战时机会，就很快的造出了全国的前所未有的官僚经济形态，而由是反过来把它自身安置在更为广泛的基础之上。经过政治与经济的这种反复相互作用，当作一个庞大的极有渗透性的怪物看的官僚政治经济混一体就逐渐完成了。它现在正在以无所不在、无所不入的极大压力，向着每个中国人，甚至每个官僚自己，发出“遵从我，否则就是灾祸”的威吓性的顽执令。

二

从辛亥革命以后，中国一直就不曾停止过战争。但举国一致的抵抗日寇侵略的大规模战斗，却是从民国二十六年“七七”卢沟桥事变开始。现代性的战争，从民族的立场说，是所谓全民族战争；从社会立场说，是所谓社会总力战。但团结全民，动员社会总力，都难免受到国民经济发达水准的限制，而由是使担当动员总机构任务的政府或政治组织，也不能不显出极大的差异性能来。

中国是一个产业落后的国家。不断的内战与继续为官僚所统治，几乎成为政治上互为因果的两种现象。当对付现代性的强大敌人的对外战争发生后，内战是停止了，不统一的裂痕是暂时被弥缝了，仿佛已大体做到了中国古谚所谓“兄弟阋于墙，外御其侮”的境地。

但一个产业不发达的国家，它的人力、物力主要在农村。要把在农村安土重迁而松懈惯了的人民，动员到战斗行列中，要把他们分散的零碎的物资，汇集为支持战争的物质手段，单从技术上讲，那已经是一件异常困难的事。如其把我们的农村社会生产关系，即土豪劣绅依着保甲组织行使支配的统治情形加入考虑，那么，要农民透过多重压迫与束缚的关系看出民族的利益，要他们在土豪劣绅的多方捉弄下，向民族战争贡献其生命和仅有的资产，那自然是更不容易了。

领导着抗战工作的中枢组织，既是我们前面详细解述过的新官僚政治机构，而这机构，又早经把保甲制度当作它相依为命的基本构成，如其临到全面战冲激起来的社会动荡局面下，要它不依赖这种结构，而采行一种叫农民能自觉自动起来参加抗战的动员方式，以破坏这种结构，那就等于解除自己的武装。那显然比叫土豪劣绅、叫各级地方势力者去动员民众还要困难。结局，政府为了回避前一种困难，而不得不去忍受后一种困难。由是，随着战争范围扩大而逐渐展开的政府动员工作，或政府对社会文化各方面的管制工作，就只好沿着原来的政治路线，或依着扩大了的原来政治机构去推行，在推行过程中，必然而且实在发生了这样一种支离的现象：就是无论由农村到都市，通通是由一部分人或一部分有权有势的人，强制另一大部人，为民族、为战争贡献出他们的生命和仅有的财产，而强制者自己，却不但藉此保全了生命、财产，且还藉此捉了发财和扩大权势的机会。这样一来，动员工作及其范围每推进推广一步，它自己所造出的社会障碍或社会隔膜也就无疑要加大、加深起来。所以，到后来，无论是在政府方面，抑是在人民方面，都仿佛存在着二重的敌人：其一是民族的敌人，其一是社会的敌人。彼此社会的对敌，显然会减弱民族的同仇敌忾。这不和谐而又不合理的局面，一直延到战争结束乃至战后了；就广大的人民方面说，他们尽管是在长期的全面民族战争的磨炼中获得了痛苦的教训与一些觉醒翻身的机会，但正因为如此，政府的统治机构、管制技术也不得不相应扩大，并相应巧妙的深入到每一社会文化角落，而成为中国历来专制官僚政体中最庞大、最包容、最险恶的形态了。

但讲到这里，我想附带述及一件事实，就是一个过于落后的国家，原是不可能自行创造出一种新型的统治花样的。

可是，一个政府，在经济上，如照亚丹·斯密所说，最容易仿效他国新的敛财征税制度；它在政治上，也许就最容易模仿他国新的统治组织。抛开社会关系或社会条件，专从外观上、技术上来学样，当然是会变质的。俄国踢去资产阶级而施行的无产阶级专政，到德国及意大利，便反过来成为镇压产业劳动大众翻身的法西斯与独占资本混一的新专制政体，更进而转到中国，又屈降一等，变成了买办商业、金融与变相封建主义的结合统治形态，不论这种统治阶层各别个人的主观意向如何，在客观上，他们会不自觉的把一般想从传统封建底层爬升起来的农民大众当作管制、镇压的对象，并多方阻害民族商工业者，而打击那些敢于表示异议的自由知识份子。

本来在战前，在新官僚政治的形成过程中，国外的，特别是德意诸国的统治形态，便已经给了我们不少的鼓舞，和从技术上的模仿上给予了我们不少的帮助；到抗战发生，我们虽然在把轴心诸国作为敌国看待，但它们用以推行其统治的权力哲学，它们用以拑制、排除异己的政治方术，却并不曾为我们所嫉视；反之，我们虽然在异曲同工的去效法和运用了。这就是我在前面一再表示中国新官僚政治参杂有外在影响、外在因素的原因。

可是，我们仍得把论点折回来：尽管国外乃至国内的政府反对派，不时用“法西斯蒂”这类（一度曾很时髦而现在则不大雅驯的）字样攻击政府，但我们的新官僚政治体制就是发达到了极高峰的今日，依旧与轴心诸国当时的垄断与独裁的政治组织不能混为一谈；那显然不是伦理上的善恶好坏的分野，而是为社会经济本质的结构所区分开了的差别。

我们一把考察移到经济领域，马上就会获得一个很明确的印象。

三

作为中国新官僚政治之直接靠山的特殊财政金融体系，随着战时政府统治权力的加强、加大，不但有了异常迅速的发展，且把范围也扩大到一切生产领域了。虽然在抗战初期簇集在沿海一带的商工业都被毁弃，或被遗置在敌伪手中；往后且曾有数年之久阻断了对外经济交往关系，但比买办金融资本更有包容性的所谓官僚资本或官僚经济，仍系奇迹似的从一般国民经济的摧毁、衰颓与破灭的景况中成长发展起来了。

战前那种特殊金融体系与财政或政治紧密结托以后，我们就很快的有了货币制度改革。从表面上，伴随币制改革而施行的限制发行、集中发行、停止兑现、金银国有一类措施，像是于金融界不利的，但在一切金融巨头很快成为政治上的红人，同时政治上的红人又很快成为财政金融巨头的场合，一切有利于政府的措施，自无疑要直接间接造出更有利于金融大亨的场面。在抗日战争发生的前夜，金融资本的意志已经是政府的意志了。

战时政府的口号是一切从属于战争，一切贡献给战争。但因政府为它的上述的社会特质所限制，不能推行依人民资力大小决定其对战争负担的原则，或所谓有钱出钱、有力出力的原则，所以对于战费的筹措就采用一些间接的聚敛方法。通货膨胀是从币制改革以来就在暗中进行的；此后更愈来愈把它当作最简便有效的弥缝战费的手段。由通货膨胀连同物资缺乏造出的物价飞涨现象，已经使专卖、专买、囤积、走私成为很赚钱的买卖了。然而官僚勾结金融资本，或金融资本通过官僚而进行的最有利发财活动，也许还是表现在黄金卖买、外汇管理、生产统制诸方面。他们利用战时经济，逐渐使国家变成社会主要的消费者、生产者，乃至流通运输者的机会，在战争过程中，已经把全国可能“取之尽锱铢”而聚敛起来的资产囊括为他们的私有物了。等到战争结束，他们那些大小头目，又很不吝惜的把所有在大后方经营的种种事业摔置下来，而很快的利用“劫收”的机会，变成为更大的、更实在的官僚资本家。极同情中国政府的美国《纽约时报》在1946年8月15日曾登载其驻南京记者的通讯说：“中国政府用各种不同的公司组织，已包揽了国内一切主要的经济事业，掌握矿产、动力、重工业、丝、棉、纱及糖的生产。”但他实在还忘记补充一句：“中国官僚用各种不同的政治方术和手腕，已把政府所掌握的一切事业，变为自己任意支配、任意侵渔的囊中物。”依着上层的榜样，由省到县乃至地方的小小经营，都分别由各级各层的权势者，假借战时骞地增加起来的政治权力和任意编造的政治口实而化公为私了。

官僚政治每向前发展一步，官僚资本或官僚经济也相应获得一些扩大与吞并的机会；但反过来，官僚资本或官僚经济的巨大成长，那才是新官僚政治得向前迈进、得跨入一个新阶段的基因。我们对于目前国人所议论不休的官僚资本或官僚经济，可以把它和前期的买办金融比较，而显出以次几个特征：

第一个特征是，官僚资本对于前一阶段的买办金融资本，并不是减弱了它的买办性格，而是加重了它的官僚性格；也并不是减少了它的金融作用，而是加大了金融的政治作用。

第二个特征是，在前一阶段，银行家或金融家尚是以商业经营者的客位支援政府，而到了这一阶段，他们早已是官，或官早已是金融资本家了，任谁都可以把国内公私大小银行的经理董事，同各级政府的要人，列出一个对照表；即使多少有些出入，那不过是化名，或太太、小姐或少爷的代名罢了。

第三个特征是，前一阶段的买办金融资本还对各种生产事业无何等密切联系，而官僚资本则把它的触须伸展到一切有像样规模的事业上了；至于当作“淌来之物”而轻易把握到的庞大敌伪资产，对于它那原本极形薄弱的产业基础，无异从外部给予了一大补助。

然则有了这样有力的官僚资本或官僚经济支撑的新官僚政治，是否没有问题了呢？恰恰相反，许许多多的问题正好是从那种官僚经济的漏洞中发生出来。

四

目前官僚统治的最大弱点或最感困难的问题究竟在什么地方呢？也许大家可以把目前表现在社会各方面的不利的危险现象分别当作问题胪列出来，但我想撇开这些，而去观察它最根本的症结。

照理，中国新官僚统治，既然如我们前面所说，利用抗战及内战的机会得到了特殊的发展，统治的权力加大了，经济利得也大大充实了一番，政治、经济互为补充，应该没有问题，可是问题就发生在这里。一般皮相的观察者乃至官僚阶层自己很容易相信，没有威胁其生存的内战，那种政治形态是会好好统治下去的；他们迄未反省到：内战并不是偶然从外部投进的怪物，而恰好是由那种统治在现世界、现中国必然要招致的后果。

作为中国新官僚政治之支撑物的官僚资本，它当作一种客观存在所展开的运动，就已经含有否定那种政治形态的内在作用。我曾在其他场合[①]讲过，官僚资本有三个显著的倾向：其一是独占资本化，因为官僚资本原本就是利用政治职权，由垄断或独占创造出来的。官僚经营的无效率，非有独占利益，非获得依政治权势所享有的差别优遇就无法维持。所以，官僚资本要维持、要扩大，就必须设法增大其独占权，增大其政治权力。在这场合，就必然要发生官僚资本之政治资本化的倾向，即原来以官求财，现在反过来以财求官了。官僚将其所占有、所控制的经济事业作为政治赌本；他们以此位置安插同政治因缘的人物，以此为各种政治活动费的来源，以此为一党一派或一系从事政治斗争的经济据点。其结果，一切官僚事业的衙门化、无效率化就成为极自然的现象，而一旦由政治风波掀起的政治势力者的升沉变化，马上就影响一切为官僚势力所及的经济部门；官僚资本活动歪曲到经济范围以外，只须有三几次的政治人事变动，银行也好，公司也好，其他任何企业组织也好，都将造成脱节、混乱或破产的现象。然而官僚资本最不可忽视，或从国民经济立场来看，最有害的倾向，还是它到头一定走买办化的道路。中国官僚资本的前身已经是买办金融资本；由买办金融

① 见拙著：《中国经济原论》，附论四《中国官僚资本之理论的分析》。

资本转型到官僚资本，我们已指明那并不曾减弱它的买办性格，至多，只是掩盖了它的买办性格；等到官僚资本被利用来保持政治势力，那种资本活动中，参入了有力的外国资本力量，那就无异取得了国外有力的奥援。而有了外国奥援的官僚资本家，他就大可在官僚政治场面下做一个不倒翁了。所以，拼命争取外援或吁待外国投资。就整个官僚统治讲也好，就个别特殊官僚讲也好，都无非是藉此充实政治资本。因此，全官僚资本运动的最后的结果，岂不是要国家殖民地化么？

然而，国家殖民地化，也许并无大碍于官僚政治的存在；假使各种原始的无情剥削还可能继续进行，官僚经济虽再多浪费、损害或向外国逃避，仍无关大体，然无奈这里正存在着一个更基本的阻碍或阻界。

中国官僚资本是在长期大破坏的战争中成长起来的。外国也有战时暴发户，但它们发财的是那些军火商人，他们的累积还大体是利用战时军需品的紧迫需要增多生产、提高售价的结果；而中国官僚们所发的国难财，却是利用大发通货、利用黄金外汇买卖、利用强制收购囤积、利用征收、利用对于各种生产事业的干预管制所诈取混夺的。换言之，他们成为巨富，不是从新式产业中累积起来，而主要是依靠种种原始剥削方式把广大农村农工生产大众的贫困、破产、饥饿、死亡作为牺牲而劫夺得来的。一般生产人民无法生存了；一般自由职业者、固定收入者，乃至善良而无政治势力掩护的商工业者和小地主们，也在通货膨胀、物价高涨的压力下，逐渐陷于不可自救的绝境了。照中国历史通例来说，战乱已经算有了极大的不可避免的社会经济的理由，而况在新官僚统治本身，却不但无力阻止战乱，且又在多方刺激或促成那种战乱咧！

首先，在新官僚政治下，官僚资本既然主要是利用政治职权，而制造出来的，那么，那种资本的拥有者就怎么也无法遮盖其贪污不法的伎俩。愈是拥有大资本的人，都愈可能是一些大有权势的人，上行下效，他们将有何理由阻止其下属的不贪不污呢。贪污其所以变成一个风气，变成一种从古未有的普遍现象，也就是因为自古以来的官吏，从未像今日这样同经济打成一片。

其次，贪污的横行与财阀的统治，定然使整个社会陷于无是非、不振作的状态中。其在经济方面，一定造成浪费，造成无效率，造成各种脱节现象；其在政治方面，又一定会引起内部组织的松懈、散漫，各立门户，分派系，互斗意气；一临到一己小派利害关头，大家相率把国法、党纪、政治原则丢在一边，毫无顾忌的闹个痛快。试想，年来由接收到选举，以及其间所表演的每一节目，殆莫不弄得纲纪荡然，毫无体统。为此，所以——

又其次，笼罩或浸沉在这种政治空气中的要人，对于国家的百年大计，固然不易集中才智、集中意志，将世界潮流、现世各国历史，特别是本国诸般社会经济条件及人民诸般动态，从长予以客观、冷静考察，就是对于自家政治集团的切身利益，亦似不曾作过很合理、很贤明的打算。等到——

最后，动乱发生了，战祸扩大了，平素被杂多资产、胡乱消费及内部斗争弄得失掉了警觉性的官僚们，特别是那些拥有大资产的官僚们，不但不肯牺牲自己“既得利益”，藉舒民困，而为统一内部意志、集中内部力量，作一示范的表率，却一仍旧贯的用恶性通货膨胀，依强制征集，把战争以内，乃至战争以上的沉重负担、全加在那些已经在饥饿死亡线上挣扎的人民身上；“为渊驱鱼”的教训，不肯去体认，“官逼民反”的老戏，就愈加弄得不易收拾了。

现实逻辑的发展如此，其实在理论上亦是事有必至、理有固然的。官僚资本虽为新官僚政治撑持着偌大场面，但因为它既没有坚实的产业基础，造出新型的严密经济管制与政治组织所需具备的条件，同时又依种种不合国情的政治经济双管齐下的统治方式，加速把农村社会赖以维系的旧生产组织、伦常关系从根底予以破坏了，所以在结局，曾经当作新官僚政治之附产物或补强物看的官僚资本，竟反过来演变为新官僚政治的命运的捉弄者了。

历史本身就是一个矛盾发展的过程。它刻刻在用万钧的力量把中国新官僚政治推向它应去的道路。

第十七篇　中国官僚政治的前途

一

当作研究的结论，我得指出中国官僚政治的前途了。

关于中国官僚政治前途的这个论题，似乎应有两个讲法：其一是，中国官僚政治究竟能否继续下去；其二是，它如其无法继续下去，究将为何种政治形态所代替。综合的说，也就是中国官僚政治往何处去或将作着如何的交代的问题。设使根据以往历史的经验，多顾虑或多心一点，其中不是还得插入这样一个疑问，即：谁能担保不出现一个假民主的官僚政治形态或准官僚的民主政治形态呢？

所以，为了把问题弄得集中明确一点，我只想就以次两点予以说明：

（一）官僚的政治形态，在中国现阶段，是否还有继续存在的可能？

（二）官僚要在如何的社会条件下，始能从根被清除掉？

二

关于前一个问题，即官僚政治（不管是旧的还是新的）在中国现阶段是否还可能继续存在的问题，我的答复是否定的，但不是很机械的说，它明天、后天或明年、后年就完全不复存在，而只是表示它将愈来愈不易存在。

我讲到这里，得把以前所述的论点作一简括的回顾。官僚政治是一种特权政治。在特权政治下的政治权力，不是被运用来表达人民的意志、图谋人民的利益，反而是在“国家的”或“国民的”名义下被运用来管制人民、奴役人民，以达成权势者自私自利的目的。这种政治形态的存在前提：第一是，前资本社会的或封建的体制，还在国民社会经济生活上广泛的发生支配的作用；第二是，一般人民还大体被束缚、被限制在愚昧无知的状态中，因此之故，他们像是“天生的”役于人者，同时也像是“本能的”把统治者看为“超人”；第三是，那种无知人民存在的落后社会还很少与较进步的社会发生经济的、文化的接触和交往，因为，为官僚政治所托命的绝对主义和专制主义正同紧密封闭在棺材里面的木乃伊一样，一经与外界新鲜空气接触，马上就要开始腐烂。上述三个前提，是密切关联着的，只要其中之一项有了改变，其余两项就要跟着受到或深或浅的影响。虽然最关重要的，或最有决定作用的，依旧是前资本社会的经济体制的保留。

中国特殊型的封建体制愈到近代，已愈趋于分解；在那种体制中，缓慢而持续作育起来的新生产力，已早从政治动乱与思想分歧方面表示出它对于那种不适合其成长的社会体制的束缚与不耐；当作旧来基本生产方法之一的农工结合体，亦不断由国内外新商工业的压迫，逐渐发生动摇与解体的现象。而一般要在固定停滞社会秩序下始容易发挥作用的传统文化道德因素，到了此时，已经不大能维持其尊严了。

处在这种社会动荡过程中的人民，一般的讲来，也许是更贫困，也许是更痛苦，但却不会是更愚昧。反之，他们对于自身的处境，竟可以说是更多理解和认识。尤其因为上述那种社会解体现象，乃由五口通商以后、由与国际资本接触以后始更趋显著，于是，由商品引到商品学，由商品学引到商品社会；或者由长枪大炮引到制造长枪大炮的产业组织，更进而引到允许那种产业组织的政治制度，便成为社会意识发展传播的必然序列。麻醉我们的鸦片，破坏我们家庭工业与独立手工业的纺织品，以及启蒙我们的“民主”“自由”“平等”观念，便极不调和但却极其自然的混杂输入了。结局，不大有福气享受舶来奢侈品、便利品的一般人民，却在有形无形之间，一知半解的体认到一些与他们命运攸关的

“新教谕”；此后，在多少次革新运动以及其他有关战乱的过程中，他们被启蒙了，被开化了，他们已愈来愈不像是“天生的”奴隶或“役于人者”；他们开始想到他们的统治者并不是先天异他们的“超人”；这“危险思想”一在他们简单头脑中开始萌芽，就很快由血淋淋的现实的证验，使他们得出一种与专制的官僚统治正相抵触的结论：即，他们自身的悲惨命运与不幸地位，是官僚阶层僭有他们的政治权力，并利用那种政治权力造成的。所以，从官僚、从封建势力者手中夺回他们的政治权力，正是挽救他们悲惨命运和不幸地位的根本方法，他们有的人不仅这样想，并在各种方式的反抗斗争运动中这样做了。经过长期的抗战，以往牢固结着传统专制官僚统治机构的一切社会螺丝钉，一齐都松脱了，那种“危险思想”，随着战区范围的推广和深入到落后地带而蔓延得更普遍了。适于这种过程中成长起来的新官僚政治尽管改变了一些统治花样，在许多方面，且反因为榨取要求的更形强烈、管制方法的更形，更严酷与险恶而相应招致了更大、更普遍的反感。因此，在此种客观情势下昂扬起来的民主政治运动，已经不是辛亥革命运动或初期国民革命运动那样，主要由都市中的前进知识份子来领导，反之，从农村、从各落后社会角落像是自然发生出来，而分别汇集成广大叛变群的可怕骚动，却竟反过来激励着、诱导着都市方面的知识份子和市民阶层。这一看来仿佛非常奇特而不平常的争取民主自由的变像，其实不只是在科学的研究上可以找到说明，且已由世界的历史潮流显示出了不可抗拒的威力。

在第二次世界大战中，特别在战争甫经结束以后，全世界的落后地域不约而同的发生了争自由、争民主的革命浪潮。在殖民地带，主要是以民族的形式表现出来；在半殖民地各国，则主要是以民主的形式表示出来。前者在亚洲的印度、安南、荷印提供了标准榜样，后者则在欧洲中部的波兰以及巴尔干半岛各国提供了标准榜样。这里单说半殖民地的中欧、东欧各国罢。一个国家的半殖民地地位是由它以落后的封建社会资格与先进资本社会发生政治交往关系显示出来的。这种社会一经陷在半殖民地的地位，它的封建本质，就因产业不容易顺势成长的理由而无法扬弃，换言之，就是这种国家不容易或不可能实现西欧或美国型的民主政治或议会政治，也就是不容易或不可能由市民阶级作着民主革命的领导。因之，它们的革命就必得另辟一个途径，必须等待在战乱过程中警觉起来或磨炼出来的工农大众，特别是农民大众的广泛跃起和参加；这样，封建的剥削始可消除，要这样，产业的发展始有保障。所以，在这种革命过程中，市民并不能起着革命的领导作用。倒反而是一般人民，特别是农民大众在敦促激励着他们，使他们去接受革命的领导。

要之，无论从中国国内的人民政治动态讲，抑就世界各国特别是各落后国家的人民政治动态讲，都表明一个新的人民的时代已在加速形成与成长中。人民的时代决不能容许任何特权性的任何名色的官僚政治的存在。

三

关于后一个问题，即关于官僚政治（不管是旧的还是新的）要在如何的社会条件下，始能从根被清除掉的问题，事实上，虽已在前一问题的解答中，间接的被暗示到了，但为了廓清我们认识上的一些不健全想法起见，仍需要进一步予以直接的、补充的说明。

代替官的或官僚的时代的人民时代，我们由上面的解述已大体知道，那不是在历史发展过程中“自然”产出的，正犹如其对极的官的时代，亦不是在那种历史发展过程中“自然”消失去的一样。所谓历史的发展，是把要生者不易顺利生长，必须挣扎，必须奋斗，要死者不肯知价死去，也同样在挣扎、在奋斗的那些事实，加算在里面来加重表现的。真正的历史主义者决不是宿命主义者或进化主义者，而必得是革命主义者。

在第二次世界大战以后，一个新的人民时代虽然已在形成、已在成长，但不仅落后社会的传统封建势力还不肯轻易从历史舞台上退休，就是原来从封建束缚中解脱出来的先进国家的资本主义势力，临到它的历史也走到尽头的时候，竟不惜伙同或扶植它发生期的敌人——封建主义势力，阻碍着人民政治形态的形成和成长。因此，人民的时代，虽大体已呈现在我们眼前，成为任何一个已在前进状态中的落后国家人民前进的感召和鼓舞，但由于各国的自然与历史条件不同，各国与他国所发生的国际关系不同，其前进的障碍或阻力，乃至突破那种阻碍所采取的途径与方法，是无法完全一样的。

中国是一个延续了二千余年的长期的专制官僚统治国家。我们已由前面的说明中，领教过它那种统治的延续性、包容性与贯彻性；当它与国际资本接触后，原来的性格虽有所改变，并且还在晚近模仿或参加国外浪漫主义的法西斯蒂成分，紧靠着买办金融资本力量，出现了一个新官僚政治形态；更进而形成当前的官僚政治与官僚经济的混合统一体。这一来，不但官僚政治的属性，在一般人心目中有些朦糊，就是它真正的社会基础，它在实质上寄存于封建剥削的因果关系，也叫人弄不明白。所以，国外人士责难中国政府官僚化，希望中国进行改革；国内人士责难政府无效率、腐败无能、官僚化，希望政府改革；就是国民党党内，乃至政府内部，也有不少有识人士强调当前政治上的瘫痪脱节现象主要是由于官僚及官僚资本作祟，迫切要求改革。他们所责难、所强调的官僚政治的恶害，大体都是对的，但他们提出的改革方法，或使官僚政治为其他民主政治所代替的途径，却就似乎有些“文不对题”了。为什么？因为他们如其不是根本看落了中国官僚政治的封建特质，就是不明白世界现阶段铲除官僚政治之封建根基的民主革命步骤，早已不能像近代初期那样，由都市工商业主或启蒙知识份子领导去做，而必须由工农大众自动起来推动他们一道协同去做。如其不此之图，单单把希望寄托于自由知识份子、寄托于政府自身，甚至寄托于各级政府中的那些政治弊害的制造者，那不是“对牛弹琴”就是“与虎谋皮”了。我们原不否认当前中国各级政府的官吏中，特别是政府以外的自由知识份子中，确有不少有良心而有为的人材存在；我们甚至还承认在那些“国人皆曰可杀”的大小贪污官吏中，也确有不少想力图振作、革面洗心以赎前愆的人物存在。然而，官僚政治既然是当作一个社会制度，当作一个延续了数千年之久而又极有包容性、极有贯彻性的社会制度客观的存在着，我们要改革它，要铲除它，就不能单凭自己一时的高兴，也不能单凭外面有力的推动，甚至也不能完全信赖任何伟大人物的大仁、大智、大勇或其决心与作为，而最先、最重要的是要依据正确的社会科学来诊断它的病源，参证当前世界各落后国对于根绝那种病源所施行的最有效的内外科方术。

在科学的时代不相信科学，在人民的时代不信赖人民，即使是真心想求政治民主化，真心想还政于“民”，那也将证明他或他们的“好心”“善意”“真诚”以及“伟大怀抱”与多方努力，会在历史的顽执性前讨到一些没趣，或导演出一些令人啼笑皆非的悲喜滑稽剧。如其说，那些简易而廉价的民主化戏剧，终或大有造于中国官僚政治的革除，那就是，把那类戏剧看完了，看腻了，看到太没有出息了，到头将会逼着大家，甚至尚有心肝、有血气的官僚自身，改变一个想法，改变一个做法，而恍然悟到20世纪50年代，不是一个可以耍政治魔术的时代，而是一个科学的、人民的时代！

一句话：中国的官僚政治，必得在作为其社会基础的封建体制（买办的或官僚的经济组织，最后仍是依存于封建的剥削关系）清除了，必得在作为其官与民对立的社会身分关系洗脱了，从而必得让人民、让一般工农大众普遍的自觉自动起来，参加并主导着政治革新运动了，那才是它（官僚政治）真正寿终正寝的时候。

附录

中国地主经济封建形态的形成及其演变

中国的封建制从西周算起经历了三千多年。和世界各国社会发展过程比较，仿佛长了一点，但这是事实，不能依据任何理由改变它缩短它，只能从它发展过程中找出道理来说明它。

和其他国家一样，我国的封建制，也经历了几个不同的发展阶段：最显著的是领主经济阶段、地主经济阶段。但和其他国家也有颇不一样的地方，就是其他国家的封建制留在领主经济阶段的时间比较长，而我国的封建制则是留在地主经济阶段的时间特别长。我国社会长期停滞的道理就在这里，后面要比较详细地说明它。这里只是要指明一点，就是：如其说，西欧各国社会的封建制是以领主经济为它的特点，则中国的封建制是以地主经济为它的特点，中国与西欧各国在社会、政治、文化各方面的显著差别，有很大一部分要从这里得到解释。

现在且来简单地说明一下以地主经济为特点的中国封建制的形成过程。

一般来讲，地主经济是由领主经济转化过来的，正如同与其相适应的实物地租乃至变相的货币地租，是由劳动地租转化过来的一样。从西周时代起，我们的社会就进入了封建阶段。西周开国的征服者，率其族人侵入到当时奴隶制度发展得不很成熟的殷商王朝的领域来，那同日耳曼人在五世纪左右南向侵入当时奴隶制度正迅速趋于崩解的罗马王朝的领域，有不少相类似的地方。“把土地征服之后，征服者接着要做的，就是把人占有”[①]，是要看把被征服者安置在怎样的生产关系中，才对他们自己有利。这样的决择，显然不能不考虑到征服者自己的原来的生产方式和被征服者原来的生产方式，一种半由迁就半由选择的统治榨取形式被采行了，那就是对征服者或有功者分别颁田制禄，授土授民，而对被征服者则依其族属，分等配田的所谓封建制：一极是大小领主，其对极是毫无权力的农奴。“看看欧洲的黑暗的中世纪。在那里，我们看不见独立的人，却看见每个人都是互相依赖

① 马克思：《资本论》（郭大力、王亚南译），第三卷，人民出版社1953年版，第1032页，注46。

的——农奴与领主，家臣与封建诸侯，俗人与僧侣。”① 但不论是领主、诸侯、僧侣乃至家臣，通是靠着农奴为他们提供剩余劳动所生产出来的物品过活的，那正和中国“王臣公，公臣大夫，大夫臣士”这一阶级序列的人物，最后通是由那些称为庶人的农奴在自然形态上提供劳动地租来养活他们一样。所不同的，是欧洲中世农奴为领主提供劳动，一般是在所谓庄园制的编制下进行的，而中国周代农奴提供劳动，则是在多少被理想化了的井田制的组织下进行的。这里且不讲征服者日耳曼民族或周民族原有的自由农民，如何也逐渐不自由化了，也不讲那种庄园制度或农奴为领主耕作公田的井田制度，究竟在实际上普遍推行到了怎样的程度，但土地不许买卖（在中国所谓“田里不鬻”）、农奴不许迁移转业（在中国所谓“农之子恒为农”“农不移”），则是大体相同的。农奴世世被束缚在土地上、被隶属在领主的管制下，那就是世卿、世禄、世业的固定化的封建领主经济制度的基础和保障。然而，矛盾就在这里。封建领主的势力，既不仅是建立在占有土地范围的大小上面，同时更要紧的，还是建立在束缚起来为他们提供无偿劳动的农奴的多少上面，于是，争地以战、争民以战的动乱情况，就恰好成了那个固

---

① 马克思：《资本论》（郭大力、王亚南译），第一卷，人民出版社 1953 年版，第 60 页。

定化的制度的致命伤。在战争过程中产生成长的东西，又在动乱局面下崩解下去。

中国西周的领主经济封建局面，到了春秋战国之世，已经在多方面受到动摇。“兼弱攻昧取乱侮亡”和“暴君污吏漫其经界”，早说明“世禄”不复能够维持，诸侯及领主们因战争及商业引起了更大的贪欲，对于农奴因使用铁器，农业生产力提高所提供的一定劳动地租，已表示不能满足了；史载“鲁宣公初税亩”，“履亩而税”，以至“郑子产作丘赋”，都是“秦孝公十二年初为赋”的先声。在大鱼吞小鱼，大领主兼并小领主过程中，旧来的世禄、世卿、世业秩序，很显然是野心诸侯的一个障碍，所以，僻在西陲，受旧传统束缚较少的秦国，就由商鞅变法来一次比较彻底的改革：

（一）“宗室非有军功论，不得为属籍”，即无功不及爵秩。

（二）“有军功者各以率受上爵”，即有功者可以获得爵位与土地。

（三）“耕织致粟帛多者复其身”，又“……晋地狭人贫，秦地寡人稀，故草不尽垦，地利不尽出，于是诱三晋之人，利其田宅”，即不论什么人，努力耕作，便可获得私有土地。

（四）“訾粟而税，上一而民平”，土地统以实物向国家纳税。

只须这几项简单的变动，就把世禄、世卿、世业的领主经济基础破坏无余了。没有功绩，就莫想“分土子民”；有了战功，有了耕作能力，就可免除奴役，取得私有土地；土地不管落到谁手上，也不管他占有土地是自己耕种，还是佃给农民耕种，只要照规定向国库缴纳一定的实物税就行了。这种种措施本来可以使包括农民在内的一切人都有可能获得土地，可是“废井田，开阡陌”的结果，很快就出现了“富者田连阡陌，贫者无立锥之地”的新局面。在土地还是最基本的生产资料的情形下，“无立锥之地”的直接生产者，要取得土地，就不能不听凭地主压榨。地主虽然主要的不再要他提供劳动地租，但却尽可能的要他提供剩余劳动所生产的剩余劳动物。他虽然除了在某些场合以外，不再被束缚于某一个地主的某一块地段上，人身也比较不要怎样严格地隶属于某一位地主老爷，比以前的农奴，像是有了一些“自由”；可是从阶级关系来说，他既然需要一块生存的立脚地，他不被这个地主勒索，就要被那个地主勒索；他不被束缚在这块土地上，就要被束缚在那一块土地上。不但如此，他在以前领主经济阶段，还多少能从一个顶头上司的领主那里，得到一些“保护”；现在，凡属地主阶级的人，乃至他们上面的官吏，下面的爪牙——流氓地痞，都可任意侵凌侮辱他了。形式上的“自由”换得了多方面的压制，较能刺激生产的生产关系招来了无法预计的榨取和勒索。这就是中国农民在地主经济封建制度下的新命运。

由于这种形态的封建生产关系本身，包含有不少钝化或缓和内部矛盾的弹性，以致由秦到清这两千多年间，除了在两晋南北朝那一段时间，曾因战乱及外族侵入关系，呈现过倒退到原始形态的自然经济的现象及以后还局部出现了庄园组织的形态以外，地主经济一直是占支配地位的。这同西欧在九世纪才比较广泛形成的庄园经济，到了十三世纪就趋于崩解，此后直到十九世纪，像德俄等个别国家，又还出现了赋役农奴制的情况，恰好是一个对照。

中国社会发展史上一直还聚讼纷纭的几个问题，如“亚细亚生产方式”问题、西周社会性质问题、中央集权官僚政治问题、天道观念的政治思想问题、民族发生问题以及社会长期停滞问题等等，几乎都可以围绕着地主经济体制提出一些比较接近事实的解答。不过，像“亚细亚生产方式”问题及西周社会性质问题，那不是在地主经济基础上来说明的，而是要就地主经济形成的原因来说明的。

地主经济与中央集权官僚政治

中国中央集权的官僚政治形态，远在两千余年前的秦王朝就出现了。由贵族政治转变到官僚政治，由分立的局面转变到集中的局面，不是照中国旧史家所说的，只是由于像秦始皇那样的“雄才大略”的君主，为了加强统治才创意出来的；也不是如所谓秦惩周室大封诸侯，致肇分裂，而为“深虑”的结果。这种大改变的实行者虽是秦始皇，但是秦始皇其所以能采取或必要采取这种措施，却有更基本的原因。我们必须从当时的社会经济基础去求得解释。

现在且来看看秦始皇对政治制度作了哪些改变。秦始皇吞灭六国统一宇内后，就在政治上采取大刀阔斧的改革：于“古人之遗法，无不革除；后世之治术，悉已创导”，如史家所指出者，其革古创今共十大端：（一）并天下；（二）号皇帝；（三）自称曰朕；（四）命为制，令为诏；（五）尊父曰太上皇；（六）天下皆为郡县，子弟无尺土之封；（七）

夷三族之刑；（八）相国、丞相、太尉、御史大夫……郡守、郡尉、县令皆秦官；（九）朝仪；（十）律。[①]

综上十条“创作”，皆为专制官僚政体的具体说明，其中最关重要的，倒不是“并天下”“号皇帝”，而是“天下皆为郡县，子弟无尺土之封”，以及“相国、丞相、太尉、御史大夫……郡守、郡尉、县令皆秦官”。前一项乃表示不以子弟分王诸国，以前分国而治、分土而食的贵族政治，就根本失其存在依据；后一项则表示废封建王国而为郡县，郡县设官而治，官吏给俸而食，就是以官吏代替贵族，以官僚政治代替贵族政治。这样，不但天下的政治大权集中于天子，经济大权也集中于天子；天子有无上的贵、无上的富、无上的尊严，所以他就把自己看为代表一切，称“朕即国家”；他的命令，就是制，就是诏。分受其治权的大小官僚，一切仰承鼻息，用命受上赏，不用命受显戮，至于等而下之的齐民众庶，自然是生杀予夺，一凭好恶。所谓中央集权的官僚专制主义，就是这样的一些具体内容。

秦始皇开始把中国政治改变成这样的形态，他的“雄才大略”，他的“深虑”，并不是全无关系，但“大略”与“深虑”，只有在一定的物质生产基础上才有可能发挥作用。

---

① 夏曾佑：《中国古代史》，生活·读书·新知三联书店 1955 年版，第 232 页。

我们如其把前面谈到的地主经济形成的过程加以考虑，就会联想到，秦始皇在政治上的变革创举，是沿着他的“贵祖先”秦孝公用商鞅在经济上作了划时代的大变革的线索而来的。事实上商鞅变法的几个重要项目，如前面提到的，“宗室非有军功论，不得为属籍”“有军功者各以率受上爵”“耕织致粟帛多者复其身”以及“訾粟而税”，已经根本把贵族政治的物质基础和特权根据全拔除了。我们知道：贵族就是靠血统取得爵秩的，如果无功不及爵秩，有功者才可获得爵位与土地，特权的身分制，就荡然无存了。而况由贵族“分土子民”所束缚的农奴，如肯努力耕织，开垦荒田，便可“自由”，便可私有土地；而他们耕作所得，直接以实物的形式向国家输纳，那就无异进一步把贵族存在的可能性取消了。一个国家不让贵族分而治之，政权交给谁呢？选贤举能，使贤者在位能者在职，那就是设官分职，那就需要把大小国家变成郡县，也需要把郡县向小民以赋税形式征得的实物，再以俸禄的形式支给官吏。这说明，天下之所以有如此大的政治权力，乃因为他有如此大的经济权力。也就是说，没有秦孝公商鞅的变法，就不可能有秦始皇的改制；没有领主经济向着地主经济转化这一基础的变革，就不可能有分权政制向着集权政制转化这一上层建筑的变革。如其说，秦始皇的“雄才大略”“深虑”，只限定在这一点上，即他认清了当时经过改革后的社会经济状况非采取这种政治措施不可，而没有违反那种前进趋势，在统一宇内后，又倒行逆施西周那一套“封建诸侯，以屏藩王室”的办法，那是可以被接受的。超过这个限度，就是唯心论的说法。

可是有一点必须交代清楚：在地主经济基础上建立的中央集权官僚专制政治，一经当作一个制度，被确立固定下来，它就要反过来对地主经济发生作用；它就要因为中央乃至地方的庞大官僚机构的维持，以及在官僚专制局面下必然要引起的各种开支与浪费，而进一步要求把经济大权即征收各种赋税的大权，集中到专制君主及大官僚手里，不让任何亲疏的贵介染指。所以，到了汉代，虽然“惩秦之孤立而亡”，又大分封起诸侯来，但很快就把他们已经颇多限制的政治权和经济权逐渐剥削殆尽，变成为“就食长安而不至国”的遥领的领主。到了东汉，已经是所谓“尺土一民，皆自上制之”（《文献通考》）的局面。东汉以后的诸王朝，虽亦多少赐予其诸子功臣以爵赏土地，然数量极为有限，且任何王朝，都不曾明确赋予被爵封者以法律上的不输不纳特权。

将经济权集中到了中央，抵御外侮的国防经费，当然要由国库开支；为保证农业税收而不时进行的治水工程的经费，也当然要由国库开支；而为了充实官僚机构，定期举办的养士取士或所谓选贤举能所需的经费，也自然非从国库开支不可。国家在这些方面所有的措施，显然是政治权经济权集中于中央的结果，而不应该理解为是促使中央集权专制政治形成的原因。但中外的历史家们，完全把这种因果关系倒转过来了。

把治水或进行水利工程的要求，作为中国集权的官僚专制政治形态产生的原因的说法，最早也许可以说是见诸黑格尔的《历史哲学》，此后亚细亚国家形态与水的关系，不时有人谈到，但当作一个水的理论派系来强调的，却是一些国外研究中国的学者，如瓦尔加（Varga）、马札亚尔（Madjar）及威特福格（Wittfogel）等等，他们都以为亚洲的一些古旧国家，如巴比伦、印度，都有治水的故事，中国大禹治水的传说，流传得更是普遍；因此，当他们对中国很早出现的集权专制政治形态感到不能解释时，就把原因归之于治水要求上。威福特格就是这样说明的："黄河与扬子江……自古即促成河道工程官僚政治。……支配中国的自然力是大河巨川，所以，随着农业的发达，河道工程官吏的势力不能不增加起来。名声啧啧的禹，其最大功绩即在于调制河流，整顿山川。"① 这显然是牵强附会的。在秦代官僚政治形成过程中，我们实在很难发现治水要求从中起了多大的作用。不错，他们指的，也许仅是所谓"促成河道工程官僚政治"，而不是一般的官僚政治。马札亚尔似乎也认为理由太单薄

① 转引自钱亦石：《中国政治史讲话》，第 98 页。

了，于是他在治水要求以外，又提出抗御外敌的要求，他说："这个官僚制度是因为实行密度灌溉经济的必要，指导这经济的必要，和一方面组织防御抵抗游牧人的侵入，而他方面化游牧人为农夫的必要而产生的。"[①] 开官僚政治之局的秦代，确曾在未统一以前，有过"用注填阏之水，灌溉泽卤之地""四万顷"的郑国渠；统一之后，又曾"使将军蒙恬发兵三十万人，北击胡，筑长城"。把事实对照起来，仿佛真像可以说得过去，然而如我在拙著《中国官僚政治研究》中所指出的：中国历代王朝的史实，都说明它们只有到了那种政治支配形态已经成立起来以后，才有余力讲求水利，讲求"四征弗庭"的。而且在另一方面，专制官僚的统治，到了每一王朝的后期，差不多都成了招致水患和招致外患的直接诱因，那将如何解释呢？威特福格也好，马札亚尔也好，都自命为是马克思主义学者，他们用自然势力和外力的理由来说明中国官僚专制政治的产生，显然都违反了马克思主义的方法论。

外国学者对于中国问题的看法，本来隔了一层，很难"鞭辟入里"，但我们自己的说明怎样呢？除了"治安策""深虑论"一类旧说法以外，吴景超先生在解放以前，曾在

① 马札亚尔：《中国农村经济研究》，陈代青、彭桂秋合译，第70页。

《新经济》第七期推荐一种像是很新颖的见解，以为“士对于创造君主集权国家及打破封建社会的贡献，实无可怀疑”。从逻辑上来讲，君主集权国家，不分封贵族，而位置官吏，当然要有一批候补的士才行；恰好春秋战国之际，“竹帛下庶人”，由是“九流自此作，世卿自此堕”（见章太炎《检论定孔》上），说是贵族政治因此受到打击，官僚政治因此得以形成，像不是没有一点理由。但我们只能说，士是由贵族政治向着官僚政治转化过程中的副产物，或官僚政治的派生物，它并不能对那种制度的产生，发生决定的作用。

总之，进行水利工程也好，抵御外侮也好，选贤举能也好，都是维持一个专制王朝必要的措施。我们不能倒转过来，说这些措施的任何一方面是专制官僚政治产生的基本原因。没有封建的地主经济作基础，中央集权的专制官僚政体是不可能因为任何理由而发生与发展的。

地主经济与天道观念的政治思想

社会意识形态是经济关系或生产关系在观念上的反映。领主经济基础上的封建统治，一般的显出了金字塔型的等级身分制的特点，没有多少流动融通性的固定秩序的特点，以及狭窄的地域范围和落后的锢蔽乡土关系的特点。这一切，都成了神道设教或“诞敷神教”的温床。当领主经济推移到了地主经济的时候，社会的等级固定秩序以及偏狭的地域观念，都受到动摇不定的影响，在这种情形下，神的说服力有些不够了。于是掌握了物质生产手段、同时也迫切要求掌握精神生产手段的统治阶级——专制君主及其官僚们，就苦心孤诣地要设法找一个新的统治精神的工具。但是，正如同配合地主经济的专制官僚政治形态一样，这并不是一下子就想得出来的，而且一想到也不一定就能做到。配合这种政治经济的天道观念的政治思想，尽管在旧封建秩序崩溃过程中就出现了，但选定它作为领导思想，却还经过了一段摸索过程。秦之所以被后世儒者责骂得异常厉害，就是因为秦始皇在统一六国，进行上面所讲到的大改制的当时，由于还是第一次采取这种统治方式，没有经验，做出了一件于他的统治大不利的事，那就是史家所谓焚书坑儒。秦始皇没有体验到儒家及其学说，最有益于他的统治，恰像罗马帝国在纪元初期还不曾好好体会到基督教大有益于奴隶帝国的统治，而多方予以禁压和迫害一样。然而“利益终会使人智慧”；罗马到了第四世纪，就把它向来认为谣言惑众诽谤当道的基督教作为国教，中国专制君主到了汉朝武帝时期，就“罢黜百家，崇尚儒术”。

儒家或孔子学说的出发点，就是所谓天道观念的政治思想。在社会意识形态发展史上，天道观念比神道观念前进了一步。不过近代欧洲的天道观念或自然主义或所谓玄学，比神道或神学是跨进了一大步的，而我们中国在古代出现的天道观念或玄学，却只向前跨进了一小步。这乃是由于作为它的基础的地主经济究竟还不是资本主义的，而是封建的，对于原来的领主经济，也不过只跨进了一小步或“半边向左转”的缘故。

儒家学说有益于治道或有益于专制官僚统治的地方，大家都知道是它的集大成者孔子所极力强调的大一统主义，但与大一统主义密切关联着的纲常教义，已由几千年的历史经验证明，更是专制官僚治化所不可缺乏的法宝。不过，大一统主义也好，纲常教义也好，都是靠着天道观念作为支柱，由天道观念“一以贯之”的。所以，我认为（参看拙著《中国官僚政治研究》，第96页）孔子学说包含三部分，一是天道观念的政治思想，一是大一统主义，一是纲常之教。前者是出发点，后两者可以理解为是它的应用或发挥。

我们知道：孔子是不大讲“神”，也不肯说“鬼”的，他最喜欢谈“天”。不过，“天”在儒家或孔子教义中，比近代欧洲启蒙学者所宣扬的自然主义，更带有神性：所谓“天道福善祸淫”（《书经·汤诰》），所谓“皇矣上帝，临下有赫，监观四方，求民之莫”（《诗经·大雅》），……通像表明冥冥之中有一个司吉凶祸福的人格神在那里主宰，但同时却又有极浓厚的政治意味；如所谓“天生民而树之君，以利之也”（《左侍》文公十三年），所谓“天佑下民，作之君，作之师，惟其克相上帝，宠绥四方”（《书经·泰誓》），所谓“天子作民父母，以为天下王”（《书经·洪范》），通像表明“天”或“上帝”虽是冥冥中的主宰，但并不能自行其意志，而必假手于天子或帝王以行之。于是帝王或天子的所作所为，就是所谓“天功人其代之”，换句通俗的话，就是“替天行道”。替天行道的事，过于繁重，天子一人不能胜任，当然要大大小小的官吏的辅佐，而这辅佐的地位，也要同天子一样神秘化，一样需要取得“玄之又玄”的先天存在的依据。但关于这一层，儒家的创建者祖述者孔了孟子都不曾讲得明白。直到汉武帝时代，主张罢黜百家、崇尚儒术的董仲舒，才在他的大著《春秋繁露》中谈到“官制象天”，大做起文章来，他的“妙论”归结到“天以四时之选与十二节相和而成就岁，王以四位之选与十二臣相砥砺而致极”。尽管在《周官》中，天地春夏秋冬已经配列得妥妥当当，叫人一听到什么大官的官名，就联想到做官在位的人，都是出于先天的安排，但经董仲舒像煞有介事地一发挥，王者及大臣们的政治措施，“废赏刑罚”，就算是体会“春夏秋冬的异气”，而“副天之所行以为政”了。

从这个天定秩序的政治观点出发，就很显然地要引出一个大一统的教义。因为照董仲舒所说的“王者配天”“天无二日，民无二王”，王者或天子就是天下的最高主权者。孔子的大一统主义和他根据那个大一统主义所提出的“尊王”的实践主张，在中央集权的专制君主及其官僚看来，当然是“正中下怀”的高见。但是，这里毕竟存在这样一个缺点，就是统治者强调天意天命，说他自己在位在职，是天予民归，而反对他们的统治的人，却也会应用这个不可捉摸的玄理，说他们也是由天所授命，要起来反叛既成的统治。并也会强调：“天命不取，反受其殃。”事实上，历代王朝的开国者，大抵都是把自己描绘成“真命天子”，都像是迫不得已，才“应乎天而顺乎人”，登上大宝的。等达到目的以后，他们就把从事叛逆时的大议论抛在一边，而高谈起

“《春秋》大一统者，天地之常经，古今之通谊”。可是，以夫子之道，还治夫子的缺点，仍不能因此得到补救，幸而儒家学说中有第三件法宝，那就是同大一统主义互为作用的纲常教义。

君为臣纲是天定秩序，父为子纲、夫为妻纲也是天定秩序。这一来，自然大法就真像是天网恢恢，自天子以至庶人，皆莫能外！其实，在这当中，存在着这样一个有关“治道”的关键。君为臣纲、父为子纲、夫为妻纲已经把君权、父权、夫权明白确定了；而父权夫权又是从属于君权的。我们一向就强调“国之本在家”“家齐而后国治”。从积极一方面讲，“君子之事亲孝，故忠可移于君；事兄悌，故顺可移于长；居家理，故治可移于官”（《孝经·广扬名》）；而从消极一方面讲，又有这样的效果：“其为人也孝悌，而好犯上者鲜矣；不好犯上而好作乱者，未之有也”（《论语·学而》）。由此可见儒家所讲的“家齐”就是为了“国治”，所讲的父权夫权就是为了君权。家族的关系完全被当做政治关系来处理。所以，在孔夫子看来，把家里弄得妥当了，没有逆子、悍妻以及不法的兄弟，就算是为国家完成了一定的政治任务。所谓“孝乎惟孝，友于兄弟，施于有政，是亦为政也，奚其为为政也”（《论语·为政》），意思就是说，如果在家里孝顺父母，友爱兄弟，就有政治作用，就等于从政，不一定要站在政治舞台上。一方面把家族政治化，另方面又使政治家族化，把国与家打成一片，这是伦理政治的神髓。但儒家学说的这种伦理政治主张，在贵族“分土子民”，靠着金字塔的等级制，小国寡民，层层管制的局面下，并不怎么需要，一旦官僚政治出现了，王者或天子高高在上，对于领内广土众民，单依靠郡守县令的管制，实在是难期周密。最妥当的莫如通过家族宗族来管制，即把防止“犯上作乱”的责任，通过家庭，通过族姓关系，叫为人父的，为人夫的，为人族长家长的，去分别承担，以建立起家族政治的联带责任。在所有“劝”的场合，就是“一人成佛，鸡犬皆仙”，在所有“惩”的场合，就是“一人犯法，九族株连”。其结果，父劝其子，妻励其夫，兄弟朋友相互规诫，无非是要大家安于现状，在现状下求“长进”，求安富尊荣，而天下因此就太平了。太平的大一统局面，就是“天地生君子，君子理天地”（《荀子·王制篇》）的结果，这个学说其所以出现在领主的贵族政治分解、地主的官僚政治逐渐形成的过程中，那并不是一件偶然的事。自从天道政治观念、大一统主义和纲常之教，当做儒家学说的三根支柱，为汉代专制君主及其官僚们所赏识和重视，并被确定为文教政策的指导原则以后，历代的专制王朝都把崇儒尊孔，“谨庠序之教，申之以孝悌之义”当做维系它们封建专制官僚统治的国策。孔子思想统治的贯彻和延续，真是达到了令人难以置信的程度；明代李卓吾曾这样慨乎言之：“中国二千年无思想，非无思想也，以孔子的思想为思想；二千年无是非，非无是非也，以孔子的是非为是非。”

显然的，孔子学说在长期成为中国统治思想的过程中，确曾经历了一些不同的变化，那正如同作为其基础的地主经济形态，以及与那种经济形态相适应的中央专制官僚政治，也曾有过不少的改变一样。但万变不离宗，在地主经济、专制官僚统治基本存在的情形下，从天道观念出发而强调大一统，而强调纲常之教，就几乎成了逻辑上的不可抗拒的要求。并且正如同我在前面讲过的，建立在地主经济基础上的专制官僚政治曾反过来，大有助于地主经济的维系一样，孔子学说对于专制官僚政治，从而对于地主经济，也确曾曲尽了不小的促使其巩固和延续的作用。这一点，我打算留待讨论有关中国社会长期停滞问题时再讲，现在要进而论到的就是，在这样的政治经济和思想的条件之下，我们将怎样处理中国的民族产生问题。

中国官僚资本之理论的分析

一　我们应当怎样理解官僚资本

在抗战结束后的这一时期以来，“官僚资本”竟变成一个流行语了。在这以前，官僚资本尽管早经存在，但间或有人论到它，或论到与它相类似相关联的“买办资本”一类名词，经常是在资本二字上面划××，有时竟连资本两字亦以××代，或者干脆禁止谈到诸如此类有损官誉有污官格的“不敬语”。然而，曾几何时，一般舆论已毫无忌讳的在尚论着责骂着官僚资本，甚至一向嫌忌这类名词的党政论坛，亦公然把这以前认为是异党分子中伤的“不祥物”，当作必须打倒必须肃清的对象。这种大转变，一部分虽然是由于时代的进步，民主作风变成了不可违抗的潮流。一部分是由于官僚资本活动得过于猖獗，听其发展下去，不但会断送整个国民经济命脉，且将不可避免地危及党政自身的生存，但同时也由于官僚资本家集团内部，因着“发展不平衡律”引起了“内讧”。不论如何，我们今日总算取得了讨论官僚资本的某种限度的“自由”了。

但也许因为我们取得这有限制的讨论的自由，还是不久的事，一般人对于官僚资本本身的认识，就不免有些感到“汗然”。广州综合出版社编印了一本《论官僚资本》的小丛书，把时下有关这方面的论文，集在一块，其中计有狄超白、马寅初、周恩来、吴大琨、郑森禹、郑振铎、姜庆湘、赵元浩诸先生分别发表于各地杂志报章上的。这些文字，因为有的是临时演讲记录，有的是夹在其他论题中附带提到，所以大都不免“语焉不详”，我觉得，对于这样一个重要的大题目，理应多费点时间，把它的特质作用等等方面的关键较详明的阐述出来。

在目前，大家对于官僚资本，似乎有两个近似对立的认识：其一是抓住官僚资本静态的一面，仿佛官僚资本就是“官僚的资本”，这样一种同义语反复的呆板表现，当然会阻碍我们对于官僚资本的科学的分析；又其一是把握官僚资本动态的一面，过分强调它的融通性，结局，官僚资本就变成了闪灼不定难于捉摸的东西。

事实上，官僚资本是非常生动，但也非常具体的。

官僚资本有三个具体形态：一是官僚所有资本形态，一是官僚支配资本形态，一是官僚使用资本形态。这三者相互的依存性和融通性，是官僚资本所以成形为官僚资本的具体内容和条件。它们的存在，在某些场合是个别独立的，在某些场合是相合的，但离开了其中之一，则不足以通体了解其他。

这里且先分别释明它们各别的特质，然后再统观其共同机能。

首先，所谓官僚所有资本形态，就是指着官僚自己举办的某种企业和经营。这种企业在允许任何私人可以自由经营的限内，他曾是官僚或已经不是官僚，他的资本活动，都不包括在这种所有资本形态中（自然，我们很知道，现实的官僚资本，有极大一部分，是把握在那些已从政治舞台退出的人手里，但一个人政治生命的确实终结，同时却会是他的所有资本形态向着其他形态变形的开始）；在官僚资本所有形态，所有者必尚为官僚，一方面以公务人的资格，从事政治活动，同时又以私法人的资格，从事经济活动。这种情形下，不管他的经济活动是被禁止的，抑是被允许的，也不管他是直接从事经营，抑是委托旁人经营，他那种经济活动依以进行的资本，就似乎取得了官僚的资本的属性。但是这种说法，马上就要遭遇到以次事实的反驳。近代社会，是所谓商工业者市民社会。由商工业经营者变成官僚，是极其寻常的事。一个商业家工业家或银行家如其一旦成功为官或官僚，是不是定要停止他原已经营的一切企业呢？即，是不是他一进入政界同时就得退出经济界呢？或者，他不退出经济界，他前此经济活动所依以进行的资本，就会因为他投身政界，而变为官僚资本呢？如其对于这些问题的答复，不能一概断然予以肯定，我们就有理由相信：所谓官僚资本，即使是就其所有形态来说，那也不能单从资本为官所有这一事实来评定，而要从资本在如何的情形下为官所有这一事实来评定官僚兼有他自己的经营资本，其所以被人诅咒被人诟病，乃因他的资本来源，他的资本活动，通通与他的官职发生密切联系。我们由此知道：官僚所有资本形态，只是官僚资本的诸现象形态之一，我们称此为官僚资本的第一形态。

其次，存在于官僚所有资本形态一旁的，还有官僚使用资本形态或官僚运用资本形态。凡属由公家经营的一切企业，其经营主体，不拘是国，是省，是市，是其他党政军乃至社会文化团体，其实际经营者，通是各种各式的官；官僚对于此类资本经营，没有所有权，但却有运用权。本来，在一切现代国家，均存在有大大小小的这类公营事业，它们的这类公营事业，也多半是任用公务员或“官”去经营，但它那些经营资本，是不是可归属在官僚资本范畴呢？如其不然，其原因安在呢？那第一可以说是由于它们的公营资本与官或官自己经营的资本，没有何等内在的关联；第二可以说是由于那些从事公营事业经理的人，即使是官厅任命的，即使是官，一到那些经营机关，他们便不是以官的“格”，官的职能在那里活动，而是以企业者，专家或技术人员的身份在那里活动。正惟其有这第二种理由，更使第一种理由得到确立。从这里，我们又明了，不是资本由公家所运用，为官方所经营，便变为官僚资本，而是公家的企业经营，被掌握在官僚手中，由官僚任意处置，并使其对前述官僚所有资本形态，发生或明或暗的内在联系，才叫人厌恶叫人诅咒。像这样为官僚资本所运用的资本形态，我们称它为官僚资本的第二形态。

再次，我们要谈到官僚所支配的资本形态了。本来，官僚个人所有资本，官僚所运用的公家资本，通可说是受其支配控制，但我们这里却是另有所指，或即是指着那些既非由官僚直接保有，又非为官僚所直接运用，但却显然在多方面受着官僚支配控制的那些私人企业的资本，在经济与政治保有密切联系，而又缺少明确的法的权界以资分划的场合，特别在私人资本必须取得政府各种方式的支援，始能维系的场合，几乎大部分的私人企业或其资本，都不免要在不同的程度，通过不同的方式，变为官僚的“俘虏”，变为官僚任意侵渔和自由游泳的大水池，变为他们所有资本形态扩大汇集的又一来源。像这样一种资本形态，我们称之为官僚资本的第三形态。

由上面个别的说明，我们应对官僚资本有一个总的概念，即所谓官僚资本，应是在特殊社会条件下，为官僚所拥有所运用所控制的诸种资本之有机结合的总称。那从以次三方面显出了它的基本特征：

第一，官僚资本的三个形态，通是以官为其发生联系作用的枢纽；没有官的凭借，这种资本的属性就根本无法存在。

第二，官僚资本之一极，是人的属性的官或官僚，而其对极，却是物的属性的资本。资本而捺上官僚的烙印，是只有在一定的社会政治条件下才有可能，因此，官僚资本的产生与发展，皆当从特定社会政治关系中去加以理解，而那同时也正好是特定社会政治关系的体现物。

第三，官僚资本的上述三个形态，就某一方面或其活动的归结来讲，似以第一形态即官僚所有资本形态为基本形态，因为对公营资本作自利的运用，对私营资本作自利的控制，无非是想使其所有资本形态迅速扩大起来。但从另一方面或从其活动机能立论，则第二第三两资本形态，不但同样重要，甚或更加重要，没有这两个资本形态，第一资本形态，也许根本就不易产生，即使产生，也恐怕难得成形为官僚资本。

论到这里，大家也许仍觉得我上面关于官僚资本的总概念，还有不够包容的地方，即在现实上，除了上述官僚资本的三个形态外，不是分明存在着官商合办的资本形态么？详细分析起来，这所谓官商合办的官，并非官，而是官家或公家，所谓商，并非商，倒反而是官或官僚。官僚资本在其作用过程中，可以有许许多多的连结方式，而由此表现出许许多多的复合形态。官和私人的资本，参组到公资本方面；官以公家资本，参组到私资本方面；官以所谓官商合办的金融机关的资本，参组到私资本或公资本方面；官以属于国有的资本，参组到地方官商合办事业或官办事业方面……各种各色的结合方式，都不过是官为扩大并加强自己资本活动所搭起的“便桥”。我们应当把它们理解为前述三个基本形态的派生形态，并为那三个基本形态作用的环节或结果，它们的真相，是会在后面待述及的官僚资本活动的过程中明白显露出来的。

二　官僚资本的作用及其后果

关于这方面，可分作以次两点来说明。

（一）官僚资本是怎样作用着的，官僚资本在实际的活动或运用上，自始至终，都同借贷资本保持有极密切的联系。溯源来说，中国原始的官僚资本形态，即现代以前已经存在着的官僚资产，一向是由各种方式的高利贷业累积起来。典当业，赊卖商业以及指不胜屈的本格借贷方式，尽管是一般散见于民间的，但稍加分析，就知道那主要是所谓大大小小的候补官——士、出缺官——在任官自己及其亲朋故旧们在从事经营，他们因为是社会政治上的势力者，他们的借贷资本，就不但因此有了来源，有了保障，且还变成为极有强制性的吞并土地的手段。我们很可以说，高利贷或借贷资本，是官僚们之政治势力在经济上的扩大与延长。

到了现代，银行资本出现了，在本质上，我们的银行资本，迄今仍浓厚的保持着高利贷的属性（拙著《中国经济原论》中《中国资本形态》篇曾对此作过比较详尽的分析），或者说，更浓厚的保持着官僚的属性。中国官僚的生活形态，以及当前社会的客观情势，都不宜于从事生产活动，但却更宜于从事高利贷性的投机的金融活动，以及这许多其他有关的原因凑合起来，使大大小小的官僚都不期然而然的把金融事业作为其经济事业展开的出发点。

中国金融界老早就有所谓南四行北四行的系统的。近廿年来因为许多新的金融势力的出现，使得原来的系统有了不少的错合的改变，但有一点是不曾改变或者只有“变本加厉”的改变的，那就是你不论翻看那一个银行的董事会，理监事会的名录，却总可发现那都是一批一批的官僚或准官僚或者他们的家族。公家银行固如此，所谓私立，实际仍不外是“官立”的银行亦如此，那怕是若干真正的民间银行，它们亦得为了实际上的经营的特殊便利的取得，而不能不拉若干政治上的红人来撑撑门面，虽然政治上的红人，往往也因为公然出面经商，有碍视听，而失官格，竟也标列出一些

“莫须有”的商人，作为“伪装的后台”。在这场合，倒不是民借“官力”，而是官借“民名”了。我曾想，中国社会中的最复杂场面，往往是由“足智多谋”的官僚扮演出来的。

官僚们这样热衷于金融事业，乃因官亦是人（虽然，他们有时扮演得像“超人”），大利所在，人必趋之。金融业的大利益，并非在金融活动本身，在以往，那是借着高利贷来扩大商业和兼并土地，并进而保障政治上的地位，而在现代，则显然是借着金融活动，去接近并参与一切有利可图的公私企业部门。参与的方式，五花八门，比起现代先进国银行资本，参与各种企业的方式，还要复杂。试举一二例，以类其余。川康兴业公司是与川康银行有着血肉关系的，川康银行资本的来源，是国库，是川康两政府，还有是所谓商股，由这样一种组成方式，就决定了它的官僚性格，事实上商股云云，无非就是官股，官僚们通过川康兴业公司，把一切有利可图的事业，都囊括净尽了。又如贵州企业公司的资金来源，是贵州省政府，是中国，交通、农民银行及贵州省行，还有也是所谓名商实官的“商股”；这个企业公司的包罗性，在国内是有名的，几乎经营了省内一切新式事业。战时其他各省相率设立的企业公司，差不多都是把贵州企业公司作为榜样，其间即使也有完全由省行或省政府出资经营的，那并不妨碍它这种组织戴上公家名义，实际却大抵是在种种曲折的手法下做着某些特殊势力者的业余经济买卖的机构。这就是说，官人们一般是通过他们自己控制的银行，进而参与或控制一般经济事业。结局就使官僚金融活动，变成整个官僚资本活动的重心，往往一个人兼为官、金融家、企业家。而政治巨头、银行董事、公司后台老板，事实上早为大家熟知的“三位一体”了。

英国拉斯基教授曾就大英帝国的这三方面的人物列出一个相通的表式，仿佛我们在这方面已经迎头赶上了先进国，值得“称许”了，然而美中不足的，却不仅是我们已在前指出了的本质上的差别，并还有是由那种本质差别导出的极有危险性的后果。

（二）官僚资本作用的后果，在私有制下，特别在现代性的私有制下，社会资本或财富被累积到谁手中，在官的手中，抑在非官的手中，本来不值得去计较，而官僚资本其所以成为众矢之的，乃在它自始至终，都必然招致祸国殃民和妨碍社会经济发达的不利影响。把官僚资本展开的全过程加以考察，我们可以见到它的以次几种显著倾向：

一，独占资本化　在一九四六年八月十五日，极度同情中国政府的美国《纽约时报》的一位记者曾自南京发出一个电讯，报道“中国政府用各种不同的公司组织，已包揽了国内一切主要的经济事业，掌握矿产、动力、重工业、丝、棉纱及糖的生产”。其实何止生产，一切比较重要的贸易对象，如茶、桐油、棉花……等等，几无一不由专卖或官营一类名色垄断或独占了。这种独占倾向的产生与发展，无非是官僚资本作用的必然后果。我们知道：官僚资本之独占资本化的倾向，最先，就因为它这种资本形态，不但最便于发生此种倾向，且最不能不保有此种倾向，官僚资本是否能维持并扩大，就看它保有那种独占到什么程度。

我在前面已指出官僚资本的所有形态、使用形态以及其他种种中间形态了。完全由公家名义或主要由公家名义经营的事业，在一般工商市民阶级尚未取得政治发言权的社会，可以依照政府当权者的一时高兴，或个别私的利害打算，而确定其独占范围。而在战争过程中，更加是“悉随尊意”了。我们社会本身，原本是缺乏实行统制经济的先天条件的，但虽如此，我们战时乃至战后许多所谓公营事业或半公营事业，都一直在借着金融上的或产销运购上的优先利益或特殊便利支持着。比如在倒产歇业变成极普遍现象的今日，像中国纺织建设公司一类的大规模企业，却在昌言着并预期着高额赢利（其实，敢于夸称有赢利的公营事业，恐怕也仅只有中国纺织建设公司，如像和它同时成立的中国蚕丝公司，其经理人就苦脸诉说：“我们是亏本事业。”），这不是对于以往所加于公营事业之批评指摘的反驳么？但仔细分析，就明白它是在经营的任何方面，都享有特殊便利的结果，换言之，也就是由于独占的结果。凡独占经营所获的利益依一般经济原理评判起来，都是由于其他未享有同等优待的同类事业的损失。它是把同业的牺牲作为营养而成长起来的。大家试想想中国纺织建设公司从中央银行所得到的无限制的贷款便利，它在购进原料和添补机件上所获得的外汇和运输上的优先便利，它的厂房公有不付租金的便利，它在运销上与纱布统制密切关联起来的便利，它的极庞大规模的托辣斯[①]组织的便利，以及其他关于纳税方面所得的便利，殆无一不是由于独占。我们由中国纺织建设公司，不难类推到其他名义上公营或半公营官僚事业的发展的内情。不但此也，独占利益的本身，往往又会成为未享有此种利益，并因此种利益蒙受到致命损害的其同类事业特殊化或官僚资本化的诱因。一般未享受独占利益的同类民间企业，要就是睁大眼看着自己没落，否则就是让那些握有政治经济权势的人，即可能使它也多少分有那种独占利益的人，参加进来。

事实上，凡属由官僚所参与的事业，不可避免的要由于人情主义、应付主义、形式主义而逐渐变得没有效率，可是正因为如此，独占更成为必要。许多过于天真的人，还在高嚷着取消公营事业半公营事业的差别优遇，那其实就等于说

① “托辣斯”，即“托拉斯”，资本主义垄断组织的高级形式之一。——编者注

是取消官僚资本本身，那是可能的么？事业是否能存在，是否能发达，不取决于经营技术或效率，却取决于是否取得独占权利，单就这种场合来说，官僚资本之妨碍私资本和一般企业效率之改进或提高，就是非常明显的了。

但其弊还不止此。

二，政治资本化　官僚私人对于独占的利益，可依三个方式取得：其一是借着公营事业的经营，从中渔利。其二是参加所谓“商股”到享有独占权的半公营事业方面。其三是让私人经营获有某种独占，因而在那种私人经营中享有相应的“特殊股份”。无论就那一个方式说，独占的利益，都非靠着官，靠着政治势力不行的。独占利益的大小，就同官的大小，政治权势的大小发生了直接关系，结局，官僚资本的活动，必然表现为政治上的角逐，取得政权，变成了取得各种官僚资本利益的前提条件。可是，这还是问题的一面，更坏的，却是另一方面。一个官，或一批有血肉关系的官，欲保持其已有的政治权势，或扩大其已有的政治权势，往往又得看他或他们是否运用有控制有大量的官僚资本，在这种意义上，官僚资本又变成了政治权势取得的前提条件，所以，接近更进而支配某种较大规模的较有利益的公营事业（无论那事业是属于生产方面的，抑是属于交通金融等流通方面的），乃成为政治斗争最基本的动因。试从小焉者的县，到省，到中央，所有各种派系主义地方主义之间的倾轧，尽管表面上有极其差异或极其合理的借口，而熟悉内情的人，却是很容易指点出它们最后的目的所在的。除了极少的场合外，我敢说，它们那些倾轧或斗争，实无异官僚资本独占权的分配斗争。

把官僚资本当作保持政治权势的手段，那和把政治权势当作取得官僚资本的手段，本来是有其内在因果关联的，但是言其弊害，前者就要比后者大得多，严重得多。因为在前一场合，官僚资本势将转化为政治资本，官僚资本的活动，势将歪曲到经济本身以外去，某种公营事业一被某某政治巨头所运用，那种事业将会自然而然的机关化为这巨头一派的小喽啰们的“根据地”。这一来，公司衙门化的可能性大增，在渔取“政治活动费”的名色下，一切腐化贪污就由此更加受到保障性的鼓励了。结局，官僚资本的经济目的，势不免要为其政治目的所牺牲。

惟其官僚资本与政治，政治势力者如此密切的联系，所以政治上一旦掀起波澜，政治势力者有了升沉去就，马上就影响一切为官僚势力所及的经济部门，银行也好，公司也好，其他任何企业组织也好，都相应发生脱节或崩解的现象。新政治势力上台后的经济第一项“调整”工作，也许就是看对前任所留下的“大漏洞”，如何去弥缝；当他们在台下的时候，尽管对其蓄意打倒的对象，如何痛加体无完肤的攻击，但是等到登台以后，却像很“恕道”很“绅士”

的宽容前任的贪污。这“官官相卫”的哲学，到近来已明如观火的证明那是他们想借此混水摸鱼，并预留自己下台饱掠步骤的狡计。大家试想，近十年来，该有多少属于国家的、省市的公营事业，都不约而同的随着有关政治势力者的坍台而解体了。我敢担保，现在依着多方面的独占，多方面的特殊便利，在表面上显得“经营有方”“生财有道”的中国纺织建设公司，如其叫熟识内情的人仔细考究一番，恐怕不会像前任负责人那样自吹自擂的“满意”吧，即使真的如此，试多经几回“交代的转折”看，其命运也许不过如昔日曾经被宣扬得炫赫一时的招商局！

然而官僚资本活动的弊害，还不止此。

三，买办资本化　我这里得指明，官僚资本独占资本化，政治资本化，无疑是一种必然的发展程序。至其买办资本化的倾向，在某些场合，虽然是由其政治资本化中间演化而来的，但在实际，我们的官僚资本一开始活动，一开始当作一个显著的经济形态，就已经与买办资本结了不解之缘。我们甚至可以说，买办资本与官僚资本，最初就是以孪生兄弟的姿态出现，它们通是在国际资本作用下的中国这种社会的必然产物。为补足前述官僚资本形成过程的说明，且附带简略指证出那种关键。国际资本在落后地带发生支配作用或把落后地带变为它的营养生命线，是必得落后地带破坏其原有生产方法，才得为它提供制造品市场和原料供给地的。而要达成这种目的，在已经殖民地化了的落后地带，其政治支配权使它可能按照自己的意向作去，而在不曾完全殖民地化的国家，它就必须通过这种国家的政治支配者，给那些支配者以某些经济的利得，才行得通的，结局，各种各色的借款成立了，各种各色的采购组织成立了，各种现代型的经营出现了；中国现代初期的所谓官办产业，官商合办产业，是在这种种现实要求下实现的。与外人接近的政治势力者，无论以国家的名义借债还是还债，购入还是卖出，均被视为有大利可图，这是官僚资本原始蓄积的一个侧面，也是官僚资本最初就与买办资本发生血肉关系的内情。此后，凡属有关官僚资本的活动，殆无一不同外资保持着某种联系，而使那种活动，附加上“买办的”烙印。可是，在理论的叙述逻辑上，我们这里应当特别注意的，却是前述的官僚资本的政治资本化倾向一经成形，就必然会进一步加强其买办资本化倾向。这可从以次几点来说明：

首先，官僚资本一变为达成政治目的的手段，一变为一种政治资本，它无论从积极方面讲，抑从消极方面讲，都要求带有买办资本的性格。为了借官僚资本势力来保持政治势力，那种资本活动中，参入了有力的外国资本力量，那就无异取得了国外有力的奥援。这是大家有目共睹的事实。同时在消极方面，为了补救自己政治势力一旦不保，而仍能保有其官僚资本，从而，保证其再获得政治势力的可能，也得在其资本活动中，参入有外力的外国资本的力量，最近不时见诸报章的所谓中美什么公司什么公司的计划与组织，显然与官僚们各别的主观如意算盘有关，但在官僚资本活动过程中，事实上还造出了一种更有危险性的官僚资本乃至一般社会资本的买办资本化的必然情势。即：

其次，官僚资本既如前面所述，依种种独占，妨碍一般民间产业的发展，妨碍一般经营技术的改善，而又由其化作政治手段，而不时引起整个经济上的混乱与脱节的破坏影响，其结果，全国产业将愈来愈变成遍身瘫痪不遂的状态，将益使从事生产事业者裹足不前，而社会上可能用作资本的蓄财，势必主要把一切对外有关的金融、贸易、交通以及市场投机一类流通经济作为唯一可能的出路。这种倾向发展下去，就是产业上的全面的对外依赖，也就是全面买办资本化。自然，我们并不否认我们政治势力者也有建设中国经济的大企图，可是，我们也同样难于否认他们维护自己及其一派经济势力的“小企图”，往往是被位置在那种大企图以上，并使那种大企图去迁就它。因此，在什么中美航运公司什么中美贸易公司酝酿当中，我们又发现中美农业考察团、中美贸易考察团……一类顾问或指导组织，或已或将络续不远万里而来了。这些客卿之来，也许不完全是自告奋勇，他们也许不尽是自国利益第一主义者，但依据他们考察结果的报告（如最近发表的《中美农业技术考察团报告书》），如其说他们不是对于中国社会根本的性质过于无知，就是对于中国经济建设，过于不感兴趣。设把他们的活动，与我们官僚资本之买办化的动态关联起来加以考察，任何人都不免为中国经济之殖民地化的前景表示忧惧。

中国官僚资本与国家资本

一　不同的解释

在中国目前，正存在着一种非常矛盾的现象：一方面，官僚资本尽管被大家，被朝野上下骂不绝口；另方面，官僚资本自身，却还在继续膨大中，而不少放言官僚资本误国殃民的人，自己像在行所无事的唯恐不得变为官僚资本家，并多方设法挤进官僚资本家阵营里。自然，官僚资本如其不是这样猖獗，这样变成诱惑竞争之的，大家也许不致如此的注意和诅咒。但仔细予以考察，似乎造成这种矛盾现象的最大原因之一，就是对于官僚资本本身，它的性质与范围，一般人都不大十分弄得清楚，以致把我们的官僚资本，与今日盛行于西欧各国的所谓国家资本，混为一谈。结局，国家资本就变成了“逃罪”的口实，许多攻击官僚资本最力的人，其所以自己也拼命挤进官僚资本家的阵营，至少，他们在主观上，总以为他们自己所从事的经济活动，不是作用为官僚资本，而是作用为国家资本。反之，对于他们所咒骂的对象，则又以为正因为那不是作用为国家资本，而是作用为官僚资本。因此，把官僚资本与国家资本明白加以区别，就成为非常必要了。

二　国家资本在不同社会的不同内容

国家资本（State Capital）一词，在现代西欧的社会，大体是表现为两个不同的现实形态。那种不同，不是由于资本的种类，不是由于资本的自然属性，而是由于资本的社会属性。换言之，在不同的生产关系下，同一国家资本，是会具有不同的社会性质的。

比如，在今日苏联这种社会经济态度下，私人的动产，或限于私人自用的财产，虽然还被允许存在，但私人资本，即私人利用来剥削他人劳动的生产手段的私有，却是绝对被禁止的。因此，在苏联的经济学中，“资本”这一名词，已经具有极其不同的概念。我们尽可比较含混一点，把它全社会用以维持并扩大再生产的资财，称为较严格意义的“社会资本”（那是完全属于社会全体人民共有的社会资本，与我们通常把存在于社会中的个别私人资本，混称为“社会上的资本”的意义不同）；还可因它这所谓“社会资本”的局限性（只被视为苏联社会的社会资本），即在苏联与其他国家相并成立的关系上，把它全社会或全国的资本，称之为“国家资本”。我们由此可以看出，在苏联那种社会生产关系下，国家资本是绝对的，它是资本一般，是资本全体，除了这种资本形态之外，再没有其他任何资本形态存在。既然是不允许任何其他资本形态存在，掌握政治权力的人，运用权势来假公济私，来扩大其个人经济权益的可能性也自无从存在。

可是，在另一社会生产关系下，即在资本主义社会关系下，就大不相同了。我们知道，许多尊重私有财产的现代国家，都有某种程度的国家财产或国家资本存在。因此，许多国家的财政预算中，经常就有一项国家事业特别收入列在里面。我们这里且不必进一步去分析这种国家与政治经济权势者的本质关系。就量上讲，在这种国家的国家资本，显然仅只是存在于私人资本的孔隙中；那有时是当作私人资本社会的“点缀品”看，而一般则是当作私人资本社会的“便利”品看，因为根据私经济或私人资本的权威发言者亚当·斯密所说，如像交通土木公事一类社会事业，对于私人资本活动，极为必要，但由私人经营，暂时不一定有利，或者足量资本额数的筹集，不易期之于私人的场合，则由国家承担起来，结局，这种性质的国家资本，就从资本主义经济发轫的当时，即为了便利或配合一般私人资本的发展，而与私人资本并存着。从这里，我们显然可以看到，这种形态的国家资本，与苏联的国家资本比较来看，那不过是表演着一种附属的陪衬的作用。在资本主义社会的私人资本，即使不是资本一般，却无疑是资本主体。从而，在私人资本与国家资本之间，便存在着一个可以“相通”，可以“转化”，或者可以“假公济私”的可能的空隙。不过，这种“空隙”，在整个资本主义经济发展的过程中，是有着极其不同的限度的。

在资本主义的幼年期，即在私人资本开始形成的期间，政治上还是表现为专制主义的、官僚主义的、封建主义的混合的形态。因而，“夺取寺产，欺诈让渡国有地，盗掠共有地，掠夺封建所有地氏族所有地，把它在无所顾忌的恐怖主义下，转化为近代私有财产”，就可行所无事的照着意向作去了。而在动产方面，“以国民名义为装饰的大银行，在出生之始，即不外是一个私人投机者的公司，它站在政府方面，借着政府给予他的特权，而取得以货币贷与政府的地位”，而它由此又是国债的债权者了。“国债的债权者，实际并不曾拿出什么，因为它所贷与的金额，转化为容易转移的公债券了。这种公债券在它的手中，和同额硬券有相同的作用。由是产生了一个无所事事的食利者阶级。”① 再往前去，私人资本逐渐在社会取得了优势，私人资本所有者阶级，早已为了保障他们既经取得了的资本权，强烈要求一种更适合他们权益的政治形态；他们尽管是利用政治特权胡乱

① 以上均见郭王译《资本论》原始蓄积章。

取来的，却不愿他人亦利用政治特权再胡乱劫夺去。“侯之门，仁义存”，明辨权利义务，明辨群己权界的法治精神被强调和被遵守了。

资本主义经济在适合它的政治制度的保育下，得到成育发展之后，国家的全部权力，都被当作全体资本家阶级共同享有、共同运用的东西。当私人资本发展的前途显得非常光明，其机会又非常之多的时候，一方面，在国家名义下从事的经营，已经会相对的变得极不重要，或极为有限；另一方面，政治权势者利用职权来扩大其私人资本，不但渐成为不可能，且渐成为不必要了。所以，在典型资本主义制度之下，“官僚政治”这一用语，即使不时有人还用以攻击政府，但与其初期形态比较起来，几乎是另一意义的东西，也就因此之故，“官僚资本”在资本主义经济这一阶段，几乎是不大有人谈到的名词。

可是，当这典型的自由——个人主义经济发展到转形阶段，国家逐渐伸展其干涉统制的行动了。这在一方面看来，仿佛是政治上的人物，逐渐对经济的发言权支配权增大了，但从另一方面看来，却又表示是经济上的人物，逐渐对政治的发言权和支配权增大了。

简单的分析这内情，即是：适应自由经济的政治形态，就是所谓议会政治或者政党政治，因为这种政治形态是资本主义社会的产物，又因为资本主义在它最初发生的过程中，就已经包含有内在矛盾，包含有对立物——劳动者阶级在里面，它向前发展，这对立物也跟着发展，从而，本来是便利资本主义经济的议会政治，就因为劳动阶级势力增大，劳动者阶级在议会中的势力增大，而变成了不适于或妨害资本主义经济秩序的东西。结局，与劳动者阶级立在对立地位的资本家阶级，就要求修正或根本否定这原来为他们在前一发展阶段所多方促其实现的政治形态。至若为什么有的国家根本否定这种政治形态，有的国家却又以修正这种政治形态为满足呢？那实无关于它们政治经济势力者的态度，是激烈还是和缓的问题，而根本是关系影响或左右他们那种态度的不同经济条件的问题。大约后起资本国家在产业组织上，一开始，就必需而且可能采行比较集中，比较高度有机化的形态。其所以必需，乃因非如此，不足以在商品市场上与先进资本国家相竞争；其所以可能，乃因它得利用先进资本国家的经验和技术条件。可是照应着这种产业组织，它们的银行资本，也很快的采取与产业结合并支配着产业的金融资本形态。金融资本的寡头支配局面一经建立起来，这个时期的国家干涉，就与初期国家干涉有了不同的性质和内容；国家或政府，必得变为直接执行金融资本家的意志和命令的机构，包含有各种社会阶级势力的议会政治，到这场合，便变成了妨碍独占金融资本家自由表现意志的障碍物，这已隐伏着议会政治自我扬弃的危机。而加速这危机暴发的有力因素，就是，当后进国家产业组织一开始就采行比较集中的形态的时候，它的劳动者阶级的社会组织，亦很早很快就表现得声势浩大，就表现为资本家阶级的直接威胁，所以在第一次世界大战以后，资本主义具有先天脆弱性的德意诸国，就相率出现否定议会制的法西斯政治形态，它们就都不约而同的在“国家社会主义”的名义下，实行“国家资本主义”的经济措施。大资本家的利益就是国家的利益。国家在对外表现为国家主义经济实行的主体，在对内表现为国家社会政策施行的主体，无非是在贯澈大资本家们的利益的要求。所以，我们由此知道政治上的人物对经济的发言权支配权的增大，只是在经济上的人物对政治的发言权支配权增大了的场合，才有实现的可能的。

我们在这里所要知道的，是在这种国家资本主义经济形态下，所谓“国家资本”，究竟具有怎样一种新的内容。这是需要从长说明的。

三　国家资本主义是什么?

许多人以为在国家资本主义经济下，“国家资本”当然会发达起来，这是一种望文生义的说法。而其认识不清的根本原因，也许是由于大家对于国家资本主义与国家社会主义的本质区别，一直就不大弄得清楚。

假借国家名义，来施行资本主义独裁，那是国家资本主义的简括解释。（苏联在开始新经济政策的时候曾使用“国家资本主义”这个诱惑性的口号，在我的理解上，那是富有战略性的号召，与希特拉①用国家社会主义经济来施行的国家资本主义，绝不相同——其详见即将发表的拙作《国家资本主义经济形态与国家社会主义经济形态》。）资本主义形态是一个矛盾体。把劳动阶级势力抛开不说，个别资本家的利益，与整个资本家阶级的利益，往往是极度冲突的。国家资本主义的“国家”，事实上就在设法缓和资本家阶级内部的冲突，缓和个别资本家利益无限扩展所造出的不利于整个资本家阶级存在的危机，布哈林的“有组织的资本主义”的“大理论”，是从这里发现出来的。可是每个资本主义国家，都借“国家”或政府或政治上的大人物来担当这“缓和”的任务，在另一方面，就无异加强加深了各国国家主义经济主体之间的矛盾和冲突，所以，国家资本主义就不但是国家主义经济体系，同时还是备战经济体系。

这种局面一步一步的造成，为了维持整个资本阶级的存在，许多个别资本家，特别是那些中下级资本家，就不免要在某些场合某种程度失其存在；为了完成或充实备战经济体系，就是大资本家阶级，亦不得已为了要保持其资本的所有权，而不得不在某些场合某种程度暂时放弃其资本的直接使

① “希特拉”，此处指“希特勒”。——编者注

用权，芒克（Munk）的使用权革命的“大理论”（见［芒克］氏所著《武力经济学》），就是从这里发现出来的。银行、大工厂以及其他一切大的经营，就被重新改编过：德国在战时包括有一百万劳动者规模的戈林工厂，就是如此改编过来的。经过了改编的一切产业，尽管资本家还保持其所有权，并依据所有权取得纳粹经济法令规定的利得，但那些产业，那些资本，都带上了“国家”的帽子。事实上，国家，或政府，或政治上的握权者，都在这种意义上，变成了资本家产业的“经理者”，尽管如上述芒克所说，若干大资本家都“憎恶”这种资本形态，但这是他们资本主义社会经济条件所命定了要采行的可能形态。在这种形态下，正因为国家更明显的变成为大资本家所有，同时，全社会的资本，也更表现得成为国家所有。

如其我们不妨称这种资本为“国家资本”，那么，这种国家资本，就是资本主义发展到了最高阶级的特殊形态。

四 中国社会是否能允许国家资本存在？

依上面的说明，我们已见到两个本质绝对不同的“国家资本”形态了：

其一是苏联型的国家资本，又其一是资本主义社会的国家资本。任何一个万能的精神抄袭者，恐怕他也不好意思说：我们今日成为问题的官僚资本，正好是苏联型的国家资本，那么，我们待考虑的，就是看我们的官僚资本，究与资本主义发展各阶段的哪一种的形态相类似；或除表象的类似以外，还有何种特质。

无论从哪一方面说，资本主义极盛时，自由主义经济，配合着议会政治的那一场合的“国家资本”，我们是不可能存在的。因为我们不独没有那种经济条件，也没有那种政治条件，尤其是从政者不得任意侵渔公私产业，混领公私资本，那与我们所谓官僚资本，根本无何等类似点。

如其我们还承认中国未完全脱却初期的过渡的社会形态，如其我们还无法否认中国私人资本尚在开始形成的期间，中国政治上还是表现为专断主义、官僚主义、封建主义的混合的形态，那我们在土地方面，在流动资本方面，乃至在其他现代性产业方面，凡以公家名义从事的经营，甚至最大一部分以私人名义从事的经营，都不免与官的特权发生关系；我曾在其他场合（见拙作《中国官僚资本之理论的分析》）把中国官僚资本分解为三个形态：官自己主要借官权取得的所有资本形态，官依职权直接运用的资本形态，官由运用公家资本，而由是使其他私人企业直接间接受其支配的资本形态。在这三者中，由官僚运用的那一形态的资本，才算是官僚口头上所宣扬的“国家资本”。这以国家名义装饰的资本，在当前这种政治形态下，显然曾是并将是官僚所有资本形态的大源泉。

然而，现实总是比理论丰富得多的。就把中国传统的历史诸条件丢开不讲，我们也不能说，我们的官僚资本，与一般近代初期的国家资本，有同一的性质和内容。我们自己的社会，是处在一种过渡阶段，而世界大多数国家，却是处在另一种过渡阶段；当作中国的中国，我们是在资本主义初期，而当作世界的中国，我们同时又不能避免资本主义末期的一切政治的经济的影响。我们曾在战时尝试的作过国营农场国营贸易一类苏联型的国家经营，我们又曾继续努力从事国家资本主义下的产业编成。穿着拿破仑的服装，虽然不能就变成拿破仑，但却显然会使穿著者改变一些形相。而由是增加我们认识上的困难。

在我们还允许，并且在某种条件下，还鼓励私人资本的场合，如其中国官僚资本活动，能成为中国资本主义形成的一个推动力，我们倒用不着对于官僚资本表示过分的嫌忌或怨愤，因为这正是大家都曾经历过来的历史道路，并且接着还会导来一个光明的前途。然而我们引为遗憾的是，我们的官僚资本，决不肯也不能为我们成就这种历史任务。如我在《中国官僚资本之理论的分析》那一论文中所指出的，我们官僚资本的作用，会依独占资本化、政治资本化、买办资本化的现实逻辑程序，使我们的民族资本，迅速的趋于枯萎和没落。

总之，我在本文中所要说明的是：（一）我们今日以国家名义，或以国民名义装饰着的一切官僚资本，它不但与苏联的“国家资本”，是风马牛不相及的东西，也绝不可能是发达了的国家资本主义经济形态下的“国家资本”，虽然在本质上，与近代初期英法诸国曾经有过的政治权势者所支配的地权和业权相类似，但由于我们传统历史条件的特殊，和周遭国际资本关系的作祟，它的内容，它的表象形态，将成为今后历史学家的新的亚细亚生产方法的一个重要课题。（二）我相信，任何稍有民族观念现代思想的人，都希望中国今日为大家诅骂的官僚资本，特别是其中以公家或国家名义经营的那一部分资本，能如实的成为“国家资本”，但依据我们上面的分析，国家资本不是存在于真空中的东西，它必定有一定的社会基础。我们希望它成为苏联式的，势须我们的社会生产关系已经是苏联式的；我们希望它成为典型资本主义式的，势须我们的社会生产关系已经是典型资本主义式的。我们把自己的社会生产关系，苦苦的维持在资本初期阶段，却“要求”我们的国营事业乃至私营事业不官僚资本化，那是可能的么？因此，（三）对于目前政府把许多公营事业零碎拍卖给私人经营，尽管那是国内新旧经济学者所一致主张的，但我却不是无条件的赞许。假使我们落后的社会生产关系，能相当的予以变革，假使今日存在于经济上的专断主义、官僚主义与封建主义，能相当的受到限制，则任何形态的社会化国有化的事业，倒毋宁是可以鼓励的。

归结一句话：允许官僚资本发达的社会生产组织，断乎不能同时又允许国家资本的发达。在一种社会经济体制下，国家资本可以转化为官僚资本；在另一种社会经济体制下，官僚资本也可以转化为国家资本。

经济科学这样告诉我们的：官僚资本与国家资本不能并存。